지금이책60

다 이 제 스 트 로 읽 는 세 상

'지금 이 책'으로 7년간 읽어온 세상

필자는 '주간조선'에 격주로 '지금 이 책'을 7년째 연재중이다. 말 그대로 "지금 왜 하필 이 책이냐"라는 문제의식을 가지고 다소 도발적인 서평을 쓰고자 했다. 그런 뜻이 얼마나 관철됐는지 모르겠으나, 어느덧 160여 편의 글이 쌓였다. 이 단행본은 그 중 60편을 추려, 묶은 것이다.

야구에서 가장 중요한 것은 선구안(選球眼)이다. 마찬가지로 '지금 이 책'에서 가장 중요한 것은 선책안(選冊眼)이다. 다만 고르는 기준은 다르다. 야구에서는 무조건 좋은 공이다. 반면 '지금 이 책'들은 "지금 왜 하필 이 책이냐"라는 문제의식에 부합하는 책이다. 결국 누구나 공감하는 시대적 고뇌가 담긴 '짭짤한' 문제작을 고르게 되었다. 그래도 선책은 매번 힘든 일이다.

이렇게 고른 책의 내용을 시대적 문맥에 생동감있게 녹여내고자 했다. 이를 통해 '지금 이 책'을 말 그대로 '시대를 채굴하는 연장'으로 만들고 싶었다. 시사 잡지 특성상 시간적으로 다소 낡아 보이는 글도 간혹 있을 줄 안다. 그러나 내용을 조금만 음미해 보면 그 생동감이 여전히 현재진행형이라고 확신한다. 좋은 책은 시대에 매이지 않고, 시대를 꿰뚫고 나아간다.

아무리 노력해도 원고를 낼 때마다 데스크의 찌푸린 얼굴이 떠오르곤 한다. 이 따위 글이 어됬냐고 내던질 것만 같다. 그렇게 매회를 근근이 때우고 있다. 연말만 되면 그만둘 마음이 들었으나, 이런 저런 이유로 번번이 뜻을 이루지 못했다. 그렇게 연말을 여섯 번이나 넘겼다. 이제는 필자가 아예 기자인줄 알고 문화 관련 보도자료나 초청장을 보내오는 곳도 적지 않다.

'지금 이 책'이 무턱대고 마냥 나아갈 수만도 없는 노릇이다. 숨도 고르고 뒤도 돌아보아야 하지 않을까 싶다. 마침 '주간조선'에서 이렇게 소담한 단행본을 만들어 주셨다. 아무쪼록 독자 여러분께서 이 시대의 문제와 문제작을 동시에 음미하는 기쁨을 만끽해 주시기 바란다.

목차

소설을 읽는 이유

잘 먹고 잘 사는 법

인간 너머

한국은 지금

01 세계의 종말은 단지 시작일 뿐이다

The End Of The World Is Just The Beginning

피터 자이한

한국은
세계적 위기에
가장 취약한
나라다

저자는 "세계의 역사는 여러모로 한국의 역사
그 자체"라고 지적한다. 그만큼 우리는
세계적 기회를 잘 활용했고, 동시에 세계적 위기를
고스란히 떠안고 있다. 우리에게는 다시 한번
위기를 기회로 만드는 묘책이 절실하다.

우리에게 미국이 가장 중요한 나라라는 점에는 이견이 없다. 다만 그런 인식의 배경은 크게 어긋나 있다. 누군가에게는 혈맹이고 누군가에게는 미제(美帝)다. 혈맹론이든 미제론이든 세계에 대한 미국의 무제한적 개입을 전제로 한다.

그러나 오늘날 미국은 세계 질서에 관여할 의욕을 점차 잃고 있다고 주장하는 지정학적 전략서가 있다. 바로 피터 자이한의 '세계의 종말은 단지 시작일 뿐이다'(The End of the World Is Just the Beginning·2022)이다. 여기서 세계란 미국 주도의 세계 질서를 가리킨다. 그것의 가장 큰 특징은 세계화다. 따라서 미국이 '미국 우선'을 외치며 그런 질서에서 발을 빼면 세계화가 무너지게 된다. 우리말 번역은 '붕괴하는 세계와 인구학'(2023)이다.

실제로 미국 주도 세계 질서, 즉 세계화가 붕괴하고 있다. 마침 전 세계적으로 인구 붕괴도 몰아닥치고 있다. 이런 이중적 충격으로 인해 당장 눈앞에 닥친 혼란은 "단지 시작일 뿐"이다. 문제는 앞으로 몰려올 엄청난 혼란과 비극이다. 반면 미국은 인구·자원·운송·안보·식량 등 모든 분야에서 유리한 조건을 가지고 있다. 홀로 되어도 탄탄한 번영을 구가할 수 있다.

미국은 천혜의 지리적 여건을 갖춘 해양세력이자 대륙세력이다. 역내

생산과 소비의 균형을 유지하기 위해 수출할 필요도 없다. 자체적으로 모든 것이 충분히 구비되어 있다. 그런데 제2차 세계대전 참전을 계기로 전혀 다른 나라가 되었다. 미국은 역사상 가장 막강한 원정 역량을 지닌 국가로 부상했다. 나아가 여러 곳에서 동시에 체계적인 군사행동을 실행하고, 모든 패전국을 점령한 유일한 승전국이 되었다. 한마디로 갑자기 세계적인 제국이 되었다.

이때 마침 소련이라는 적이 등장했다. 그러자 미국은 브레튼우즈에 연합국을 모아놓고 역사적 제안을 했다. "우리 편에 선다면 우리가 세계 바다를 순찰하고 상선을 보호해 주겠다, 우리 시장을 개방할 테니 수출로 경제를 재건하라, 우리가 보호해 줄 테니 안보는 걱정 마라." 이것이 이른바 브레튼우즈 체제다. 이를 통해 자유무역 시대, 즉 세계화 시대가 활짝 열렸다.

자유진영 국가들은 안보 부담을 덜고 자유무역을 통해 비약적으로 경제를 발전시켰다. 미국은 자국 시장을 기꺼이 개방했다. 불과 45년 만에 브레튼우즈 체제는 소련을 봉쇄하는 데 그치지 않고 사망에 이르게 했다. 그리하여 1990년대는 거의 모두에게 호시절이었다. 세계 무역은 동구의 구소련 지역까지 확대되었다. 독일 통일에 이어 유럽이 통일되고, 아시아의 네 마리 호랑이가 포효했다. 중국은 자국의 입지를 굳히며, 소비재 가격을 끌어내렸다.

미국 주도 세계 질서는 산업화와 도시화를 세계 곳곳에 확산시켰다. 마침 세계 인구 구조는 아동이 많은 구조에서 청년층과 성숙한 근로 연령층이 많은 구조로 바뀌면서 경이로울 정도로 지속적인 소비와 활발한

투자가 이루어졌다. 안보가 보장되고 자본·에너지·식량 공급이 원활해지는 가운데 전후 75년 동안 세계는 커다란 부침 없이 오로지 발전만 거듭했다.

브레튼우즈 체제는 본질적으로 냉전용(用)이다. 하지만 냉전이 종식되었으니 그 존재 이유도 사라진 셈이다. 마침 미국은 셰일 혁명으로 에너지 자립까지 달성했다. 더 이상 세계의 경찰 노릇을 할 의욕이 약화될 수밖에 없다. 이로써 미국 주도 세계 질서는 무너지고 있다. 더구나 전 세계적으로 본격화되기 시작한 인구 붕괴는 시장을 쪼그라뜨리고 경제의 활력을 떨어뜨리고 있다. 이렇듯 오늘날 세계는 세계화 붕괴와 인구 붕괴라는 이중고에 직면했다.

이때 큰 타격을 입는 것이 운송이다. 앞으로 세계의 바닷길은 안전이 보장되지 않는다. 해적이나 사략(私掠·국가가 공인, 묵인하는 노략질)이 횡행하고, 아예 국가가 나서서 통행료를 요구할 수 있다. 해상 수송로가 가장 긴 동북아가 직격탄을 맞는다. 한국과 중국이 문제다. 원양 군사 능력이 있고, 수송로 인접국가들과 우호적인 일본은 비교적 나은 편이다.

금융도 위험하다. 그동안 각 나라는 현금을 마구 찍고 신용을 부풀리고 융자를 늘렸다. 조그마한 문제에도 금융이 통째로 무너져내릴 수 있다. 미국도 문제다. 유럽과 일본은 더 문제다. 중국은 거의 파탄 직전이다. 그러나 미국은 경제가 성장하고 안정적이다. 이로 인해 불황을 겪으며 불안정한 세계에서 미국으로의 자본 유입이 촉진된다. 이것 역시 미국에 유리하게 작용한다. 반면 자본이 유출되는 나라에는 악몽이다. 한국도 예외가 아니다.

석유나 천연가스의 주 생산지는 페르시아만, 구소련, 북미다. 주 소비지는 유럽, 북미, 동북아다. 생산지에서 가장 멀리 떨어진 소비지가 바로 동북아다. 해양수송로의 안전이 보장되지 않을 경우, 가장 타격을 입을 지역은 당연히 동북아, 특히 한국이다. 석유나 천연가스는 에너지원인 동시에, 모든 산업의 기초 재료다. 그것들 없는 산업은 상상할 수도 없다.

경제 성장과 더불어 산업 자재의 가짓수는 비약적으로 늘어났다. 그 많은 자재들을 미국 주도 세계 질서 속에서는 돈만 주면 어디서든 구해 올 수 있었다. 그러나 세계 질서가 불안정해지고 블록별로 쪼개지는 시대에는 접근 자체가 어렵다. 역내에 매장지가 있든지, 바깥으로 진출할 군사적 역량이 있는 나라는 비교적 괜찮다. 그렇지 않은 나라는 고통스럽다.

동북아 국가들은 적절한 분업으로 제조업을 일으켰다. 그러나 이 나라들은 사이가 안 좋다. 또한 급속한 고령화로 내수시장이 약하고, 대외수출시장도 쪼그라들고 있다. 한마디로 위기다. 중국과 한국이 문제다. 일본은 사정이 비교적 낫다. 일본의 기술·자본·해군력을 바탕으로 일본, 대만, 동남아, 인도가 제조업 벨트 구축을 모색할 가능성이 있다. 관건은 한·일이 화해하여 한국이 여기에 합류하느냐다.

오늘날 각 지역은 가장 경제적인 특화 작물을 심고 있다. 그리고 돈만 내면 어떠한 작물이라도 구해 올 수 있다. 하지만 세계화가 붕괴되면 각 지역은 자급자족 체제로 돌아가게 된다. 이로 인해 생산성이 하락하고 식량 부족이 유발된다. 수송도 불안하다. 다른 물건이 없으면 불편하지만, 먹을 것이 없으면 죽는다. 식량 부족으로 인한 갈등은 한층 첨예하다.

전후 75년 동안 미국은 냉전 전략으로 세계화·자유시장 체제를 구축했다. 하지만 냉전이 종식되고 미국은 에너지마저 자급자족을 달성하며 홀로 번영을 구가할 수 있다. 온갖 부담을 감수하며 굳이 냉전 전략을 고수할 이유가 없다. 국익 위주의 선택적 개입만으로 충분하다. 이로 인해 세계화 붕괴가 가시화되고, 마침 전 세계적인 인구 붕괴도 겹친다. 그동안 세계화의 수혜국일수록 고통스러워진다. 동북아가 대표적이다. 특히 한국, 중국의 타격이 크다.

저자는 "세계의 역사는 여러모로 한국의 역사 그 자체"라고 지적한다. 그만큼 우리는 세계적 기회를 잘 활용했고, 동시에 세계적 위기를 고스란히 떠안고 있다. 우리에게는 다시 한번 위기를 기회로 만드는 묘책이 절실하다. 이런 마당에 "혈맹이냐 미제냐"는 시대착오적이다. 좌우를 막론하고 세계 정세를 '있는 그대로' 바라보아야 할 때다.

02 극장국가 북한

권헌익 · 정병호

**어쩌다
북한은
권력 쇼에
중독됐나**

북한이야말로 화려한 권력 쇼를 벌이며
주민들을 드라마 속에 살게 하는 현대판 극장국가다.
무엇보다 심각한 것은 오늘날 북한이 오로지
핵무기 개발에 목을 매는
극장국가로 전락했다는 점이다.

북한처럼 '요란하게' 핵무기를 개발하는 나라도 없다. 올해에는 핵무기 화보 달력까지 등장했다. 이는 핵무기가 단순히 군사적 무기가 아니라는 점을 웅변한다. 사실 북한에서 핵무기 개발의 스포트라이트는 최고권력자가 독점한다. 김정은은 올해도 핵무기를 쥐고 흔들며 자신의 권력을 요란하게 과시할 전망이다. 어쩌다 북한은 권력 쇼에 중독된 나라가 되었을까.

이런 미스터리를 시원하게 풀어주는 인상적인 문제작이 있다. 바로 권헌익·정병호의 '극장국가 북한'(2013)이다. 본래 극장국가란 주기적인 의식을 통해 왕이 사회와 우주의 중심임을 과시하는 부족사회를 가리킨다. 북한 역시 정치와 예술을 총동원하여 지도자를 '최고 존엄'으로 떠받든다. 거기서는 역사가 허구적으로 과장되고, 권력이 과시적으로 행사된다. 북한이야말로 절대권력의 유지·세습에 골몰하는 현대판 극장국가라는 것이 저자들의 주장이다.

전후 탈식민주의 국가들의 초기 지도자들은 대부분 카리스마적 인물이다. 하지만 합리적 현실을 뛰어넘는 카리스마적 권력은 그 속성상 마냥 지속되기 어렵다. 늦어도 당사자의 죽음으로 대부분 종말을 고한다. 사후에는 비판의 대상이 되기 일쑤다. 이런 점에 비추어 볼 때 북한은 예외적인 경우다. 권력이 세습되면서 일족이 여전히 카리스마적 권력을 휘두르고 있다.

북한은 1960년대까지 남한보다 앞서는 국가적 성공을 거뒀다. 이를
통해 김일성은 반대파를 제압하고 권력을 공고화했다. 말 그대로 강력한
카리스마를 구축했다. 그러나 1970년대부터 남한에 추월당하며 체제 위
협에 내몰렸다. 이때 어떤 해법을 택하느냐에 따라 나라의 형태가 달라진
다. 남한은 개방적 정책을 선택해 세계 속으로 몸을 내던졌다. 반면 북한
은 폐쇄적 정책을 선택해 내부로 몸을 잔뜩 웅크렸다. 그것이 남북한의
운명을 갈랐다.

북한은 체제가 위협받을수록 더욱 항일 빨치산 서사에 골몰했다. 그
것은 다른 신생국들이 탈식민주의 시대를 헤쳐나가기 위해 미래로 눈을
돌리는 것과는 정반대였다. 그들은 일체의 다른 역사적·국제적 문맥을 외
면한 채 "오로지 김일성의 항일 빨치산 투쟁이 북한을 만들었다"고 주장
했다. 역사의 극히 일면만 과장하여, 결과적으로 역사 전체를 왜곡시켰다.
나아가 각종 예술을 통해 항일 서사를 허구적으로 재가공하고 김일성을
더욱더 영웅화하였다.

이런 작업을 진두지휘한 것이 바로 아들 김정일이다. 그는 먹고사는
문제보다 연극·영화·노래 등에 심혈을 기울였다. 그런 예술 작품들은 식
민지 시대의 하층 고아들이 방황을 하다가, 김일성 장군 부부를 만나 그
들을 어버이로 모시며 빨치산 전사로 거듭나서 북한을 건설했다는 내용
을 담고 있다. 그런 서사가 집대성된 것이 2000년대의 아리랑 축전이다.

이렇듯 1970년대야말로 오늘날 북한 정치문화의 형성기였다. 김정일
은 김일성의 탁월성과 신비성에 관한 국가적 창작 사업을 이끌며, 강력한

혁명예술로 '만주 빨치산 이야기'를 되살리고 부풀려서 거의 전설이 되게 끔 했다. 동시에 기념비적 예술사업을 도맡아 김일성 동상, 김일성 생가, 주체사상탑, 개선문, 국제친선전람관 등 중요한 기념물을 세웠다. 그는 아버지의 카리스마적 권력을 강화하고, 언젠가 자신이 그것을 고스란히 물려받을 준비를 했다.

이런 과정을 거치며 북한은 아무리 먹고살기 힘들어도 빨치산 정신을 발휘해 어버이 수령을 중심으로 똘똘 뭉치는 기이한 나라가 되었다. 한마디로 북한은 빨치산 국가이자, 동시에 가족국가인 것이다. 이런 나라에서 1994년 어버이 수령 김일성의 죽음은 청천벽력이었다. 더구나 김일성이 죽은 후 대기근으로 인해 수많은 주민들이 굶어죽는 참사까지 벌어졌다.

김정일은 준비된 후계자였다. 그는 아들이자, 극장국가의 건설자였다. 그는 위기를 극복하고 권력을 승계하기 위해 빨치산-김일성 중심의 국가적 상징체계를 수정해야 했다. 그래서 들고나온 것이 선군정치다. 그것은 빨치산의 힘이 식민지배의 종식에 필수적이었듯이, 이제는 인민 군대의 힘이 당면한 국가적 위기를 극복하는 데 필수적이라는 논리다.

그는 당이 군을 통제하는 전통적 위계질서를 전복했다. 새로 권력을 쥐도록 한 군사조직을 자신의 제도적 통치기반으로 삼았다. 이를 통해 정치적 지도부가 경제적 실패의 책임을 모면하고, 그 책임을 당과 행정기구로 떠넘겼다. 이것이 중국이나 베트남이 경제우선 사회주의로 나아갈 때, 북한은 막무가내로 군사중심 사회주의 혁명을 고집하게 된 배경이다.

이런 선군정치론을 뒷받침하는 것이 총대 서사다. 그것은 어린 김일성이 아버지로부터 구국의 당부와 더불어 권총을 받았고, 어린 김정일 또한 김일성으로부터 권총을 선물받았다는 에피소드다. 권력도 총을 매개로 혈통을 따라 계승된다는 메시지다. 여기서 항일무장혁명투쟁의 영웅적 역사는 단순히 개인의 업적이 아니라, 집안의 계통 문제로 제시된다.

당연히 카리스마도 개인의 속성이 아니라, 내림을 받은 집안의 유산이며, 정해진 운명으로 인식된다. 후계자의 경력도 동일한 시나리오를 반복하며, 전통의 계승자이자 수호자로 그려진다. 그래서 앞으로는 굳이 권총 선물이라는 어색한 에피소드가 없더라도 혈통에 따라 카리스마가 계승될 기반이 만들어졌다. 그것이 나중에 아예 백두혈통론으로 굳어진다.

물론 김일성은 사후에도 신적인 존재로 추앙되었다. 그럼에도 빨치산 국가가 선군 국가로 수정되고 카리스마적 권력이 '혈통(총대)을 따라' 세습되어, 그 아들이 '경애하는 지도자'로서 인민의 어버이 행세를 하는 새로운 선군국가-가족국가가 탄생했다. 이처럼 김정일은 김일성 시대의 국가 체제에 약간의 상징적 변형을 가해 승계 위기를 극복했다. 그렇다고 극장국가 체제는 조금도 바꾸지 않았다. 그에 대한 실질적 변화는 곧 체제 변경을 의미한다.

이처럼 김정일은 평생 먹고사는 일보다 현대판 극장국가를 만드는 일에 골몰했다. 그 결과, 굶어죽더라도 '정신력'으로 난관을 극복하고 사회주의를 수호하자는 것이 국가의 최고 가치로 굳어졌다. 결국 북한은 사회주의를 표방하면서도 유물론은 사라지고 극단적 관념론이 지배하는 사이비 사회주의 국가가 되었다. 수많은 아사자가 발생해도 인민들은 각자 하나의 총대가 되어, 최고의 총대 가문을 결사적으로 옹위하자고 목청을 높였다.

이런 기반에서 3대 권력세습도 무난히 이루어졌다. 김정은 역시 극장 국가를 도저히 중단시킬 수 없다. 극장국가는 합리적 권력 행사보다 과시적·매혹적 권력 행사에 의존한다. 더구나 카리스마적 권력의 자연스러운 감퇴를 벌충하기 위해 오히려 점점 더 자극적인 권력 쇼가 필요하다. 그래서 10대 딸을 데리고 미사일 실험을 참관하는 기행까지 서슴지 않고 있다. 하지만 핵무기 이외에는 마땅한 소재가 없다는 것이 오늘날 북한의 고단한 현실이다.

북한이야말로 화려한 권력 쇼를 벌이며 주민들을 드라마 속에 살게 하는 현대판 극장국가다. 이를 통해 카스리스마적 권력의 유지 및 승계에는 상당히 성공했다. 반면 국가 발전은 극심한 정체 상태에 빠져 있다. 무엇보다 심각한 것은 오늘날 북한이 오로지 핵무기 개발에 목을 매는 극장국가로 전락했다는 점이다. 올해도 한반도는 핵 이슈로 들끓을 전망이다.

03 3층 서기실의 암호

태영호

북한의

실상을

생생하게

증언하다

결국 체제와 절대권력자 개인이 분리될 수
없다는 점이 북핵 문제의 근원이다. 더구나
현실적으로 현 체제를 대체할 아무런 수단도 기반도
없다. 그리하여 핵을 통해 수령체제를 보위하며
그들의 입맛에 맞게 개혁개방을 통제하려는 북한,
이것이 오늘날 북한의 모순적 실상이다.

김정은 위원장은 정상외교를 통해 '위험한' 독재자에서 순식간에 '믿을 만한' 지도자로 변신했다. 그러나 김정은은 회담 전이나 후나 여전히 동일인이다. 돌변한 것은 그가 아니라 우리 자신이다. 이런 현상은 그동안 북한에 대한 우리의 이해가 얼마나 부실한지를 여실히 보여준다. 따라서 이제야말로 '감정적' 인식을 넘어 '사실적' 이해로 나아가야 할 순간이다.

마침 북한의 '사실적' 모습을 생생하게 전달해주는 귀중한 증언이 나왔다. 바로 태영호 전 영국 주재 북한공사의 '3층 서기실의 암호'(2018)다. 태 전 공사는 출신성분이나 직급 측면에서 너무 멀지도 너무 가깝지도 않은, 적당한 거리에서 북한 정권의 심장부를 정확하게 관찰한 엘리트 외교관이었다. 따라서 그의 증언을 읽어보면 생생하면서도 깊이가 있다. 여기서 '3층 서기실'이란 김정은 위원장을 보좌하는 직속기관을 가리킨다.

태 전 공사가 중국 유학 후 외무성에 첫발을 내디딘 것은 1988년이다. 곧이어 베를린장벽 붕괴(1989), 한·소 수교(1990), 소련 해체(1991), 한·중 수교(1992) 등이 숨가쁘게 이어졌다. 당시 북한은 절체절명의 위기였다. 무엇보다 중·소 등 외부에 대한 신뢰가 무너졌다. 무언가 자력(自力)이 절실하다고 생각했다. 그 답은 핵개발밖에 없었다.

물론 핵에 대한 관심은 오래전으로 거슬러 올라간다. 겉으론 1970

년대부터 한반도 비핵화를 외치고 핵확산금지조약(NPT)에도 서명했다 (1985). 심지어 남북회담을 통해 한반도 비핵화를 명문화했다(1991). 그러면서 내부적으로는 핵개발을 치밀하게 준비했다. 1990년대 초 위기상황이 닥치자, 그 계획은 긴박하게 현실로 옮겨졌다.

그 이후 북핵위기, 핵사찰 수용, NPT 탈퇴, 카터 방북, 제네바 합의, 두 차례 남북 정상회담 등을 통해 한반도 정세는 냉온탕을 오갔다. 그 사이에 수많은 아사자를 낸 이른바 '고난의 행군'도 벌어졌다. 하지만 북한은 남북, 미·북, 다자 회담 등으로 시간을 끌며 끝내 핵을 포기하지 않았다. 결국 연변원자로가 재가동(2003)되고 핵실험이 감행(2006)되었다. 그 이후에도 다시 지루한 줄다리기 속에 또 10년이라는 시간이 흘렀다.

2016년 5월 노동당 7차 대회가 열렸다. 무려 36년 만이었다. 김정일도 생전에 열지 못한 당 대회였다. 그것은 핵무기에 대한 자신감 때문에 가능했다. 이를 계기로 위험한 핵 질주가 공식화되었다. 한국과 미국의 정권교체기를 이용해 2017년까지 핵무기를 완성한다는 목표였다. 북한은 그들의 계획대로 핵무기를 쥐고 올해(2018) 회담 테이블에 나왔다.

이처럼 북핵은 체제의 사활을 건 사업이다. 체제 유지라는 측면에서 보면 그들의 전략은 일단 주효했다. 지금 그들은 핵을 지렛대로 삼아 주변국들의 관심을 한껏 고조시키고 있다. 그들이 이런 핵을 하루아침에 선뜻 포기할 리가 없다. 따라서 태 전 공사는 남북, 미·북 정상회담에서 표명된 '완전한 비핵화'를 비관적으로 전망한다.

그는 북한이 1960년대 중반부터 1970년대 중반까지는 제법 살 만한 사회였다고 평가한다. 자신의 어린 시절을 회고해 보아도 알 수 있다. 사회주의적 열정이 순수했고 살림살이도 괜찮았다. 그러나 김정일이 중앙당에 입성하고부터 이상징후가 발생했다. 무엇보다 1967년 '5·25교시'가 문제였다. 그것은 계급투쟁과 프롤레타리아 독재를 강화한다는 내용이었다.

그러나 실상은 당내의 모든 파벌을 숙청하고 유일지도체제(절대수령론)를 확립하는 것이었다. 또한 주민을 핵심계층, 동요계층, 적대계층 등으로 분리하여 엄격한 사회통제 시스템을 구축했다. 심지어 평양에는 핵심계층만 살도록 했다. 차츰 모든 보고는 김일성에게 가기 전에 반드시 김정일을 거쳐야 했다. 1980년대부터는 아예 김정일이 실권을 행사했다.

이런 조치들로 인해 차근차근 세습통치의 길이 열렸다. 권력은 김정일, 김정은에게 자연스럽게 계승되었다. 처음에 김정은은 "개성공단을 14곳 만들자"라고 말하는 등 제법 개방적 모습을 보였다. 그러나 권력 공고화를 위해 곧바로 숙청, 처형 등 공포정치를 휘둘렀다. 심지어 이복형까지 살해했다. 물론 권력 공고화의 또 다른 한 축은 핵무기 완성이었다.

이제 김정은은 세습체제를 공고화하고 핵무기를 손에 쥐었다. 일단은 의도대로 되었다. 하지만 시련은 이제부터인지 모른다. 점점 높아지는 인민의 욕구를 채워줘야 한다. 무엇보다 개혁개방을 통한 번영이 절실하다. 문제는 개혁개방과 일인절대체제가 양립하기 어렵다는 점이다. 이것이 중국이나 베트남처럼 과감하게 개혁개방에 나서지 못하는 이유다.

2015년 3월 태 전 공사는 3층 서기실로부터 직접 은밀한 지시를 받았다. 모든 기관은 횡적 소통이 일절 금지된 가운데 아무리 사소한 일이라도 3층 서기실에 일일이 보고해야 한다. 그곳은 '삼수갑산에서 바늘 떨어지는 소리'도 들을 정도다. 그리하여 3층 서기실이야말로 '모르는 게 없는 지도자'를 만드는 조직이요, 신격화와 세습통치의 근거지인 것이다.

하지만 그가 거기서 받은 은밀한 지시는 국가대사가 아니었다. 바로 김정철의 에릭 클랩튼 공연 관람에 관한 일, 즉 티켓 및 호텔 예약, 공연 및 관광 안내 등이었다. 그는 이 일을 잘해냈다고 서기실의 칭찬까지 들었지만 오히려 자괴감만 커졌다. 그동안 느껴왔던 크고 작은 실망이 증폭되었다. 두 아들은 물론이고 빨치산 가문 출신의 아내도 마찬가지였다.

북한 외교관은 자식을 마음대로 데리고 다니지도 못한다. 대개 평양에 인질처럼 남겨두어야 한다. 한마디로 부모가 자식을 관할할 자유조차 없다. 그는 가족을 모아 놓고 "이렇게는 (더 이상) 못 살겠다.… 아버지가 너희에게 줄 수 있는 유산은 자유다"라고 토로했다. 가족들도 그의 뜻에 선선히 동의했다. 그는 2016년 여름 가족을 이끌고 망명했다.

북한은 체제 위협에 핵개발로 대응했다. 하지만 이때 체제는 일인절대체제다. 결국 체제와 절대권력자 개인이 분리될 수 없다는 점이 북핵 문제의 근원이다. 더구나 현실적으로 현 체제를 대체할 아무런 수단도 기반도 없다. 그리하여 핵을 통해 수령체제를 보위하며 그들의 입맛에 맞게 개혁 개방을 통제하려는 북한, 이것이 오늘날 북한의 모순적 실상이다.

국제정치에서 상대가 나쁘면 타도해야 하고 착하면 우호를 맺어야 하는 것은 결코 아니다. 하지만 어느 경우든 상대의 실상을 정확히 파악하는 것은 필수적인 전제조건이다. 그 위에서 대책을 둘러싸고 다투는 것은 생산적인 일이지만, 전제조건 자체를 놓고 다투는 것은 망국적인 노름이다. 임진왜란 직전에 일본을 다녀온 정사(正使)와 부사(副使)가 상반된 보고를 한 사례가 역사적인 반면교사다.

'3층 서기실의 암호'는 한 명석한 엘리트가 북한의 실상을 내부에서 정확하게 꿰뚫어본 현장 증언이다. 이 책을 꼼꼼히 읽어보면 적어도 북한의 실상에 대해 다툴 일은 없다. 무엇보다 태 전 공사는 "북한은 핵 포기 안 한다"고 단언한다. 정확한 예언은 현실에 강력한 영향을 미쳐 스스로는 빗나가기도 한다. 그의 전망이 아무쪼록 그렇게 빗나가기를 바란다.

04 거대한 체스판
The Grand Chessboard
즈비그뉴 브레진스키

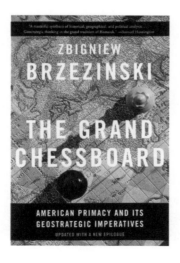

**체스판이
미국의
뜻대로
관리될까**

오늘날 격화하고 있는 미·중 갈등이 일차적
관건이다. 그것이 우리의 안보와 경제까지
뒤흔들고 있다. 이런 격랑 속에서 애오라지
남북대화에만 목을 매는 것은 공허하다. 지금은
넓은 시야로 차분하게 국가적 생존을 도모할 때다.

오는 5월 21일 한·미 정상회담이 열린다. 이번에 바이든 정부의 한반도 정책이 어떻게 윤곽을 드러낼지가 초미의 관심사다. 그러나 한반도 정책도 미국의 세계 전략과 떼어놓고는 제대로 살펴보기 어렵다. 특히 "미국이 돌아왔다"는 바이든 선언은 모든 면에서 미국이 전형적인 입장으로 회귀하겠다는 신호다. 그것이 세계 전략 측면에서는 과연 어떤 모습일까.

마침 이에 관한 미국의 속내를 아주 적나라하게 드러낸 문제작이 있다. 바로 즈비그뉴 브레진스키의 '거대한 체스판'(The Grand Chessboard·1997)이다. 이 책은 유라시아 대륙을 거대한 체스판에 비유해, 미국의 입장에서 그것을 어떻게 관리해야 하는지를 치밀하게 검토한다. 저자는 카터 대통령 시절에 국가안보보좌관을 지낸 바 있는 미국 조야의 원로다.

그는 미국이 패권을 계속 유지하기 위해서는 "고대 제국의 용어로 표현하자면, 속방 간의 결탁을 방지하고 안보적 의존성을 유지시키며, 조공국들을 계속 순응적인 피보호국으로 남아 있게 만들고 야만족들이 하나가 되는 일을 막아야 한다"고 설파한다. 이렇듯 저자의 분석은 불쾌할 정도로 노골적이지만, 이를 통해 우리는 미국의 깊은 속내를 엿볼 수 있다.

오늘날 미국은 군사·경제·기술·문화 등 모든 분야에서 세계적인 힘과 영향력을 행사하고 있다. 이렇게 여러 분야가 결합된 영향력이 미국을 유일한 초강대국으로 만들어 주고 있다. 과거 어떠한 제국도 전 세계에 걸쳐 거의 모든 분야에서 이만한 영향력을 행사한 적이 없다. 하지만 앞으로도 이런 헤게모니가 도전받지 않고 계속 유지되리라는 보장은 없다.

근대 이래로 세계 정세를 좌우하는 지정학적 중추는 단연 유라시아다. 따라서 비(非)유라시아 국가인 미국이 유라시아를 어떻게 관리하느냐가 미국의 초강대국 지위 유지에 관건이다. 저자는 유라시아 대륙을 지역별로 분석한다. 우선 유럽은 미국과 종교적 전통이나 민주적 가치를 공유한다. 따라서 그곳은 유라시아에 대한 미국의 핵심적 교두보다. 그중에 영국은 이미 유럽에서 영향력을 상당히 상실했다.(최근에는 EU에서 탈퇴하기까지 했다.)

프랑스는 자존심이 강하고 과거의 영광을 재현하려는 욕망을 가지고 있다. 그러나 과거 아프리카 식민지에는 결정적 영향을 미칠 정도이지만, 유럽 전체에 독자적으로 영향을 미칠 정도는 아니다. 독일은 유럽의 주도적 국가로 성장했지만, 주변국들의 경계심이 완전히 해소되지 않았다. 독일 역시 지역 정세를 독자적으로 좌우하기는 어렵다.

따라서 미국의 목표는 독일·프랑스 연대에 기초한 유럽, 미국과 연결고리를 유지하는 유럽, 협력적 민주체제를 유라시아 대륙으로 확장하는 유럽이다. 미국은 유럽을 교두보로 삼아 동유럽은 물론, 새로 독립한 중앙아시아 국가들을 범대서양적 질서로 끌어들여야 한다. 나아가 장기적으로 러시아까지 그런 질서로 포섭할 수 있느냐가 관건이다.

소련의 해체로 인해 러시아의 정체성과 미래가 불투명한 상태다. 러시아에는 서구와의 성숙한 전략적 파트너십 구축, 주변국들의 재규합, 세계적 반미동맹 구축 등의 선택지가 있지만, 당장은 어느 것 하나 마땅치 않다. 그럼에도 러시아의 종국적 선택은 유럽일 것이다. 다만 무조건적인 유럽이 아니라, EU 등을 확대한 범대서양적 유럽이라고 볼 수 있다.

미국의 입장에서 러시아는 파트너로서는 너무 약하고, 돌봐줄 환자로서는 너무 강하다. 따라서 미국은 러시아가 범대서양적 유럽과 유기적 관계를 증대시킬 수 있는 환경을 만들어 주어야 한다. 동시에 우크라이나, 아제르바이잔, 우즈베키스탄 등이 유럽을 향하게 해야 한다. 유럽과 미국은 팽창적이지 않고 민주적인 러시아와 적대적일 필요가 없다.

오늘날 유라시아에서 가장 불안정한 곳은 유럽의 동남쪽과 중앙아시아, 남아시아의 일부와 페르시아만 그리고 중동 등을 포괄하는 지역이다. 이 지역은 인종적·정치적·종교적으로 복잡하고 불안정하다. 한마디로 유라시아의 발칸이다. 러시아, 터키, 이란 등도 이 지역을 지배하기에는 정치적으로 약하고, 배타적으로 개발하기에는 경제적으로 빈곤하다.

미국은 이 지역에서 지배적이 되기에는 너무 멀리 떨어져 있고, 개입하지 않기에는 너무 큰 힘을 가지고 있다. 실제로 모든 역내 국가는 그들의 생존을 위해 미국의 개입이 필요하다고 본다. 따라서 미국의 일차적 이해관계는 단일국가가 이 공간을 통제하지 못하게 하는 것이다. 그래서 어떤 나라도 배제하지 않지만, 또한 어떤 나라의 독점도 허용하지 않는 것이다.

유라시아에 대한 미국의 정책이 효율적이기 위해서는 미국이 극동지역에 닻을 내리고 있어야 한다. 중국이 바로 극동의 닻이다. 중국은 지역적 강국으로 성장하겠지만, 세계적인 국가가 되기는 어려울 것이다.(이것이 그동안 중국에 대한 미국의 전통적인 평가였다.) 따라서 미국은 중국을 지역적 강국으로 인정하면서 파트너십을 강화할 필요가 있다.

일본은 전쟁책임론, 미국과의 특수한 안보관계 등으로 인해 경제대국이지만 역내의 정치적 영향력은 미미하다. 향후 미·중 또는 미·일 관계의 변화에 따라 일본의 미래가 어떻게 될지 불투명하고 불안정하다. 따라서 미국은 일본이 계속적으로 미국의 특별한 동반자가 되어 미국의 세계적 사명에 함께하도록 노력해야 한다. 역내 안정 달성을 위해 미국의 세계적 힘, 중국의 지역적 우월성, 일본의 국제적 지도력을 잘 조합할 필요가 있다.

그러나 최근에 시진핑의 중국은 중국몽(中國夢)이나 일대일로(一帶一路) 등을 앞세워 지역적 강국을 넘어 세계적 제국을 지향하고 있다. 소련 붕괴 이후 30년 만에 바야흐로 미국과 어깨를 겨누려는 국가가 등장한 것이다. 그래서 트럼프와 차별화에 나서는 바이든도 중국에 대한 정책 기조만은 계승하고 있다. 과연 중국이 미국의 견제와 포위를 뚫고 발전을 지속할지, 아니면 한계에 부딪힐지가 향후 미국의 패권적 지위를 가를 분수령이 될 것이다.

우리야말로 이처럼 심각한 미·중 갈등의 한복판에 서 있다. 그 갈등이 고조될수록 양국은 남북화해에 소극적일 수밖에 없다. 중국은 통일한국이 미국으로 경도될 것을 우려한다. 반면 미국은 통일한국이 중국으로 경도될 것을 우려한다. 특히 한·일 갈등은 미국의 우려를 부채질한다. 저자는 "극동의 조그만 반도 반쪽이 미국의 힘이 내려앉을 수 있는 횃대를 제공하고 있다"고 설파한다. 그만큼 한국은 미국에 중요하다. 중국에 북한도 마찬가지다.

미국에서는 여전히 고립주의와 개입주의가 대립하고 있다. 그중에 저자는 적극적 개입론자다. 그에게 미국 없는 세계는 무질서일 뿐이다. '거대한 체스판'을 통해 그는 미국의 적극적 개입을 역설한다. 후속작인 '선택'(The Choice·2004)에서는 그런 개입이 일방적 지배가 아니라, 모범적 리더십을 통해 행사되어야 한다고 부연한다.

거대한 체스판이 앞으로도 미국의 뜻대로 관리될지 두고 볼 일이다. 오늘날 격화하고 있는 미·중 갈등이 일차적 관건이다. 그것이 우리의 안보와 경제까지 뒤흔들고 있다. 이런 격랑 속에서 애오라지 남북대화에만 목을 매는 것은 공허하다. 지금은 넓은 시야로 차분하게 국가적 생존을 도모할 때다. 그것이 아마 이번 정상회담에 임하는 우리 측의 자세일 것이다.

05 거대한 환상

The Great Delusion

존 미어샤이머

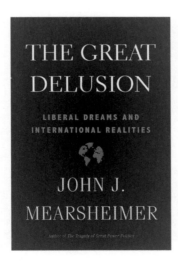

**왜 미국은
일상적
전쟁 국가가
되었나**

이제 외교 전략의 대전환이 불가피하다.
우선 민족주의는 상수로 인정해야 한다.
아울러 절제된 현실주의를 외교 전략의
기본으로 삼아야 한다는 것이 저자의 주장이다.

요즘 한·미 동맹의 든든함을 이야기할 때 빠지지 않고 등장하는 말이 '가치 동맹'이다. 여기서 가치란 물론 자유민주주의다. 냉전 종식 후 유일 패권국인 미국은 비자유주의적 국가들에 대해 자유민주주의를 요구 또는 강요했다. 즉 가치 외교를 적극적으로 펼쳤다. 당연히 자유민주주의가 보편적 가치로 수용되고, 세계는 평화로운 공동체가 될 것만 같았다.

하지만 현실은 그렇지 않다. 미국은 걸프전쟁, 이라크전쟁, 아프가니스탄전쟁 등 굵직한 전쟁을 연달아 치렀다. 그 사이에도 세계 곳곳의 여러 분쟁에 개입했다. 클린턴, 부시, 오바마 대통령 집권 기간 동안 미국은 3년 중 2년은 전쟁 중이었다. 이처럼 미국은 냉전 종식 후에 오히려 일상적인 전쟁 국가로 변모하고 말았다.

이런 심각한 딜레마를 심층적으로 해부하고 대안을 모색해 본 전략사상서가 있다. 바로 존 미어샤이머의 '거대한 환상'(The Great Delusion·2018)이다. 냉전 이후 미국의 외교적 목표는 전 세계의 자유민주주의화였다. 특히 외교 엘리트들은 이런 목표가 어떤 수단을 써서라도 성취할 만한 가치가 있다고 믿었다. 실제로 전쟁도 불사했다. 하지만 그런 구상 자체가 '거대한 환상'이라는 것이 저자의 지적이다. 이제 미국은 그 미몽에서 벗어나 현실주의 외교 노선으로 전환해야 한다.

냉전의 종식으로 자유주의가 공산주의에 대해 최종적인 승리를 거뒀다. 그래서 한때 '역사의 종언'이라는 말이 유행했다. 이런 분위기는 세계 유일의 패권국이 된 미국을 고무시켰다. 본래 미국은 자신들이 세계에 대해 운명적 역할을 해야 한다고 믿는 경향이 있다. 자연스럽게 미국은 자신의 가치, 즉 자유주의를 전 세계로 확산시키려는 열망을 갖게 되었다.

자유주의는 개인의 권리와 자유를 절대적으로 존중하는 사상이다. 고전적 자유주의는 신체·종교·양심·언론 등의 자유를 중시한다. 이른바 소극적 자유다. 국가는 이런 자유를 지켜주는 야경꾼으로 충분하다. 국가가 그 이상 나서면 효율적이지 않을 뿐만 아니라, 이런 자유조차 침해당한다. 이처럼 고전적 자유주의는 국가의 과도한 역할을 극히 경계한다.

반면 소극적 자유가 지켜지려면 평등한 조건이 필요하다. 이를 위해서는 국가의 적극적인 '개입'이 필요하다는 것이 진보적 자유주의다. 한마디로 진보적 자유주의는 적극적인 국가 역할을 강조한다. 사회가 복잡해지고 국가의 역할이 증대하면서 진보적 자유주의가 차츰 우위를 차지했다. 그래서 오늘날 자유주의라고 하면 그것은 곧 진보적 자유주의를 의미한다.

이런 자유주의는 국제 무대에서 패권국의 '개입'을 정당화한다. 실제로 냉전 종식 후 유일 패권국이 된 미국은 자유주의를 전 세계로 전파하려는 이상을 품게 되었다. 지체없이 그것을 외교 정책의 기조로 삼았다. 이른바 '자유주의 패권 전략'이다. 만약 세계를 자유주의 국가로 채운다면, 세계적으로 자유와 인권이 보장되고 자유로운 교역을 통해 경제는 번영한다.

그런데 왜 이것이 '자유주의 전략'이 아니라 '자유주의 패권 전략'일까. 자유주의는 개인의 자유와 권리를 존중한다. 거기서는 궁극적인 목표, 즉 '훌륭한 삶이 무엇인가'에 대한 합의가 어렵다. 그래서 국가가 나서서 차이와 분쟁을 조정·해결한다. 이때 누가, 어떤 정권이 조정자로 나서느냐에 따라 목표와 규칙이 바뀐다. 그래서 권력 장악을 위한 경쟁이 활발하다.

마찬가지로 자유주의를 국제사회에 적용할 때도 조정자가 누구냐에 따라 목표와 규칙이 달라진다. 유일 패권국인 미국이 자유주의를 전파한다면 그것은 당연히 미국식 자유주의다. 그런 외교 정책은 단순한 '자유주의 전략'이 아니라, '자유주의 패권 전략'이 될 수밖에 없다. 더구나 국제 관계에서는 자유주의의 덕목인 다름의 인정, 즉 관용이 설 자리가 없다.

그럼에도 냉전 후 이상에 들뜬 미국 외교 엘리트들에게 자유주의 패권 전략은 숭고한 사명이었다. 그들은 비자유주의 국가에 자유주의를 요구 또는 강요했다. 이에 불응하면 강경한 개입을 통해 체제 변경(regime change)도 시도했다. 심지어 전쟁까지 불사했다. 한마디로 유일 패권국인 미국은 세계를 상대로 마치 세계의 정부인 것처럼 거침없이 행동했다.

어느 정도 한계에도 불구하고 자유주의는 한 국가 내에서 우수한 지침으로 작동한다. 그만큼 개인의 자유와 권리를 보장하는 원리도 없다. 그러나 유일 패권국이 자유주의를 모든 나라에 적용하려고 할 때는 사정이 달라진다. 무엇보다 패권국이 세계의 정부 역할을 완벽하게 대신할 수 없다. 나라마다 역사와 문화가 다르다. 거기서 다양한 저항이 야기된다.

특히 저항과 반발의 두 가지 근원이 있다. 하나는 민족주의다. 그것은 한 국가의 국민들에게 정체성을 제공하는 강렬한 신조다. 무엇보다 민족주의는 자결(自決)을 희구한다. 자결이 침해받으면 저항이 일어난다. 더구나 민족주의는 어느 나라에나 강하게 존재한다. 실제로 자유주의와 민족주의가 격돌하면 사람들은 본능적·정서적으로 민족주의 편에 서게 된다.

다른 하나는 국가의 생존과 실리를 가장 중요하게 고려하는 현실주의다. 거기에 개인의 자유와 권리가 설 자리는 없다. 자유주의냐 현실주의냐의 선택에 내몰릴 때 숭고한 이상을 존중해 자유주의 편에 설 나라는 없다. 한마디로 현실 세계에서 자유주의는 민족주의나 현실주의의 적수가 되지 못한다.

돌이켜보면, 자유주의가 미국에서 확고하게 자리 잡은 것은 1960년 대 이후다. 아직도 그 이상이 완전히 실현되지 못하고 있다. 더구나 세계에는 개인의 자유나 권리보다 집단이나 국가의 생존과 안녕이 우선이라고 생각하는 나라나 사람들이 수두룩하다. 그 이상이 아무리 숭고하더라도, 모든 나라의 모든 사람들이 미국식 자유주의를 희망하는 것은 결코 아니다.

이처럼 자유주의는 한 나라의 운용 지침으로는 손색이 없지만, 외교 전략이 되기는 어렵다. 패권국이 아무리 강력해도 세계의 정부 노릇을 하기에는 역부족이다. 실제로 자유주의 패권 전략은 냉전 이후 세계를 더욱 불안정하게 만들고, 미국을 항구적 전쟁국가로 바꿔놓았다. 항상 전쟁을 벌이는 나라는 국가 안보에 민감하게 집착하는 나머지, 내부적으로 자신의 자유주의마저 훼손한다. 한마디로 자유주의 패권 전략은 나라 안팎에서 철저히 실패했다.

자유주의는 국제 관계에서 예외적인 신조다. 도리어 민족주의나 현실주의가 훨씬 더 보편적이다. 강렬한 민족주의나 현실주의 앞에서 자유주의는 무력하다. 심지어 미국에서도 마찬가지다. 그러니 이제 외교 전략의 대전환이 불가피하다. 우선 민족주의는 상수로 인정해야 한다. 아울러 절제된 현실주의를 외교 전략의 기본으로 삼아야 한다는 것이 저자의 주장이다.

적어도 중국이나 러시아의 자유주의화는 불가능한 것으로 드러났다. 미국의 전략도 자유주의 블록을 강화하여 비자유주의적 블록에 대항하는 방향으로 바뀌고 있다. 그것은 한마디로 '현실주의적' 선회다. 우리도 겉으로야 얼마든지 '가치 동맹'을 외칠 수 있다. 하지만 속으로는 잠시라도 현실주의의 끈을 놓아서는 안 된다. 생존과 국익보다 나은 가치는 없다.

06 롱게임

The Long Game

러시 도시

중국은
미국을
대체할 수
있을까

몸집이 커진 중국이 미국식 질서를 거부하며
미국과 패권을 다투는 현실 자체만은 명료하다.
거기서 뿜어져 나오는 충격이
전 세계를 뒤흔들고 있다. 특히 우리에게는
생사가 걸린 직격탄이 되고 있다.

정상 외교를 둘러싼 여야의 공방을 바라보면 '또다시 낙오되지나 않을까' 하는 두려움이 엄습한다. 오늘날 세계 정세는 매우 긴박하다. 무엇보다 중국은 일대일로, 중국몽, 중화민족 부흥 등을 내걸고 거침없이 제국화로 치닫고 있다. 그런 행보가 10월 16일 당대회(2022년)를 통해 장기 집권을 추구하는 시진핑 정권의 일탈적 전략이라는 관측이 널리 퍼져 있다.

그러나 이런 소용돌이는 결코 일탈적인 것이 아니라, 중국이 그동안 치밀하게 준비해온 전략의 연장이라는 주장이 있다. 바로 러시 도시의 '롱게임'(The Long Game·2021)이다. 중국이 지난 30여년 동안 기나긴(long) 패권화 전략을 차곡차곡 준비·실천해 왔다는 것이 이 책의 요지다. 그것은 곧 '미국식 질서를 대체하려는 중국의 대전략'(부제)이다. 특히 저자는 현재 백악관 국가안보회의 중국 담당 국장이다. 그 점이 이 책에 각별한 의미를 부여한다.

대부분의 국가는 제국의 질서에 타협하며 생존을 도모한다. 어느 정도 힘이 생기면 제국의 질서를 약화시키려고 도전한다. 나아가 자신의 질서를 구축·확산하기 시작하고, 궁극적으로는 지배적인 패권국으로 발돋움한다. 결론적으로 말해, 시진핑의 중국은 이런 경로를 완성하려고 박차를 가하고 있다. 이로 인해 미·중 충돌은 피하기 어려운 형국이 되고 있다.

오늘날 중국을 이해하려면 1989년부터 1991년까지 3년에 걸쳐 연이어 벌어진 사건들에 주목해야 한다. 천안문사건(1989) 때 미국은 민주주의의 가치를 들고 중국을 공격했다. 그것이 중국에는 이데올로기적 위협이었다. 걸프전쟁(1990~1991)에서 미국은 첨단 군사 능력을 과시했다. 그것이 중국에는 군사적 위협으로 다가왔다. 소련 붕괴(1991)로 소련이라는 공동의 적이 사라졌다. 이제 중국이 미국의 유일한 지정학적 위협으로 남게 되었다.

이것들은 '트라우마가 된 3대 사건'이라고 할 만하다. 그만큼 중국에 전방위적으로 충격을 주었다. 무엇보다 중국은 미국이 자신들의 사상이나 체제를 용인하지 않고 오로지 미국식 질서를 강요한다고 판단했다. 그래서 과거의 굴욕을 되풀이하지 않기 위해 미국식 질서를 거부하는 대전략을 구상하게 되었다. 특히 중국은 당이 모든 분야의 통제권을 가지고 있다. 그런 체제는 무슨 일이든 일단 결정되면 은밀하고 일사불란하게 추진하는 데 유리하다.

중국은 아직은 자신들의 힘이 취약하다는 점을 냉정하게 인식했다. 이때 제시된 전략이 이른바 도광양회(韜光養晦)다. 밖으로 몸을 낮춘 채 안으로 힘을 기르자는 전략이다. 이런 계획 아래 개혁·개방을 내걸고 미국이 주도하는 글로벌 시장에 등장했다. 특히 미국의 최혜국대우, WTO(세계무역기구) 가입 등을 통해 수출을 확대하며, 재빠르게 '세계의 공장'으로 우뚝 섰다.

군사적으로 중국은 주로 방어 위주의 전략을 구사했다. 무기도 마찬가지다. 미국의 무기를 효과적으로 막을 잠수함, 기뢰, 미사일 등 비대칭적 무기 생산에 주력했다. 그 밖에는 생산 능력이 있어도 생산하지 않았다. 정치·경제적 측면에서 보면, 국제기구에 가입하여 이웃나라들을 안심시키고, 기구의 규칙을 통해 미국의 영향력을 견제했다. APEC(아시아태평양경제협력체) 가입이나 WTO 가입이 대표적이다. 경제 규모는 WTO 가입 당시 미국의 10%였으나, 지금은 70%에 달한다.

중국은 2008년 미국발 금융위기를 심각하게 받아들였다. 미국이 휘청거리는 가운데 중국은 비교적 승승장구했다. 이를 통해 자신들의 체제에 대해 한껏 자신감을 갖게 되었다. 실제로 그때 중국의 국제적 위상은 크게 높아져 있었다. 이런 현실을 바라보며 중국은 금융위기가 국제적 세력 균형에 있어서 매우 중대한 변화를 드러낸 상징적 사건이라고 여겼다.

이를 기점으로 중국은 능력을 숨기고 때를 기다린다는 도광양회 전략을 버리고 유소작위(有所作爲) 전략으로 나아갔다. 유소작위란 의도적으로 무언가를 달성한다는 뜻이다. 군사적으로도 단순히 미국을 방어하고 거부하는 소극적 전략에서 벗어나기 시작했다. 그래서 항공모함, 고성능 함정, 상륙부대, 해외시설 등에 힘을 쏟았다. 이를 통해 노골적으로 주변국들에 군사적 영향력을 과시하며, 먼 거리의 섬과 해역을 점유·점거하기 시작했다.

정치적으로 보면 그동안 미국의 영향력을 약화시키기 위해 지역 기구들에 가입해 교착시키는 데 집중했다. 하지만 이제는 그런 소극적 전략을 벗어나 아예 자신이 주도하여 지역 기구를 출범시키는 구축 전략을 추구했다. 대표적인 것이 아시아인프라투자은행(AIIB)의 설립이다. 그 밖에도 자신이 주도하는 지역 안보 관련 기구의 위상을 격상시키려고 노력했다.

경제에서도 방어적 자세를 벗어나 공격적 전략을 추구했다. 이러한 노력의 중심에는 일대일로 구상, 이웃국가들에 대한 강력한 경제 전략 사용, 막대한 재정적 영향력 행사 등이 있다. 특히 상대적으로 힘의 공백이 있는 서쪽 지역 국가들로 진출하며 고속도로, 철도, 통신, 에너지 채널을 적극적으로 건설했다. 실제로 많은 나라들이 중국의 물량 공세에 흔들렸다.

2016년 영국에서는 브렉시트가 있었고 미국에서는 트럼프가 대통령에 당선되었다. 대표적 민주 국가들이 스스로 만들어낸 국제 질서에서 후퇴할 조짐을 보였다. 아울러 미국을 비롯한 서구는 코로나19에 대처하는 데 실패를 거듭했다. 중국은 이런 사건들이 미국 중심의 서구 체제가 붕괴하는 조짐이라고 보았다. 동시에 중국 체제의 우월성이 다시금 입증된다고 믿었다. 경제 규모도 미국의 70%에 달했고, 실질 구매력은 미국을 앞서기 시작했다.

마침내 2017년 시진핑은 서구가 몰락하고 중화민족의 부흥이 실현되는 '신시대'가 도래했다고 선언했다. 그들에게 미국은 이제 더 이상 두려운 상대가 아니다. 그동안 아시아에서 미국 질서를 약화시키고 중국 질서를 구축하던 도광양회와 유소작위는 구시대 유물이 되었다. 이제는 '100년 만의 대변동'을 맞아 전방위적으로 지역을 넘어 전 세계로 뻗어나갈 때다. 시진핑은 2049년까지 중화민족 부흥을 완성한다는 구체적인 시간표까지 제시했다.

오늘날 중국은 군사력을 전방위적으로 확대하며 첨단기술 발전에 박차를 가하고 있다. 이른바 전랑(戰狼)외교를 통해 자신의 입장을 국제무대에서 강압적으로 관철하려고 한다. 아울러 자신의 체제가 우수하다는 점도 널리 부각하고 있다. 한마디로 글로벌 패권 국가의 길로 거침없이 내닫고 있다. 이로써 미·중은 패배하면 치명상을 입는 극한 대결로 접어들었다.

이처럼 중국은 지난 30여년 동안 도광양회(1989~2008), 유소작위(2009~2016)를 거쳐, 오늘날 '100년 만의 대변동'(2017년 이후)을 추구하고 있다. 그들은 미국의 힘을 면밀히 가늠하면서 그에 걸맞게 치밀하고 일관된 '롱게임'을 준비·실천해 왔다는 것이 저자의 주장이다. 저자의 현직에 비추어, 이런 견해가 바이든 정부의 중국관이라고 해도 무방하다.

저자의 주장이 너무 미국 중심이라는 비판도 있다. 하지만 몸집이 커진 중국이 미국식 질서를 거부하며 미국과 패권을 다투는 현실 자체만은 명료하다. 거기서 뿜어져 나오는 충격이 전 세계를 뒤흔들고 있다. 특히 우리에게는 생사가 걸린 직격탄이 되고 있다. 외교가 정쟁의 소재로 소모되는 현실이 딱하다.

07 위험 구간
Danger Zone
마 이 클 베 클 리 외

미 · 중 대결,
앞으로
10년이
가장 위험하다

2020년대는 일촉즉발의 '위험 구간'이다.
당장 2~3년 안에 전쟁이 일어날 수도 있다.
"어느 편이 이기느냐"는 지금 우리에게
사치스러운 고담준론이다.
관건은 이런 고단한 과정을 안전하게 통과할
우리의 생존전략이 무엇이냐다.

요즘 미국의 관심은 온통 중국을 어떻게 포위·견제하느냐에 쏠려 있다. 돌이켜보면, 중국은 미국 주도 세계 질서로 들어와 한때 냉전 종식의 조력자 역할을 톡톡히 했다. 그러나 지금은 스스로 패권 국가가 되어 미국 주도의 세계 질서를 무너뜨리려고 한다. 중국은 왜 패권화를 서두를까. 미국은 어떻게 대응해야 할까.

이런 난제를 미국 측 입장에서 깊이 파고든 전략론이 있다. 바로 마이클 베클리와 할 브랜즈의 '위험 구간'(Danger Zone·2022)이다. 현재 중국은 정점에 도달하여 상당한 능력과 기회를 가지고 있다. 반면 곧 하락하기 시작하여 10년쯤 지나면 능력과 기회가 크게 약화된다. 중국은 그 기간 안에 모험적으로 패권 도전에 나서려고 한다. 따라서 2020년대는 미·중이 날카롭게 격돌할 아주 위험한 시기다. 이처럼 오늘날 세계는 '위험 구간'을 건너고 있다는 것이 저자들의 주장이다. 우리말 번역은 '중국은 어떻게 실패하는가'(2023)이다.

시진핑은 중국몽을 강조한다. 중국몽이란 공산당이 권력을 유지하고, 상실한 영토를 회복하고, '아시아인을 위한 아시아'를 건설하고, 나아가 글로벌 초강대국이 되는 것이다. 그것이 또한 아편전쟁 이후 굴욕의 역사를 청산하려는 중국인들의 민족적 비원(悲願)이기도 하다. 그들에게 미국은 이런 꿈을 방해하는 존재다. 그래서 지난 수십 년 동안 조용히 힘을 기르며 기회를 엿보았다. 마침내 중국몽을 노골화하며 미국과의 대결을 불사하고 있다.

사실 중국은 미·중 수교와 개혁 개방을 통해 자유무역 시스템에 올라탔다. 마침 세계 교역량이 급증하는 가운데 수출 주도형 경제를 일으켜 급성장했다. 그러나 인구 붕괴가 시작되고, 전제주의 강화로 제도와 국가 기구가 경직되고, 정부 주도 개발이 한계에 다다랐다. 더구나 글로벌 환경의 악화로 수출에 크게 의존하는 성장 전략이 한계에 도달했다.

중국은 밖으로는 자신만만하지만, 안으로는 여러 불안 요소가 있다. 이에 대한 돌파구가 중국식 성장 모델이다. 그 핵심은 "당은 절대적 권력을 갖고 인민은 더 많은 부를 얻는다"는 것이다. 이를 지탱해 주는 것은 '끊임없는' 경제적 성과다. 그러나 중국 내부의 사정과 외부의 사정으로 인해 지속적 고성장은 더 이상 어렵다. 중국은 이미 정점에 도달했다.

유라시아는 땅덩어리는 크지만 여러 나라가 맞대고 있어 지정학적으로 험악하다. 어느 나라가 제국을 지향하면 적대 세력도 그만큼 커진다. 프랑스, 독일, 소련 등이 한때 제국의 꿈을 꾸었으나 모두 좌절하였다. 오늘날에도 중국이 중국몽을 노골화하자, 주변국들이 긴장·반발하고 있다. 특히 뒤늦게나마 중국의 속내를 간파한 미국이 전방위적으로 중국 봉쇄에 나서고 있다. 이로 인해 중국은 경제적 쇠퇴와 지정학적 포위라는 쌍둥이 망령에 직면해 있다.

무모한 전쟁을 일으키는 원인은 계속된 상승세로 생겨난 자신감이나 낙관주의가 아니다. 오히려 그 결과로 나타나는 하락에 대한 두려움이다. 현실에 만족하지 못하는 강대국에 기회의 창이 닫히기 시작하고, 그 지도자들이 이전에 약속한 영광스러운 미래를 이룰 수 없다. 이런 불안감에 휩싸이면 무모한 전쟁에 나설 가능성이 높다. 달리 돌파구가 없다.

오늘날 중국이 우려스러운 것은 그동안 상당한 성과를 이룩했지만 미래가 더 이상 밝아 보이지 않는다는 점이다. 민주국가라면 민주적 제도가 공격적 충동과 내부의 긴장을 완화하는 충격 흡수 장치 역할을 한다. 그러나 권위주의 체제는 그런 장치가 없다. 과거 독일이나 일본이 무모한 전쟁에 나선 전례가 있다. 오늘날 중국도 비슷하다. 오히려 더 심각한 처지다.

중국은 과거 영토를 되찾고, 동중국해와 남중국해를 자신의 앞바다로 만들려고 한다. 이를 통해 지역 패권을 장악하고, 세계 패권국으로 나아가려고 한다. 이 과정에서 대만 병합은 필수적이다. 더구나 쇠락을 모면하려는 중국은 대담한 행동에 나설 수 있는 능력을 가졌고, 또 반드시 그래야 하는 순간이 다가왔다. 2020년대는 악몽 같은 10년이 될지 모른다.

미국은 전후 냉전 초기의 경험을 되새겨 볼 만하다. 전후 10년간은 소련 공산주의에 서유럽을 포함하여 세계의 많은 부분을 내어줄 수도 있는 '위험 구간'이었다. 그러나 미국은 과감하게 마셜플랜을 실행하고 나토(NATO)를 창설했다. 독일과 일본을 재빠르게 우방으로 끌어들였다. 한국전쟁이 발발하자 지체 없이 참전하여 자유진영 국가들에 신뢰를 주었다.

당시 미국은 가차 없이 정책의 우선 순위를 정하고 전략적 목표와 전술적 민첩성을 결합했다. 또한 지나치게 도발적인 위협은 삼가하되, 신중하게 계산된 위험은 기꺼이 감수했다. 한마디로 냉전의 조짐을 신속하게 포착하고 선제적 조치를 과감하게 실행했다. 이를 통해 자유진영을 규합하며 냉전이라는 장기전에 대비했다. 결과적으로 수십 년 동안 이어진 냉전은 오히려 '평화'가 되었다. 세계는 번영을 구가하고 미국은 냉전에서 승리했다.

오늘날 상황도 전후 냉전 초기 상황과 유사하다. 중국이 자본과 디지털 기술을 앞세워 전 세계로 권위주의를 확산시키고 있다. 바야흐로 세계는 자유주의 진영 대 전제주의 진영 간 대결의 조짐을 보인다. 이렇듯 오늘날 우리는 역사상 또 다른 '위험 구간'을 맞이하고 있다. 미국은 냉전 초기의 교훈을 되살리되, 전략은 오늘날 상황에 맞게 재구성해야 한다.

우선은 다양한 안보 동맹이 필요하다. 또한 사안별로 경제·기술 협력도 필요하다. 이를 통해 자유주의 진영의 재세계화(re-globalization)를 구축해야 한다. 무엇보다 대만 방어가 필요하다. 다양한 대비 태세를 강구하되, 전쟁도 불사할 각오를 해야 한다. 설사 '위험 구간' 전략이 성공해도 이 대결은 바로 종식되지 않는다. 냉전과 마찬가지로, 적어도 한두 세대 동안 이어질 전망이다. 다만 '위험 구간'만 무난히 지나면 시간은 미국과 자유주의 진영 편이다.

한때 큰 전쟁은 기존 강대국이 신흥 강대국의 부상을 용인하지 않아 발생한다는 주장이 풍미했다. 이른바 '투키디데스의 함정' 이론이다. 그래서 미국이 중국의 존재를 인정해야 한다는 점잖은 충고도 있었다. 하지만 최근에 미국 조야의 기류는 확 바뀌었다. 저자들이 주장하듯이 '몰락하는 신흥 강대국의 위험' 이론이 득세하고 있다. 냉전 초기에 미국이 전력을 기울여 소련 공산주의에 대응했듯이, 지금은 중국 전제주의에 맞서야 한다는 것이다.

　미국의 가장 큰 시험대는 대만이다. 대만을 지키고 현재의 질서를 고수하느냐, 아니면 대만을 내주고 중국의 패권화를 용인하느냐. 만약 대만을 둘러싸고 미·중 군사대결이 벌어지면 한국·일본도 끌려들어가게 된다. 우리는 이런 운명적 역할을 피하기 어렵다. 다만 우리는 다른 나라들이 탐내는 안보·기술 측면의 강점을 가지고 있다. 이를 적극 활용할 만하다.

　2020년대는 일촉즉발의 '위험 구간'이다. 당장 2~3년 안에 전쟁이 일어날 수도 있다. 그러고도 수십 년 동안 피말리는 대결이 이어진다. 따라서 "어느 편이 이기느냐"는 지금 우리에게 사치스러운 고담준론이다. 관건은 이런 고단한 과정을 안전하게 통과할 우리의 생존전략이 무엇이냐다.

08 이미 시작된 전쟁

이 철

**동북아에서
전쟁은
이미
시작되었다?**

우리가 중립을 지키기는 점점 어려워지고 있다.
따라서 일관된 국가 전략을 가다듬을 필요가 있다.
동시에, 다자 외교에 더욱 힘을 쏟아야 한다.
우리에게 최악은 극심한 정쟁 속에서 무전략으로
양안전쟁에 휘말리는 것이다.

최근에 헨리 키신저는 "5~10년 내에 미·중 충돌로 3차 세계대전이 일어날 가능성이 있다"고 경고했다. 그 핵심은 양안(중국·대만)을 둘러싼 갈등이다. 키신저뿐만 아니다. 오늘날 많은 전문가들은 양안전쟁을 피하기 어려운 일로 여기는 분위기다. 왜 양안전쟁은 점점 현실화하고 있을까. 과연 우리는 어떻게 대응해야 할까.

이런 사태를 날카롭게 해부하며 우리의 대처 방안을 짚어본 국내 전문가의 도발적인 전략론이 있다. 바로 이철의 '이미 시작된 전쟁'(2023)이다. 이제 양안전쟁은 피하기 어렵다. 실질적으로 이미 시작된 것이나 다름없다. 미·중의 직접적 충돌은 명약관화하다. 우리나라도 틀림없이 휘말린다. 심지어 남북 간 군사 충돌 가능성도 적지 않다. 어차피 우리가 전쟁을 피할 수 없다면, 선제적 북침 통일도 고려해 볼 만하다는 것이 저자의 파격적인 제안이다.

지난해 10월 중국 공산당은 시진핑 3연임과 일인 지도체제 강화를 단행했다. 중국이 지금까지 달려온 것처럼 앞으로도 고속 성장을 계속 이어가기는 어렵다. 즉 더 큰 성장 과실로 인민들에게 만족을 줄 수 없다. 그럼에도 시진핑은 중국몽을 더 높이 외치며, 예상을 뛰어넘는 초강수를 두었다. 그 이면에는 조국 통일이라는 중국의 민족적 비원이 도사리고 있다. 이제 기본적인 민생은 달성했으니, 남아있는 최대 목표는 바로 조국 통일인 것이다.

성장은 한계에 부딪히고 통일도 되지 않으면 시진핑 체제는 난관에 봉착한다. 나아가 중국 공산당이 위험해지고, 중국이라는 나라 자체가 조각날 수도 있다. 그래서 시진핑에게 양안전쟁 이외에 선택지가 없다. 실제로 중국은 양안전쟁을 집요하게 준비하고 있다. 지속적으로 군비를 늘렸고, 그 초점은 양안전쟁이다. 그들의 군사적 준비가 완성될 즈음에 대만 침공은 더 이상 피할 수 없는 현실이 될 것이다. 그것은 대략 2026~2027년쯤으로 전망된다.

한동안 중국은 일국양제 등을 통해 평화 통일을 낙관했다. 하지만 대만에서 외성인 기반의 국민당 1당 지배체제가 종식되고 내성인 기반의 민진당이 약진했다. 더구나 많은 대만 사람들이 홍콩 탄압 등을 바라보면서 중국 공산당에 대해 거부감을 키우고 있다. 그래서 자신을 중국인이라고 생각하는 사람은 2%에 불과하다. 반면 대만인이라고 생각하는 사람이 60%를 넘는다. 이런 흐름도 중국이 대만 침공을 더 이상 늦출 수 없는 요인으로 작용하고 있다.

사실 중국과 대만의 국력 차이는 엄청나다. 군사력 차이도 마찬가지다. 양자가 전쟁을 하면 상대가 안 된다. 그러나 미국이 있다. 미국에 대만은 중국이 태평양으로 나오지 못하게 막는 솥뚜껑과도 같은 존재다. 만약 중국이 대만을 병합하고 태평양을 자유롭게 드나들게 되면 미국은 이 지역의 패권적 지위를 잃는다. 나아가 세계 패권도 크게 흔들리게 된다. 따라서 미국은 양안전쟁을 방관하지 않을 것이고, 중국도 이에 면밀히 대비하고 있다.

중국이 침공해 오면 대만은 잔뜩 웅크린 채 방어하는 수밖에 없다. 이른바 고슴도치 전략이다. 핵심은 중국군의 대만 상륙을 저지하는 것이다. 설사 상륙하더라도 대대적인 시가전으로 저항하는 것이다. 중국 공산당을 혐오하는 국민 정서가 대만의 방어전략에 긍정적으로 작용할 것이다. 관건은 미군이 채비를 갖춰 도착할 때까지 대만이 얼마나 버텨내느냐다.

미국은 당연히 양안전쟁에 참전한다. 절친한 동맹인 영국도 참전한다. 그 밖에 동맹국들도 상징적 차원에서 참전한다. 특히 일본은 참전 의지가 적극적이다. 이 전쟁을 통해 아시아에서 '일인지하 만인지상'의 지위에 오르고 복잡한 영토 분쟁도 해결할 수 있다. 즉 분명한 국익이 걸려 있다. 호주도 참전하여 남태평양에서 영향력 확대를 꾀한다. 반면 러시아, 이란, 파키스탄은 중국 편에 선다. 한편 인도나 대부분의 동남아 국가는 중립을 지킨다.

문제는 우리나라다. 그동안 중국은 우리나라가 양안전쟁에서 중립을 지킬 수 있을지 탐색해 왔다. 하지만 최근에는 포기하는 분위기다. 그 이유가 아이러니하다. 중국은 한국이 일관된 전략으로 움직이는 나라가 아니라고 본다. 그래서 미·일 입장에 편승해서 수동적으로 전쟁에 끌려들어가게 될 것이라고 판단한다. 사실 한국군이나 주한미군의 전력은 막강하다. 한국군과 주한미군의 양안전쟁 참전을 막을 수만 있다면 그것만큼 효과적인 조치도 없다.

마침 중국에는 북한 카드가 있다. 전쟁을 감행할 즈음, 중국은 북한에 남한에 대한 도발 분쟁을 주문할 수 있다. 체제 생존에 목을 맨 북한은 그런 요구를 받아들일 수밖에 없다. 그래서 한국군과 주한미군을 붙잡아둘 만한 아주 강력한 분쟁을 일으킬 가능성이 높다. 물론 그것이 의외의 계기로 전면전으로 비화될 수도 있다. 결국 우리는 양안전쟁 참전 여부와 관계없이 양안으로 가서든 한반도에 앉아서든 어차피 분쟁이나 전쟁을 피하기 어렵다.

대만과 그 주변 도서를 포함하는 국지 영역에서는 지리적 이점 등으로 인해 중국군이 유리하다. 반면 대만 외곽과 남중국해를 아우르며 광역화할수록 미군이 우세하다. 중국은 국지 영역 우세만으로 승전하기 어렵다. 그래서 남중국해에서 영유권을 주장하며 산호초 등에 군사기지를 건설하고 있다. 반면 미국은 '항행의 자유'를 주장하며 무력 시위를 통해 중국 측 시도를 무력화시키려고 한다. 이런 대결도 양안전쟁에 대비한 거친 살바싸움 중 하나다.

양안전쟁을 놓고 가상 대결, 즉 워게임이 무성하다. 미국이 이기는 결과도 있고 중국이 이기는 결과도 있다. 2027년이 유력하지만 시기에 대해서도 설왕설래가 많다. 한국과 일본은 중국의 선제 공격 대상이 될 가능성이 높다. 문제는 미국이 전쟁 거점인 중국 동부, 즉 중국 본토를 공격할 것이냐다. 이에 대응해 중국이 미국 본토를 겨냥할 것이냐도 관건이다. 이 전쟁이 비교적 국지전으로 한정될지, 말 그대로 3차 대전으로 비화할지 불확실하다.

미국은 정권이 바뀌어도 외교·안보는 초당적이다. 일본은 자민당 1당 체제다. 중국·러시아·북한은 독재 국가다. 주변국들은 각자 나름대로 장기적인 국가 전략을 가다듬고 있다.

반면 우리는 정권이 바뀔 때마다 외교나 안보가 냉온탕을 오간다. 국민 여론도 분열되어 있다. 일관된 국가전략을 숙성시킬 만한 여건이 미흡하다. 실제로 주변국들도 우리를 '전략이 없는 나라'로 간주한다. 아무 전략 없이 전쟁에 휘말리면 승패와 상관없이 희생만 떠안게 된다.

이제라도 전략을 궁리해야 한다. 한 가지 선택지는 선제적 북침이다. 양안에 묶인 중국이 한반도에 개입하기 어렵다. 미국도 북한을 제거하는 데 반대하지 않는다. 그래서 아무 전략 없이 수동적으로 양안전쟁에 끌려 들어가기보다 차라리 이번 기회에 전면적인 북침을 통해 통일을 시도해 볼 만하다는 것이 저자의 도발적 제안이다. 상식적으로 선뜻 납득하기 어렵다. 그러나 분명한 것은 이런 제안이 나올 만큼 우리의 현실이 매우 절박하다는 점이다.

우리가 중립을 지키기는 점점 어려워지고 있다. 따라서 일관된 국가 전략을 가다듬을 필요가 있다. 동시에 다자 외교에 더욱 힘을 쏟아야 한다. 우리에게 최악은 극심한 정쟁 속에서 무전략으로 양안전쟁에 휘말리는 것이다. 더구나 2026~2027년은 우리의 정권교체기다.

09 위험한 일본책

박훈

**식민제국의
사과를 받아낸 것은
우리가 거의
유일하다**

과거 제국주의의 행태에 대해
비판을 멈춰서는 안 된다.
다만 그것이 오로지 반일 민족주의를
부추기기 위해서라면 곤란하다.

우리는 한·미 동맹이나 미·일 동맹을 아주 당연하게 여긴다. 반면한·일 동맹은 아예 금기해 왔다. 최근에는 한·일 동맹의 우회로로 한·미·일 공조니 동맹이니 하는 말이 회자되고 있다. 그만큼 한·일 관계를 재설정해야 한다는 압력이 나라 안팎에서 높아지고 있다. 하지만 우리는 강고한 민족주의로 인해 한·일 관계를 전략적으로 유연하게 설계하기 어려운 실정이다.

반일 민족주의는 일본의 뻔뻔함과 부도덕성을 규탄하며 몸집을 불려왔다. "독일은 반성·사과했지만 일본은 여전히 안 한다." 우리가 귀에 못이 박히게 들어온 이야기다. 그러나 독일이 일찌감치 반성·사과한 것은식민 지배가 아니다. 주로 학살이나 침략이다. 사실 서구 국가들에 제국주의 시대는 그저 역사의 한 과정일 뿐이라는 인식이 팽배하다. 그러니 국가 차원에서 식민 지배를 반성하거나 사과하는 일은 좀처럼 찾아보기 어려운 실정이다.

이런 가운데 옛 식민 제국으로부터 공식적 사과를 받아낸 것은 한국이 거의 유일하다는 도발적 담론이 있다. 바로 서울대 박훈 교수의 '위험한 일본책'(2023)이다. 우리의 강고한 반일 민족주의에 비추어 그런 주장은 위험하고 불온하게 보인다. 그것이 이 책에 '위험한'이라는 딱지(?)가붙여진 이유다. 이 책은 칼럼 등을 모아놓은 교양서적이다. 술술 읽어내려가다 보면, 여러 방면에 걸쳐 우리의 일본 상식이 얼마나 일그러져 있는지 실감하게 된다.

우선 저자는 일본이 우리와 비슷한 것 같지만, 실상은 판이한 나라라고 강조한다. 우리는 사회 전체가 하나의 거대한 소용돌이에 휘말린다. 반면 일본은 각자 정해진 상자 안에 머문다. 좌우든 상하든 다른 상자는 넘보지 않는다. 그만큼 각자 역할이 정해져 있다고 믿는다. 세습 의원이 30%를 넘어도 불만이 없다. 그들에게 나라를 다스리는 일은 엘리트의 몫이다.

우리의 개인주의는 자유의 향유보다 각자도생으로 치닫고 있다. 반면 일본에서는 아예 개인주의 관념이 희박하다. 다만 집단이나 타인에게 영향을 미치지 않는 범위 안에서 '개인의 고립'은 허용된다. 그래서 무언가에 홀로 몰두하는 오타쿠가 많다. 우리가 문(文)의 나라라면, 일본은 무(武)의 나라였다. 전란의 시대가 끝나자, 일본은 무사를 교육시켜 문에도 강한 나라가 되었다. 우리가 지정학적 지옥이라면, 일본은 재해에 시달리는 지질학적 지옥이다.

오늘날 일본은 메이지유신에서 비롯되었다. 메이지유신은 혁명이 아니라, 말 그대로 유신이다. 그만큼 '질서 있는' 체제 내 변혁이다. 그런 변혁은 구체제와 타협하거나 철저한 개혁을 주저하기 쉽다. 이것을 돌파하는 관건은 기성 체제의 일부였던 변혁 주체가 얼마만큼 자기부정과 자기혁신을 할 수 있느냐에 있다. 메이지유신은 사무라이의 신분적 자살이며, 사무라이를 배신한 사무라이 정권이었다.

실제로 사무라이 출신인 유신 주도 세력은 사무라이 중심의 구체제와 단절하기 위해 사무라이 반란 세력과 격렬한 내전도 불사했다. 동시에 폐번치현을 단행하면서도 영주 가문을 온존시켰다. 막부 측 인재들을 처벌하거나 핍박하지 않고, 각 분야에서 능력을 발휘하도록 허용했다. 막부의 마지막 장군은 공작 작위를 주며 포용했다. 일관된 목표를 향하되, 관용·협력·통합을 바탕으로 일본은 전통적 사무라이 국가에서 개방적 근대국가로 빠르게 바뀌었다.

중국은 천황을 굳이 일왕이라고 부르지 않는다. 욱일기를 단 일본 함정의 입항도 막지 않는다. G2가 되고도 일본을 얕잡아보지 않는다. 반면 우리는 반일감정을 앞세워 일본을 깔보기 일쑤다. 우리가 국권을 잃은 것은 반일감정이 부족해서가 아니다. 일본이 어떻게 변화해 왔는지, 그것이 우리의 운명에 무엇을 의미하는지를 제대로 파악하지 못했기 때문이다.

이런 사정은 지금도 마찬가지다. 일본의 실상을 정확하게 파악해 보려는 노력이 미흡하다. 대신 강고한 반일 민족주의가 모든 논의를 뒤덮는다. 거기서는 반일 자체가 아예 목적이 되어 버렸다. 돌이켜 보면 안중근, 이승만, 김구는 자유와 평화를 위해 반일을 주창했다. 그렇듯 반일 자체가 중요한 것이 아니다. 무엇을 위한 반일인가에 대한 성찰이 절실하다.

우리에게는 일본에 대한 무시와 경멸, 폄훼만 있는 것이 아니다. 동시에 선망과 두려움, 피해의식도 공존한다. 그만큼 우리의 '일본 콤플렉스'는 복잡하다. 마찬가지로 일본도 '한국 콤플렉스'가 있다. 하지만 그들은 한국이 아무리 높이 올라와도 일본 바로 아래 있어야 한다고 생각한다.

대한민국(Republic of Korea)은 공화국이다. 우리는 공화국의 시민이다. 반면 일본인들은 형식적으로 일황의 신민이다. 하지만 패전의 멍에로 인해 정식 국명을 일본 왕국이라고 하지도 못한다. 그래서 어정쩡하게 그 냥 일본국(Japan)이라고만 부르고 있다. 왕조의 신민들에게는 왕이냐 황 제냐가 중요하다. 하지만 이미 공화국 시민이 된 우리가 일황을 굳이 일 왕이라고 부를 이유가 없다. 그런 사소한 것에서부터 일본 콤플렉스를 타 파할 필요가 있다.

오늘날에도 천황은 일본 국민의 절대적 지지를 받고 있다. 섣불리 역 사 문제에 천황을 끌어들이는 것은 현실적으로 득보다 실이 클 수 있다. 이런 가운데 아키히토 선황(先皇)은 일황 시절에 자신의 직계 조상인 간 무 천황의 생모가 백제 무령왕의 후손이라고 말했다. 그는 한국을 방문해 무령왕릉에 참배하고 싶어 한다고 알려져 있다. 지금이라도 그의 방한이 실현된다면 일본의 한국 콤플렉스를 완화하고 양국 간 관계 개선에 도움 이 될 수 있다.

냉정히 따져보면, 우리는 옛 식민제국으로부터 식민 지배에 대해 공식 적인 반성과 사과를 받아낸 거의 유일한 나라다. 1998년 김대중·오부치 선언은 "오부치 총리대신은… 일본이 과거 한때 식민지 지배로 인하여 한 국 국민에게 다대한 손해와 고통을 안겨주었다는 역사적 사실을 겸허히 받아들이면서, 이에 대해 통절한 반성과 마음으로부터의 사과를 하였다" 는 내용을 담고 있다. 온도 차는 있지만, 역대 일본 정권들도 이 선언을 부정하지 않는다.

당시 김 대통령은 일본 측 사과를 수용하며 일본 문화 개방을 약속 했다. 양국은 이런 상호존중에 기반하여 한·일 관계를 미래지향적으로 가꿔나가자고 다짐했다. 지금 김대중·오부치 선언을 읽어보면 "이렇게 진지한 시절도 있었나" 하는 의구심이 들 정도다. 그런 점에서 저자는 김대중·오부치 선언을 한·일 관계의 헌법으로 삼을 만하다고 역설한다. 안타까운 것은 김 전 대통령의 구상이 그를 계승한다고 자부하는 세력에 의해 훼손되고 있다는 사실이다.

과거 제국주의의 행태에 대해 비판을 멈춰서는 안 된다. 다만 그것이 오로지 반일 민족주의를 부추기기 위해서라면 곤란하다. 그런 비판은 양국의 자유와 민주, 평화를 위한 것이어야 한다. 양국은 아시아 최고의 민주 국가이자 경제 강국이다. 반목보다 협력이 양국 모두에 득이 된다. 이런 공감을 바탕으로 어떤 형태든 간에 건설적인 협력이 요구된다.

또다시 한반도 주변에 먹구름이 끼고 있다. 또다시 한·일 관계를 어떻게 설정하느냐가 중요하다. 무엇보다 반일 민족주의의 거품을 걷어내고 일본을 차분히 이해하려는 노력이 절실한 때다. 이런 책이 더 이상 '위험한' 책이 아니라 시시한 책이 되는 날이 빨리 와야 한다.

10 대통령의 컬트

The Cult of the Presidency

진 힐리

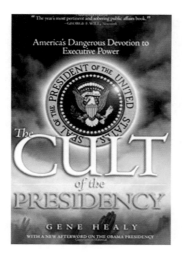

대통령의 권력은 어떻게 확대되는가

과도한 기대는 필연적으로 제왕적 대통령을 초래한다. 하지만 민주주의는 제왕을 쫓아내고 탄생한 제도다. 오늘날 한껏 방만해진 대통령의 권력은 아무리 견제받아도 부족하다. 당장 필요한 것이 코로나19 사태를 전시 상황에 빗대려는 유혹을 최대한 경계하는 일이다.

요즘 대통령 지지율은 코로나19가 진정되면 떨어지고 코로나19가 고조되면 덩달아 올라간다. 대통령에 대한 신뢰가 조금이라도 남아 있는한, 이런 재난 앞에서 대중은 그런 신뢰에 더욱 기댈 수밖에 없다. 만약 전쟁이라도 일어난다면 대통령은 곧바로 '전시' 사령관이 된다. 이처럼 전시또는 그에 준하는 비상 상황은 대통령의 권력을 대폭 확대시킨다.

그런데 이런 현상은 견제와 균형을 무너뜨려 민주주의를 위협할 우려가 있다. 바로 이 점을 날카롭게 지적한 것이 진 힐리의 '대통령의 컬트'(The Cult of the Presidency · 2008)이다. 'cult'는 숭배, 추종, 광신적 사이비 종교집단 등을 두루 의미한다. 또한 'presidency'는 대통령 개인보다자리나 직(職)이라는 의미가 강하다. 따라서 조금 과장해 말하자면 '대통령직에 대한 광신적 숭배'가 제목이 암시하는 이 책의 주제인 것이다.

저자는 조지 워싱턴부터 조지 부시 2세에 이르기까지 미국 대통령의권력이 어떻게 변화되어 왔는지를 집요하게 추적한다. 그에 따르면, 19세기까지 비교적 억제되던 대통령의 권력은 20세기에 들어서 극적으로 확대되었다. 무엇보다 권력은 스스로 증식하려는 속성을 가지고 있다. 아울러일반 시민들도 대통령이 '모든 문제'를 해결해 줄 수 있는 전능한 존재라고 생각한다. 이런 과도한 기대 심리 역시 대통령의 권력 팽창을 부추기는배경이 되고 있다.

전제왕정을 혐오한 건국의 설계자들은 대통령을 '최소한의 지도자 (minimum leader)'로 규정했다. 그들에게 국정의 중심은 의회였다. 대통령은 의회의 결정을 집행하는 책임자일 뿐이다. 특히 그들은 대통령이 포퓰리스트나 선동가가 되는 것을 극도로 경계했다. 그래서 초기의 대통령은 사람들을 상대로 연설도 거의 하지 않았다. 심지어 토머스 제퍼슨은 의회에서 연두연설조차 왕의 연설이 연상된다는 이유로 문서로 대체했다.

물론 다소 예외인 경우도 있었다. 대표적인 인물이 링컨이다. 그는 내전을 지휘하며 연설도 자주 하고 반역자들의 투옥, 노예해방 선언, 남부에 대한 군사적 점령정책 등 상당히 독자적인 권력을 행사했다. 하지만 그것은 추세라기보다 그의 개인 역량에 힘입은 바가 크다. 실제로 후임자 앤드루 존슨은 의회에 의해 탄핵 공세를 받았다. 이처럼 대략 19세기까지 대통령의 권력은 상당히 제한적이었다. 대통령은 여전히 의회를 절대적으로 존중했다.

이런 추세에 결정적 변화를 가져온 인물이 시오도르 루스벨트였다. 그는 자신이야말로 진보 시대를 이끄는 강력한 향도자라고 생각했다. 따라서 그에게 의회는 신속한 개혁을 방해하는 성가신 존재였다. 그는 사회악 척결을 명분으로 권력을 확대했다, 뒤이어 우드로 윌슨도 전쟁을 수행하며 대통령의 권력을 더욱 팽창시켰다. 이런 추세는 잠시 소강상태를 맞이했다.

얼마 후 대공황 시대에 집권한 프랭클린 루스벨트는 대통령의 권력을 결정적으로 강화했다. 그는 대통령실에 가해진 제한을 제거하고 보좌진을 대폭 늘려 방대한 관료조직을 만들었다. 또한 법원을 압박하고 의회를 겁박하며 국민들에게 직접 호소했다. 특히 라디오를 통한 그의 노변 담화(爐邊 談話)는 유명하다. 심지어 그는 임금과 가격을 규제하고 국내 사찰을 강화했다.

특히 여기서 주목하는 것은 점점 발전해가는 미디어의 기능이다. 의회나 법원은 한 사람을 통해 한목소리를 내기 어렵다. 반면 행정부는 대통령 한 사람이 한목소리를 낼 수 있다. 그만큼 대통령은 미디어를 통해 자신의 존재를 과시하며 대중에게 직접 호소하기가 유리하다. 이처럼 미디어의 발전도 대통령에 대한 컬트를 부추기는 배경적 요소가 되었다.

그 이후로 대통령들은 자신을 대중의 호민관으로 여기고 의회와 법원을 무시하기 일쑤였다. 바야흐로 대통령은 전쟁, 재난, 실업, 빈곤, 건강, 안전, 심지어 도덕에 이르기까지 '모든' 문제를 해결하는 전능한 존재로 여겨졌다. '살아있는 신'이나 마찬가지다. 대통령(후보)도 그렇게 주장하고 유권자들도 그렇게 생각했다. 말 그대로 대통령의 컬트가 완성되었다.

이처럼 확대일로를 걷던 대통령의 권력은 커다란 암초를 만났다. 첫 번째는 베트남전쟁이다. 이 전쟁의 실패로 인해 대통령은 신뢰를 잃었다. 그리고 결정적인 타격은 워터게이트사건이다. 닉슨이 탄핵 위기에 몰려 사퇴하면서 대통령은 불신과 조롱의 대상이 되었다. 이로 인해 포드, 카터, 클린턴 등은 다소 약화된 권위에 만족해야 했다.

물론 반론 또한 만만치 않다. 대통령에 대한 대중적 신뢰는 낮아졌음에도 불구하고, 실제로 대통령의 권력은 별로 줄어들지 않았다는 것이다. 심지어 9·11테러가 발생하자 '인기 없었던' 부시는 국가안보를 내세워 '테러와의 전쟁'을 선포하고 국내 사찰을 강화하고 기본권을 제한하는 강력한 조치를 연달아 내놓았다. 그는 '전시' 대통령의 권한을 유감없이 휘둘렀다.

이로써 베트남전쟁과 워터게이트사건 이후 다소 움츠러들던 대통령의 권력은 9·11테러를 계기로 고삐가 풀려 도리어 한층 더 강화된 모양새가 되었다. 한마디로 대통령은 '돌아온 슈퍼맨'이 되었다. 더구나 "미국인들은 정부를 신뢰하지 않지만, 정부가 더 많은 것을 해주기를 (여전히) 원한다". 이래저래 대통령의 권력은 줄어들기 어려운 노릇이다.

이처럼 역사적으로 살펴보면, 대통령의 권력이 극적으로 확대되는 계기가 있다. 바로 전시이거나, 또는 그에 비견되는 비상국면이다. 링컨은 내전을 지휘했다. 시오도르 루스벨트는 진보 시대에 사회악과 대결했다. 윌슨은 1차 세계대전을 치렀다. 프랭클린 루스벨트는 대공황과 싸웠다. 2차 세계대전도 발발했다. 부시는 테러와의 전쟁을 내걸었다. 이라크도 침공했다.

전시나 그에 준하는 비상 상황에서는 불가피하게 민주적 과정보다 즉각적 효율이 선호된다. 그로 인해 대통령의 권력은 순식간에 확장되고 민주주의는 위축된다. 그런데 오늘날에는 전쟁뿐만 아니라 다양한 비상 상황이 꼬리를 물고 이어지고 있다. 목전의 코로나19 사태도 그중 하나다. 문제는 '비상' 여부를 판단하는 기준 자체가 지극히 자의적이라는 점이다.

저자는 '가짜 우상'(False Idol·2012)을 통해 오바마도 가짜 우상 행세를 한다고 비판한다. 오늘날 트럼프의 전횡도 세계적 관심거리다. 그러나 미국은 의회와 법원의 입지가 비교적 견고하다. 더구나 국가권력이 주

(州)로 상당히 분산되어 있다. 반면 우리나라는 의회와 법원의 독립성이 취약하다. 무엇보다 국가권력이 대통령 일점으로 집중되어 있다. 또한 대통령에 대한 대중적 기대심리도 강하다. 대통령의 권력이 폭주할 가능성이 그만큼 높다.

얼마 전 문재인 대통령은 "코로나19 위기 상황에서 의료인들이 의료현장을 떠난다는 것은 전시 상황에서 군인들이 전장을 이탈하는 것이나 마찬가지다"라고 질타했다. 이처럼 대통령(들)은 호시탐탐 '전시' 사령관으로서 전권(全權)을 욕망한다. 아울러 최근에 대통령에 대한 팬덤이 생겨나더니 지금은 아예 컬트로 바뀌었다. 한마디로 대통령교(教)가 만들어졌다.

이런 과도한 기대는 필연적으로 제왕적 대통령을 초래한다. 하지만 민주주의는 제왕을 쫓아내고 탄생한 제도다. 오늘날 한껏 방만해진 대통령의 권력은 아무리 견제받아도 부족하다. 당장 필요한 것이 코로나19 사태를 전시 상황에 빗대려는 유혹을 최대한 경계하는 일이다.

11 어떻게 민주주의는 무너지는가

How Democracies Die

스티븐 레비츠키 외

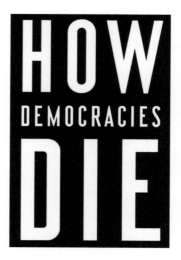

**민주주의는
선출된 지도자에 의해
'합법적으로'
무너진다**

야당과 여론이 아무리 반대해도 대통령은
'법대로' 임명을 강행한다. 그런 대결 자세는
개별 제도를 넘어 민주주의 전반을 위협한다.
민주주의가 선출된 지도자의 손에서
'합법적으로' 무너진다는 경고는
결코 강 건너 불이 아니다. 발등의 불이다.

'조국(曺國) 파동'은 여전히 진행형이다. 온전한 토론은 온데간데없고 극단적 주장과 선동만 난무한다. 이게 민주국가인가 하는 탄식이 절로 나온다. 우리뿐만이 아니다. 세계 도처에서 민주주의의 미래를 우려하는 목소리가 끊이지 않는다. 심지어 미국도 예외가 아니다.

무엇보다 트럼프의 집권을 계기로 미국의 민주주의를 우려하는 견해가 적지 않다. 대표적인 것이 바로 스티븐 레비츠키와 대니얼 지블랫의 '어떻게 민주주의는 무너지는가'(How Democracies Die · 2018)이다. 과거에는 민주주의가 폭력적 방식에 의해 '불법적으로' 훼손되었다. 반면 오늘날에는 선출된 지도자의 손에서 '합법적으로' 무너지고 있다는 것이 저자들의 주장이다. 특히 그들은 트럼프가 민주주의를 해치는 극단주의자라고 비판한다.

어디서나 극단주의 선동가들의 등장이 민주주의 붕괴의 단초다. 그들은 대개 대중적 인기가 높은 아웃사이더다. 하지만 과거에는 그들이 정치권에 진입하기가 어려웠다. 간혹 '노회한' 정치인들이 그들의 인기를 이용하기 위해 연합의 손을 내밀었다. 그들 중 상당수는 그런 기회를 활용해 재빨리 권좌에 오르는 수완을 발휘했다. 무솔리니, 히틀러, 차베스 등이 대표적이다.

국민이 민주적 가치를 지지한다면 민주주의는 살아남는다는 주장이 있다. 그런 낙관론은 국민이 자신의 의지대로 정부를 구성할 수 있다는 전제에서나 성립된다. 하지만 현실은 그렇지 못하다. 예를 들어 1920년대에 독일 국민이 전체주의를 선호했다는 어떠한 증거도 없다. 따라서 실질적으로 극단주의 선동가의 등장을 막는 것은 정당, 특히 정치 엘리트 집단의 몫이다.

내각책임제에서 총리는 의회의 일원이자 다수당의 대표자다. 그는 정치집단의 내부 평가를 거친 인물이다. 반면 대통령중심제에서 대통령은 국민이 직접 선출한다. 그만큼 포퓰리즘 선동가의 등장이 상대적으로 용이하다. 그래서 미국에서는 선거인단 제도라는 완충장치가 고안되었다. 거기서는 여론보다 당 지도부의 의중이 결정적이었다. 이런 방식으로 정당은 오랫동안 문지기(gatekeeper) 역할을 수행했다.

하지만 그런 정치 행태가 밀실담합으로 비난받으며, 오늘날에는 선거인단 제도가 단순히 일반 득표를 전달하는 기계적 기능만 하게 되었다. 이런 개방적 환경은 형식적 민주주의를 강화시켰지만 한편으로 정당의 문지기 기능을 약화시켰다. 이로 인해 "대중의 분노를 자극하거나 공허한 공약을 해도 잃을 게 없는 극단주의 선동가"가 손쉽게 등장할 수 있는 길이 열렸다.

트럼프는 당적을 몇 차례 옮긴 극단주의 선동가다. 처음에는 공화당 지도부도 그를 외면했다. 하지만 그는 의도적으로 분열을 획책하며 프라이머리에서 승리했다. 저자들은 공화당 지도부가 선거 승리보다 민주주의 수호를 위해 그런 인물을 거부했어야 한다고 주장한다. 그러나 결국에 그가 승리하자, 공화당 지도부도 차츰 그를 인정하고 말았다.

일단 선거를 통해 권좌에 앉은 극단주의 선동가는 '합법적으로' 민주주의를 위협한다. 축구 경기에 비유하자면, 심판을 매수하고 상대팀 주전의 출전을 방해하고, 또한 자신에게 유리한 방향으로 규칙을 바꾼다. 트럼프 역시 독립적인 국가기관장들에게 충성을 강요하고 각종 행정명령을 남발한다. 아울러 다양한 분야에서 광범위하게 규칙 변경을 시도하고 있다.

민주주의는 결코 완전한 제도가 아니다. 그것이 원활하게 작동하기 위해서는 그 운영방식으로서 다양한 규범이 필요하다. 그중에 대표적인 것이 '상호관용'과 '제도적 자제'다. 상호관용이란, 경쟁자를 인정하고 존중하는 태도다. 그의 주장에 반대하거나 그것을 혐오할지언정 경쟁자의 선의를 믿는 자세다. 상대를 적대자로 여기는 순간, 민주주의는 곧 멈춰서게 된다.

제도적 자제란, 헌법적 권한을 무조건 100% 행사하는 것이 아니라 상황에 따라 권한의 행사를 절제하려는 태도다. 미국 초대 대통령 조지 워싱턴은 헌법에는 다선 금지가 명시되어 있지 않았지만 3연임을 사양했다. 그 이후의 대통령들도 그의 절제에 거의 예외 없이 따랐다. 모든 권력 주체들이 법에 규정된(또는 금지되지 않은) 권한을 '최대한' 휘두른다면 민주주의는 대혼돈에 빠져든다. 견제와 균형의 시스템을 유지하기 위해 제도적 자제는 필수이다.

미국에서 이런 규범들은 비교적 잘 지켜져왔다. 하지만 1990년대 뉴트 깅리치 전 하원의장의 강경노선이 이런 규범들을 무너뜨리고 공화당 강경파를 전면에 나서게 만들었다. 그들은 '불법이 아니면 무엇이든 한다'

는 자세를 취했다. 특히 최초의 흑인 대통령이 탄생하자, 그들은 오바마가 '진정한' 미국인이 아니라고 비난하며 사사건건 극단적으로 대결했다. 그들에게 '진정한' 미국인이란 개신교도 백인들뿐이다. 미국도 '그런' 사람들만의 나라라는 것이다.

극단주의 선동가인 트럼프의 집권은 그런 파당적 흐름의 결정판이다. 그의 언행에서 상호관용이나 제도적 자제는 조금도 찾아보기 어렵다. 그는 FBI 등 독립적인 국가기관장들을 임의로 갈아치우고, 경쟁자와 반대자들에게 가혹한 공격을 서슴지 않는다. 또한 의도적으로 인종주의를 부추기고 서슴없이 분열을 통해 정치적 승리를 쟁취하려고 으르렁거린다.

앞으로 미국 민주주의의 미래는 세 가지 운명적 변수에 의해 좌우될 것이다. 첫째로, 공화당 지도부의 태도다. 그들이 과연 트럼프에 동조할지 또는 그를 견제할지다. 둘째로, 여론의 향배다. 지지율이 높을수록 트럼프는 더 위험한 인물이 될 것이다. 마지막으로, 전쟁이나 대규모 테러 등의 돌출이다. 트럼프 시대에는 안보 위기가 민주주의의 더욱 큰 위험요소로 대두했다.

야당은 어떻게 대응해야 할까. 저자들은 야당도 똑같은 자세로 맞선다면 설사 승리하더라도 상처뿐인 영광이라고 주장한다. 민주주의가 파괴된 마당에 정치적 승리는 무의미하다는 것이다. 따라서 민주주의의 원칙과 규범의 준수를 권한다. 미셸 오바마의 연설이 저절로 떠오른다. "그들이 낮게 가더라도 우리는 높게 가야 한다.(When they go low, we go high.)"

역사적으로 정치인들이 원칙에 입각해 희생적 선택을 한 경우가 간혹 있다. 최근의 프랑스 대통령 선거에서도 극단주의자 르펜의 당선을 막기 위해 보수당이 이념을 뛰어넘어 중도좌파 마크롱을 지지했다. 그러나 정치인들이 당장의 승리보다 원칙에 충실하기란 쉽지 않다. 실제로 요즘 미국 민주당은 TV 토론에서 트럼프를 '깔아뭉갤' 후보를 찾고 있다고 한다.

아무리 주권이 국민들로부터 나온다 해도 민주주의를 수호할 책임은 일차적으로 정당과 정치 엘리트들에게 있다. 그들이 극단주의 선동가의 등장을 막고, 바람직한 규범을 가꿔나가야 한다. 그중에서도 가장 중요한 규범이 바로 상호관용과 제도적 자제다. 그런 규범이 헌신짝처럼 내동댕이쳐지면, 자연스럽게 극단주의자들만 득세하게 된다.

우리 민주주의는 제도로서는 손색이 없다. 하지만 운영방식으로서 규범이 취약하다. 최근의 인사청문회만 보더라도 야당과 여론이 아무리 반대해도 대통령은 '법대로' 임명을 강행한다. 그런 대결 자세는 개별 제도를 넘어 민주주의 전반을 위협한다. 민주주의가 선출된 지도자의 손에서 '합법적으로' 무너진다는 경고는 결코 강 건너 불이 아니다. 발등의 불이다.

12 브라만 좌파 대 상인 우파

Brahmin Left vs Merchant Right

토마 피케티

정치가 '그들만의 리그'가 되었다

오늘날 좌파 정당은 더 이상 광범위한 중하층 집단을 대변하지 않는다. 그 대신에 고학력의 지적인 엘리트 (즉 브라만 좌파)를 대표하는 정당으로 변모했다. 반면 우파 정당은 전통적으로 비즈니스 엘리트(즉 상인 우파)를 대변해왔다. 그리하여 정치는 두 부류의 엘리트가 양분하는 '이중 엘리트' 정당 체제를 갖추게 되었다.

10여년 전에 다소 냉소적 의미로 '강남좌파'라는 말이 처음 등장했다. 그때 "나는 강남좌파다. (나 같은) 강남좌파가 더 많아져야 한다"고 일갈한 것이 바로 조국(曺國) 전 장관이다. 실제로 지금은 그런 사람들이 권력의 중심부에 '더 많아졌다'. 바야흐로 강남좌파의 시대라고 해도 과언이 아닐 정도다. 이것은 오로지 우리나라에만 있는 특이한 현상일까.

그들과 유사한 부류로 미국에는 '리무진 진보주의', 영국에는 '샴페인 사회주의', 프랑스에는 '캐비어 좌파' 등이 있었다. 이들은 한동안 예외적 존재로 여겨졌다. 하지만 오늘날에는 그런 부류들이 좌파 정치의 중심세력으로 부상했다고 주장하는 국제적 비교 연구가 등장했다. 바로 프랑스 경제학자 토마 피케티(48)의 '브라만 좌파 대 상인 우파'(Brahmin Left vs Merchant Right · 2018)다. 시쳇말로 하자면 '먹물 좌파 대 장사꾼 우파'다. 부제(副題)는 '불평등의 심화 및 정치적 갈등구조의 변화'다.

그에 앞서 저자는 저서 '21세기 자본'(Capital in the 21th Century · 2013)에서 지난 수백 년간의 통계자료에 근거해 매우 도발적인 주장을 펼친 바 있다. "자본수익률은 항상 경제성장률을 앞선다. 따라서 경제가 발전할수록 불평등도 심화된다." 그의 단정적 결론에 대해 반론도 만만치 않지만, 오늘날 전 세계적으로 불평등이 심화되고 있는 점은 분명하다.

그럼에도 이런 불평등 문제에 정치적인 대응이 제대로 이뤄지지 않는 이유는 무엇일까. 특히 좌파 정당이 자신의 존재이유나 마찬가지인 불평등 문제에 침묵하는 이유는 무엇일까. 이 물음에 천착해 답을 모색해본 것이 '브라만 좌파 대 상인 우파'다. 본문 65쪽과 별첨자료(도표) 113쪽으로 구성된 논문이다. 전문이 온라인에 공개되어 있다.

이 논문은 1948년부터 2017년까지 약 70년간의 프랑스·미국·영국의 투표 자료에 근거해 세 나라의 정치적 갈등구조가 어떻게 변화했는지를 추적한다. 이런 탄탄한 실증적 접근이 이 논문의 최대 강점이다. 저자는 세 나라의 경우를 차례로 분석한 다음, 공통적인 변화 양상을 결론으로 제시한다. 그것은 무엇보다 좌파 정당(사회당·민주당· 노동당 계열)의 지지층이 크게 바뀌었다는 점이다. 여기에는 교육이 결정적 변수로 작용했다.

적어도 1960년대까지는 계급투표가 이루어졌다. 즉 저학력 저소득층은 좌파 정당을 지지한 반면, 고학력 고소득층은 우파 정당을 지지했다. 그런데 1970년대부터 고학력층의 좌파 정당 지지도가 증가하기 시작했다. 2000년대 이후에는 이런 경향이 아예 확고한 현상으로 굳어졌다. 2016년 미국 대선에서 학사학위 소지자의 51%, 석사학위 소지자의 70%, 박사학위 소지자의 76%가 민주당을 지지한 것으로 드러났다.

왜 이런 일이 벌어졌을까. 여기에는 두 가지 이유가 있다. 첫째는 고학력층의 확대 및 다양화다. 과거에는 고등교육을 받은 사람이 상대적으로 적었다. 또한 대부분의 대학 졸업자는 의사·법률가·교수·엔지니어 등 상층 전문직에 진출하여 안정된 삶을 향유했다. 하지만 차츰 고학력층의 수가 폭발적으로 증가했고, 그들의 직업·고용형태·수입 등도 폭넓고 다양해졌다.

둘째는 저학력의 전통적 산업 노동계급의 몰락이다. 그들은 대규모 사업장을 배경으로 뚜렷한 정체성과 조직력을 자랑하던, 말 그대로 좌파 정당의 핵심 기반이었다. 하지만 산업의 해외탈출이나 자동화로 인해 대부분이 레스토랑 직원, 운전사, 청소부 등 하층 서비스 노동자로 전락했다. 그들은 더 이상 좌파 정당의 중심적 지지층으로 기능하기 어렵게 되었다.

이런 구조적 위기를 맞아 좌파 정당은 생존을 위해 전략적으로 새로운 지지층을 찾아나섰다. 그것이 바로 진보적인 사회문화적 전문직 종사층이었다. 그들은 대개 고학력 화이트칼라 중산층이었다. 이에 따라 좌파 정당은 '경제적' 진보정치보다 '문화적' 진보정치를 표방하게 되었다. 물론 좌파 정당의 문화적 진보정치를 무조건 비난만 할 수는 없다.

사실 전통적 노동자 계급은 늘 문화적 보수주의에 안주해 있었다. 따라서 그들을 문화적으로 각성시키는 것은 좌파 정당 엘리트의 주요한 역할이다. 그러나 오늘날 좌파 정당은 아예 중하층 노동자 계급과의 연대를 상실한 채 문화적 진보정치에 골몰한다는 것이 문제다. 이로 인해 그들은 자연스럽게 불평등 문제에 더 이상 '절실한' 관심을 보이지 않게 되었다.

오늘날 새로운 하층 서비스 노동자나 중하류 계층은 정치적으로 의지할 곳이 없다. 어떤 정치 세력도 그들에게 관심을 기울이지 않으며, 또한 그들도 스스로를 조직하거나 동원해내지 못하고 있다. 이런 광범위한 계층이 정치적으로 배제된 탓에 불평등 문제는 점점 더 정치적 관심에서 멀어지고 있다. 따라서 저자는 좌파 정당이 전통적 역할을 회복하여 불평등 문제에 좀더 적극적으로 나서야 한다고 촉구한다.

그러나 이것이 현실적으로 녹록지 않다. 대체로 두 가지 요인 때문이다. 첫째는 세계화라는 시대적 추세다. 좌파 정당의 새로운 지지층인 고학력의 사회문화적 전문직 계층은 세계화의 수혜자다. 그래서 최근에 좌파 정당도 세계화를 적극적으로 지지해왔다. 반면 몰락한 노동계급은 세계화의 피해자다. 이처럼 좌·우뿐만 아니라, 개방주의·보호주의가 또 다른 정치적 균열선으로 등장했다. 한마디로 정치지형이 전통적인 2분위 구조에서 4분위 구조로 분화되었다.

둘째는 우익 포퓰리즘이다. 몰락한 중하층 노동자 계급은 문화적으로 보수주의에 안주하고 경제적으로는 보호주의를 지지한다. 우익 포퓰리즘이 바로 이 점을 파고든다. 실제로 오늘날 유럽과 미국에서 반(反)이민과 보호주의를 앞세운 우익 포퓰리즘이 득세하고 있다. 트럼프가 대표적이다. 포퓰리즘은 지역과 상황에 따라 얼마든지 다른 모습으로 나타날 수 있다.

이처럼 오늘날 좌파 정당은 더 이상 광범위한 중하층 집단을 대변하지 않는다. 그 대신에 고학력의 지적인 엘리트(즉 브라만 좌파)를 대표하는 정당으로 변모했다. 반면 우파 정당은 전통적으로 비즈니스 엘리트(즉 상인 우파)를 대변해왔다. 그리하여 정치는 두 부류의 엘리트가 양분하는 '이중 엘리트' 정당 체제('multiple-elite' party system)를 갖추게 되었다.

오늘날 많은 사람들이 정치에서 배제되고, 또한 정치에 무관심하다.

이로 인해 좌우 정당 지지층 간의 균열선보다 정치에 포섭된 층과 배제된 층 간의 균열선이 더 넓고 강한 실정이다. 어느 여론조사 결과에 따르면, 유권자의 무려 60~70%가 어떠한 정당도 자신을 대변하지 않는다고 생각한다. 그들은 이런저런 포퓰리즘적 유혹에 휘말릴 가능성이 높다.

'브라만 좌파 대 상인 우파'는 왜 좌파 정당이 불평등 문제에 침묵하는가를 역사적·실증적으로 규명하고 있다. 그것은 좌파 정치에 대한 준엄한 비판이지만, 우파 정치 또한 그 비판으로부터 결코 자유롭지 못하다. 좌우를 막론하고 오늘날 서구 정치가 광범위한 유권자를 소외시킨 채 '엘리트들만의 리그'로 전락한 것이 무엇보다 문제다.

우리나라 정치도 마찬가지다. 탄핵으로 인한 우파의 몰락이나 조국 (曺國)으로 인한 좌파의 곤경은 결코 별개가 아니다. 그들은 일란성 쌍둥이다. 바로 이런 이해와 성찰이 일체의 건설적 논의를 위한 최소한의 전제 조건인 것이다.

13 캔자스에서 도대체 무슨 일이 있었나

What's the Matter with Kansas

토마스 프랭크

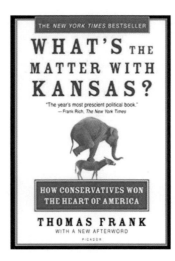

**왜
가난한 사람들은
부자를 위해
투표하는가**

문화 캠페인은 보수의 전유물이 아니다.
우리나라에서는 오히려 진보의 전략이다.
보수든 진보든 막론하고 국민의 눈을 가리고
마음을 훔쳐가려는 시도는 저지되어야 한다.

국회의원 선거가 1년 앞으로 성큼 다가왔다. 선거는 어떤 선거든 예외 없이 중요하다. 그러나 내년 선거는 더욱 특별하다. 왜냐하면 지금 우리 사회는 좌우로 극단적인 분열상을 보이고 있기 때문이다. 이런 때야말로 선거가 나라의 향방을 가른다고 해도 과언이 아니다.

선거는 나라마다, 또한 시기에 따라 그 양상이 각각 다르다. 그럼에도 어디서나 선거를 앞두고 선거전문가들 사이에서 반드시 회자되는 책이 있다. 바로 토마스 프랭크의 '캔자스에서 도대체 무슨 일이 있었나'(What's the Matter with Kansas·2004)다. 우리말로는 '왜 가난한 사람들은 부자를 위해 투표하는가'(2012)라는 제목으로 옮겨졌다.

미국의 공화당은 작은 정부, 감세, 자유시장, 사회복지 제한 등을 강조한다. 반면 민주당은 큰 정부, 증세, 시장개입, 사회복지 확대 등을 추구한다. 단순히 이런 차이만 놓고 보면, 비교적 부유한 사람들은 주로 공화당을 지지하고, 비교적 가난한 사람들은 민주당을 지지해야 마땅하다. 이처럼 우리는 투표가 사회경제적 요인에 근거해 이루어진다고 알고 있다.

그러나 2000년 대통령 선거에서 조지 부시는 '가난한' 사람들의 지지로 당선되었다. 그들은 대륙 중앙부에 널리 분포한 바이블벨트(Bible Belt)의 거주자들이다. 이 지역은 종교적 신앙심은 깊지만 경제는 낙후된 곳이다. 그들은 2016년에도 도널드 트럼프를 열렬히 지지했다. 가난한 사람들이 '어처구니없게도' 공화당, 즉 부자들을 위한 당을 지지한 것이다.

그중에서도 대표적인 곳이 바로 캔자스다. 캔자스는 전통적으로 진보적인 색채가 강한 지역이었다. 하지만 1990년대에 공화당, 그것도 공화당 우파의 아성으로 돌변했다. "캔자스에서 도대체 무슨 일이 있었나?" 그곳이 고향인 저자는 개인적으로 열렬한 진보주의자다. 그는 상세한 정보와 체험을 바탕으로, 이 질문에 대한 답을 날카롭게 추적한다.

캔자스는 미 대륙의 정중앙에 위치한다. 실제로 주민들도 평균적인 미국인의 특징을 가지고 있다. 그로 인해 캔자스는 유명 관광지는 아닐지라도 각종 신상품의 테스트베드(test bed)로 유명했다. 이런 지역적 특성으로 인해 이곳은 1980년대 레이건 대통령 시대에도 실용적 중도주의를 유지하고 있었다. 하원의원 두 명은 민주당 소속이고, 나머지 두 명은 공화당 중도파 소속이었다. 주(洲)의회도 공화당 중도파에 의해 주도되었다.

이 지역은 한때 신자유주의의 물결에 힘입어 번영을 이루는 듯했다. 하지만 결국에는 지역경제가 피폐해졌고 공동체가 파괴되었다. 그런 와중에 주의회에서 사사건건 충돌을 일삼던 일부 공화당 강경파가 1991년에 주의회를 완전히 장악해버렸다. 저자가 보기에 신자유주의는 파탄났음에도 불구하고, 그것의 열광적 지지 세력이 오히려 득세한 것이다.

그렇게 된 결정적 계기는 극렬한 낙태반대 운동이었다. 그해(1991년) 여름, 보수세력의 주도로 벌어진 대대적인 낙태반대 운동이 캔자스 전체를 휩쓸었다. 전국 각지에서 시위대가 몰려들었다. 기독교 보수세력도 적극 참여했다. '자비의 여름(Summer of Mercy)'이라고 불린 이 운동을 이끈 공화당 강경파가 공화당의 중심세력이 되고, 중도파를 한쪽 구석으로 몰아붙였다. 심지어 민주당은 제3당으로 전락하고 말았다.

이 낙태반대 운동은 사람들의 신앙심과 도덕 감정을 날카롭게 자극했다. 감정이 고조된 시위자들은 소리 높여 외쳤다. "나는 정치를 혐오한다. 하지만 태어나지 못한 아기들을 사랑하기 때문에 이 자리에 섰다." 이 운동은 점차 대중선동적인 보수주의 운동으로 발전했다. 1992년에 클린턴이 대통령에 당선되었으나, 캔자스는 오히려 공화당 우파의 세상이 되었다.

그들은 낙태 문제뿐만 아니라 애국심, 가족, 동성애 등 도덕적·문화적 의제들을 전면에 들고나왔다. 이를 통해 그들은 가난이 '경제적' 문제가 아니라 '영적' 또는 '도덕적' 문제라고 외쳤다. 이에 공감한 사람들은 생활이 피폐해질수록 오히려 '오른쪽으로, 더 오른쪽으로' 이동했다. 이처럼 보수우파는 경제적 의제를 감추고 문화적 의제를 앞세워, 바이블벨트의 '가난한' 사람들을 자신들의 지지자로 만들었다는 것이 저자의 진단이다.

한편 1990년대에 빌 클린턴의 민주당은 대도시의 부유한 화이트칼라를 지지층으로 끌어들이는 중도화 전략을 적극적으로 구사했다. 보수우파는 이를 놓치지 않았다. 그들은 민주당을 "가방 끈이 길고 라테나 마시는 대도시의 잘난 체하는 집단"으로 몰아붙였다. 가뜩이나 상실감에 빠져 있던 바이블벨트의 주민들은 더욱 민주당을 외면했다. 따라서 저자는 민주당의 중도화 전략이 일시적 성공을 거두었으나, 결국에는 실책이라고 주장한다.

저자에 따르면, 캔자스 주민들은 낙태반대를 위해 투표하지만, 결국 그 투표가 부자들에게 유리한 과세제도를 만드는 데 이용된다. 이처럼 오늘날 수많은 가난한 사람들이 부자를 위해 투표한다. 더구나 이런 현상이 캔자스에만 국한된 것이 아니다. 미국 전체가 이런 소용돌이에 휘말려 있다. 보수우파는 교묘하게 지지층의 도덕적·문화적 분노를 자극하여 나라 전체를 둘로 나눈다. 이런 분열이 그들의 존재기반이고, 사람들의 분노가 그들의 에너지다.

열렬한 진보주의자인 저자는 레이건의 신자유주의나 보수우파의 문화 캠페인을 극단적으로 혐오한다. 그리하여 보수우파 세력을 '반동' 세력이라고 맹비난한다. 동시에 그는 민주당이 경제적 의제를 강화하여, 중도화 전략보다 사회경제적 지지기반을 공고화해야 한다고 촉구한다. 한마디로 미국판 '집토끼 산토끼'론이라고 볼 수 있다.

이처럼 '캔자스에서 도대체 무슨 일이 있었나'는 투표 행태에 대해 다양한 아이디어를 제공한다. 선거에서 경제적 요인이 핵심적이라는 점을 부인할 사람은 아무도 없다. 하지만 도덕적·문화적 가치들도 여전히 중요하다는 것이 이 책의 전략적 시사점이다. 이로 말미암아 저자의 본래 의도와는 달리, 이 책은 선거전문가들의 주요 참고서로 널리 회자되고 있다.

과거 우리나라 보수세력도 반공·애국심·선진조국 등의 비경제적 의제를 적극적으로 활용했다. 하지만 그들은 실질적인 경제성장을 통해 구체적인 성과도 내놓았다. 그런 것들이 어우러져 한때 장기집권을 구가했다. 하지만 그들은 과거 좋은 시절(good old days)에 매몰된 채 진화를 외면했다. 진화를 멈추면 도태로 내몰린다. 이것이 지금 보수가 처한 곤경이다.

반면 현재 집권 중인 진보세력은 문화적·도덕적 기획 및 전략에 아주 능하다. 그들은 아예 적폐 캠페인, 반일 캠페인, 민족주의 캠페인 등을 집권기반으로 삼고 있다. 하지만 그들에게 치명적인 결점은 구체적인 정책 성과를 내놓지 못한다는 점이다. 심지어 그들은 부동산 폭등, 양극화 심화 등으로 '가난한' 사람들을 오히려 궁지로 몰아넣고 있다. 따라서 그들은 내년 선거도 다양한 관제 문화 캠페인으로 돌파하려는 유혹을 떨쳐버리기 어려울 것이다.

이처럼 문화 캠페인은 보수의 전유물이 아니다. 우리나라에서는 오히려 진보의 전략이다. 보수든 진보든 막론하고 국민의 눈을 가리고 마음을 훔쳐가려는 시도는 저지되어야 한다. 지금부터 1년은 나라의 미래를 위한 결정적 시간이다. 깨어 있는 시민의식이 절실하다.

14 포퓰리즘

Populism

카스 무데 외

포퓰리즘은
왜
사법 시스템을
공격할까

포퓰리즘이 입법이나 행정에 영향을 미치기는
비교적 용이하다. 그러나 사법에 대한 공격은
논리적 근거를 갖기 어렵다. 반대로,
사법에 대한 공격이 성공하면 포퓰리즘은 더 이상
거칠 것이 없게 된다. 이것이야말로 포퓰리즘의
전면화 여부를 가늠하는 시금석이다.

서초동 검찰청사 앞에서 연거푸 대규모 시위가 벌어지고 있다. 대통령이나 정치세력에 항의하는 시위는 흔한 일이다. 그러나 특정 사법기관이 대규모 시위대의 표적이 되기는 처음이다. 이처럼 사법기관을 직접적으로 공격하는 것이야말로 포퓰리즘의 가장 전형적인 양상이다.

그럼에도 우리는 그것을 단지 '또 하나의' 집회로만 바라보고 있다. 이것은 포퓰리즘을 일상어처럼 남발하면서도 정작 그 정치적 함의를 제대로 이해하지 못하는 탓이다. 실제로 우리는 포퓰리즘을 기껏해야 선심성 정책쯤으로 알고 있다. 이로 인해 포퓰리즘이 현실 속에 어떻게 스며들고, 민주주의를 어떻게 위협하는지를 제대로 알아채지 못하고 있다.

우리 주변에 포퓰리즘을 경고하는 주장은 많아도 이에 관한 학문적 연구는 의외로 적다. 다행스럽게도 최근에 포퓰리즘의 핵심을 제대로 짚은 간단명료한 연구서가 등장했다. 바로 카스 무데와 크리스토발 로비라 칼트바서의 '포퓰리즘'(Populism · 2017)이다. 이 책은 포퓰리즘의 정의·역사·사례·민주주의와의 관계 등을 날카롭게 파헤치고 있다.

역사적으로 보면 포퓰리즘은 세계 어디에서나 좌우를 가리지 않고 등장한다. 따라서 그것에 대한 일반적 정의를 내리기조차 어렵다. 그러나 어떤 형태의 포퓰리즘이든 '순수한 민중(people)'과 '부패한 엘리트'를 대비시키는 공통점을 가지고 있다. 즉 모든 포퓰리즘은 한결같이 보통사람

(ordinary people)들을 옹호하고 기득권층을 맹렬하게 비판한다.

이에 비추어 보면 포퓰리즘이란 "사회가 궁극적으로 서로 적대하는 동질적인 두 진영으로, 즉 '순수한 민중'과 '부패한 엘리트'로 나뉜다고 여기고, 정치란 민중의 일반의지의 표현이어야 한다고 주장하는, 중심이 얇은 이데올로기다." 특히 여기서 '중심이 얇다'는 것은 포퓰리즘이 현실영합적일 뿐, 결코 심도 깊은 체계적인 주장이 아니라는 뜻이다. 따라서 그것은 일반적으로 민족주의, 민주주의, 사회주의 등 다른 체계적 이데올로기에 기생하게 마련이다.

이처럼 포퓰리즘은 민중의 순수한 의지가 부패한 엘리트에 의해 저지당한다고 보고 민중의 직접적 참여를 독려한다. 그러나 포퓰리즘은 저항의 수단일 뿐만 아니라, 집권의 수단으로도 활용된다. 특히 집권 중인 포퓰리스트는 기존 엘리트 집단이나 경제권력을 상대로 여전히 전쟁을 벌여야 한다고 주장한다. 이를 통해 민중의 분노를 촉발시켜 권력을 강화하려고 한다.

포퓰리즘은 19세기 후반에 러시아와 미국에서 시작되었다. 러시아의 '민중 속으로(브나로드)' 운동이 대표적이다. 미국에서도 중서부의 '순수한' 농민을 북동부의 '부패한' 엘리트와 대비시키는 움직임이 있었다. 그 이후로도 인종주의, 매카시즘, '티파티' 운동 등 다양한 포퓰리즘이 명멸하고 있다. 유럽에서는 최근에 이민 문제를 둘러싸고 극우적 포퓰리즘이 유행하고 있다.

이런 지역들에서 포퓰리즘은 지배적 지위를 점하지 못했다. 반면 라틴 아메리카에서는 사정이 다르다. 지난 세기 초반 대공황 때부터 줄기차게 포퓰리즘이 성행했다. 정치적 부패가 극심하고 민중은 착취당했다. 이에 대한 반발로 포퓰리즘이 세를 얻었다. 하지만 그것은 민중의 지위향상보다는 오히려 생활파탄으로 막을 내리곤 했다.

무엇보다 포퓰리즘은 민중 동원에 기반한다. 흔히 대통령중심제에서는 개인적 리더십에 의한 동원이 성행하고, 의원내각제에서는 포퓰리즘 정당에 의한 동원이 일반적이다. 하지만 어느 경우든 지도자의 역할은 중요하다. 지도자 중에는 카리스마적 스트롱맨만 있는 것이 아니다. 때로는 '민중의 목소리'를 대변하는 여성, 기업인, 또는 종족 지도자들이 나서기도 한다. 흔히 포퓰리스트들은 자신이야말로 정치 기득권과는 아무런 공통점도 없는 정치 아웃사이더라고 주장한다. 그러면서 마지못해 정치에 참여한 정치 신인이라는 이미지 전략을 구사한다. 하지만 그 역시 실제로는 핵심적 인사이더이지만, 표면적으로 아웃사이더를 교묘하게 표방할 뿐이다. 이로 인해 민중은 결국 엘리트의 이익에 또다시 이용당하고 만다.

물론 포퓰리즘이 무조건 나쁘다고만 볼 수는 없다. 그것은 정치에서 소외되었던 사람들의 정치적 관심을 자극하고 기성정치가 외면했던 쟁점을 물위로 끌어내는 순기능도 있다. 이를 통해 민중의 정치적 참여를 촉발하여 민주주의를 더욱 강화할 수도 있다. 대표적인 주장이 바로 직접민주주의론이다. 실제로 대부분의 경우에 포퓰리즘은 직접민주주의를 표방한다.

사실 민주주의는 복잡한 제도다. 그 특징을 일일이 열거하기 어렵다. 하지만 민주주의의 핵심은 간단하다. 바로 자유선거와 다수결이다. 선거도 결국 다수결로 승패를 정한다. 심지어 고대 그리스에서는 재판도 다수결로 했다.(소크라테스도 다수결로 사형판결을 받았다.) 이처럼 다수의 뜻을 내세우는 포퓰리즘의 주장은 일견 민주적인 것처럼 보일 수도 있다. 이것이 바로 포퓰리스트들이 예외 없이 직접민주주의를 소리 높여 외치는 이유다.

그런데 오늘날 우리가 민주주의라고 부르는 것은 정확히 말해 '자유민주주의'다. 민주주의의 핵심이 다수결인 데 비해, 자유민주주의는 다수결의 예외성을 인정하는 제도다. 대표적인 것이 독립적인 사법기관의 구성이다. 사법적 정의는 결코 다수결의 대상이 아니다. 이처럼 다수결의 원칙을 받아들이되, 다수의 폭정은 불허하겠다는 것이 자유민주주의의 대원칙이다.

포퓰리즘이 다수결이나 다수 이익의 장(場)인 입법이나 행정에 영향을 미치기는 비교적 용이하다. 그러나 사법에 대한 공격은 논리적 근거를 갖기 어렵다. 반대로, 사법에 대한 공격이 성공하면 포퓰리즘은 더이상 거칠 것이 없게 된다. 그런 점에서 사법에 대한 직접적 압박은 심각한 현상이다. 이것이야말로 포퓰리즘의 전면화 여부를 가늠하는 시금석이다.

민주주의의 아킬레스건은 다수의 폭정이다. 그것은 반드시 '다수'의 전횡만 가리키지 않는다. 존 스튜어트 밀은 그의 '자유론'에서 과도하게 조직화된 '소수'의 전횡도 다수의 폭정에 포함시킨다. 이처럼 다수 또는 다수를 가장한 소수의 전횡은 민주주의의 암 덩어리다. 이를 막기 위해 우리는 민주주의를 넘어 자유민주주의 체제를 발전시켜온 것이다.

포퓰리즘은 엘리트 정치가 극단화되어 민중의 현실이 외면당하는 곳에서 독버섯처럼 자라난다. 그래서 어떤 학자들은 포퓰리즘이 왜곡된 정치를 바로잡는 순기능을 하기도 한다고 평가한다. 하지만 현실적으로 민중은 아웃사이더를 가장한 엘리트들에 의해 이용되고 만다. 결국 포퓰리즘은 문제를 근본적으로 해결하기보다 오히려 사회를 더욱 피폐하게 만든다.

우리는 광화문 집회와 서초동 집회를 바라보며 경쟁적 세 대결에만 흥미를 보인다. 그러나 대통령이나 권력 일반에 대한 항의와 달리, 사법부에 대한 직접적 공격은 성격상 전혀 다른 일이다. 그것은 정의마저 다수결로 좌우하려는 횡포다. 한편 미디어 역시 다수결이 아니라, 정의를 관장하는 기구다. 이대로 가다가는 미디어가 다음번 공격 대상이 될 가능성이 높다.

'포퓰리즘'은 우리에게 민주주의 차원에서 포퓰리즘을 어떻게 바라보아야 할지를 날카롭게 일깨워준다. 오늘날 정치가 다수의 민중을 소외시키고 점점 엘리트들만의 쟁투로 흐르고 있는 것이 무엇보다 문제다. 이에 대한 뼈아픈 성찰과 대응이 향후 민주주의의 최대과제다.

15 음모론의 시대

전상진

누가
왜
어떻게
음모론을 퍼뜨릴까

음모론은 한마디로 '올바른' 질문에 대한
'잘못된' 답변이다. 음모론은
진지하게 답을 찾기보다 감정을 폭발시켜 버린다.
그리하여 올바른 답이 도리어
우리에게서 멀어지게 만든다.

요즘 우리 사회에는 음모가 아닌 것이 없을 지경이다. 특히 각종 음모론을 내세우는 사람들이 주로 집권 엘리트 및 그 주변 세력이다. 그들은 스스로를 선하다고 믿으며, 자신들의 선한 의도로 세상을 선하게 바꾸려는 열망을 가지고 있다. 얼핏 보면 음모론을 가장 멀리할 것 같은 사람들이다. 그럼에도 그들이 앞장서서 음모론을 제기하는 이유는 무엇일까.

이런 답답한 물음에 환한 빛을 비춰주는 인상적인 연구가 있다. 바로 서강대 전상진 교수의 '음모론의 시대'(2014)이다. 이 책은 음모론이라는 난해한 주제를 명쾌하게 해부한다. 저자에 따르면, 격변은 혼란을 낳고 혼란은 음모론을 키운다. 무엇보다 음모론은 언론과 대중문화의 핫 아이템이다. 따라서 격변이 지속되고 언론과 대중문화가 힘을 발휘하는 현대는 음모론의 온상이다. 특히 이런 양상이 극단적으로 표출된 것이 오늘날 우리 사회다.

동서고금을 막론하고 삶의 기대와 현실 사이에는 늘 '간극'이 있게 마련이다. 이때 '간극' 자체보다 그 이유를 알지 못해서 우리는 답답하고 고통스럽다. 전통사회에서는 신정론(神正論)이 그 고통을 설명해 주었다. 즉 언젠가 신이 고통을 없애주거나 보상한다는 것이다. 하지만 근대에 들어서면서 종교가 위력을 잃어버렸다. 그 자리에 즉각적인 혁명적 보상을 약속하는 정치 이데올로기가 들어섰다. 곧이어 이데올로기마저도 불신당하고 말았다.

이제 '간극'을 어떻게 이해하고 극복할 것인가. 무엇보다 현대는 개인이 모든 책임을 짊어져야 하는 개인주의 시대다. 이로 인해 스스로 능력을 키우자는 자기계발론이 부상했다. 하지만 그것은 결코 효과적인 해결책이 아니다. 이런 틈을 파고드는 것이 음모론이다. 그것은 '간극'의 원인이 음모라고 주장하여, 두려움과 분노를 음모집단에 배설하도록 한다.

이처럼 음모론은 기능 측면에서 종교나 이데올로기와 같다. 이것들은 모두 '간극'을 설명해 주는 방식이다. 다만 신정론과 이데올로기가 사회적으로 공인된 이론인 반면, 음모론은 그렇지 못하다. 모두가 그 효능을 알아채고 그것을 이용하려고 하지만, 아무도 그것을 공개적으로 인정하지 않는다. 이 점이 음모론의 '음습한' 특징을 웅변하는 것이다.

음모론에는 권력자의 통치 음모론만 있는 것이 아니다. 저항 음모론도 있다. 약자, 피지배자, 아웃사이더도 저항이나 항의의 수단으로 음모론을 활용한다. 다만 목표와 방향이 다를 뿐이다. 전자가 현상유지를 꾀한다면, 후자는 현실타파를 겨냥한다. 전자에서 음모세력은 체제 전복 세력 또는 현실 불만 세력이다. 후자에서 음모세력은 체제 수호 세력이다.

그러나 두 음모론이 결합되는 경우도 적지 않다. 한마디로 음모론은 현실적으로 채워지기 어려운 '간극'을 메워 주는 '상상의 해결책'이다. 이런 쓸모와 매력은 고통받는 사람들에게 더욱 강력한 호소력을 갖는다. 특히 현실적인 해결책이 없거나, 공공영역이 '텅 비어' 해결책이 논의조차 되지 않은 상태에서는 더욱 그렇다. 기득권 세력은 이런 틈새를 파고든다.

그들은 자신들이 '서민'의 편임을 설득하고, 체제에 대한 서민의 불만과 분노를 반대 세력에 향하게 한다. 즉 통치 음모론과 저항 음모론을 교묘하게 결합시킨다. 이럴 경우 기득권자를 향해야 할 민초들의 반란은 되레 그들을 돕게 된다. 그 대신에 '애꿎은' 집단과 자기 자신을 조준, 파괴하고 만다. 특히 이런 음모론을 악용하는 것이 권위주의적 포퓰리즘이다.

정치전략으로서 음모론은 지지자를 동원하는 수단이자 정적을 비난하는 수단이다. 그것은 스스로 희생자를 자처해 지지자를 일체화시키고, 적을 악마로 만들어 전선을 구축한다. 이러한 '희생자 되기'와 '악마 만들기'는 상승작용을 일으킨다. 또한 음모론은 정당한 비판을 회피하는 수단이기도 하다. 그것은 비판자를 음모론자로 몰아 비판의 정당성을 훼손시킨다.

한편 오늘날 우리는 예견과 예방이 가능한 문명사회에 살고 있다고 믿는다. 그래서 불행한 일이 닥치면 더욱 받아들이기 어렵다. 무책임한 누군가의 잘못이거나, 악의에 찬 누군가가 의도적으로 만든 것은 아닌가. 자기 잘못을 숨기거나, 그것으로 이익을 챙긴 자들이 있는 것은 아닌가. 이처럼 예견과 예방 가능성에 대한 신념은 역설적으로 음모론을 부추긴다.

음모론은 희생자의 순수함과 가해자의 사악함을 동시에 설명한다. 예견하고 예방할 수 있었던 사건과 사고로 피해를 입은 희생자에게는 보상과 복수의 정당성을 부여한다. 반면 자신의 이익을 위해 사건과 사고를 만들어낸 가해자에게는 치죄의 사유가 부과된다. 고통의 원인인 가해자는 악마다. '악마 만들기'는 지지자 결집의 동력이 된다. 그래서 '희생자

되기'가 제공하는 전략적 특권과 '악마 만들기'가 북돋는 투쟁의지는 모든 정치집단을 유혹한다.

음모론은 당장은 달콤해도 그 대가는 파괴적이다. 무엇보다 그것은 정파 간의 경쟁과 투쟁을 넘어 전쟁을 초래한다. 타협과 협력은 허물고 적대감과 혐오만 키운다. 그런 극렬한 대치 상태에서는 도리어 감시와 견제가 작동하지 않는다. 책임지는 사람도 없다. 모든 기준은 내 편이냐 네 편이냐에 따라 규정된다. 이처럼 음모론은 민주주의를 뿌리째 망가뜨린다.

당연히 기회주의자들이 음모론을 선호한다. 그들은 목적을 위해 수단과 방법을 가리지 않는다. 그러나 저자는 여기서 멈추지 않고 더 멀리 나아간다. 그는 막스 베버의 '신념윤리'와 '책임윤리'를 불러온다. '신념윤리'란 선한 동기에 집중하는 태도다. 그런 윤리에 골몰하는 사람들은 선한 동기가 반드시 선한 결과를 가져오며, 자신도 선량한 존재라고 확신한다.

그런 사람들은 현실의 비합리성을 받아들이지 못하고, 결과가 나쁘게 흐르면 어딘가로 책임을 돌리려고 한다. 이런 성향은 음모론의 유혹에 빠지기 쉽다. 더구나 이런 들뜬 신념윤리와 기회주의가 뒤섞이면 음모론은 더욱 기승을 부리게 된다. 이미 6년 전에 요즘 우리 사회의 혼란상을 정확하게 예견한 저자의 식견이 놀라울 따름이다.

음모론은 한마디로 '올바른' 질문에 대한 '잘못된' 답변이다. 실제로 음모론이 제기하는 질문 자체는 타당하다. 즉 그것은 으레 던져 볼 만한 의혹이다. 관건은 그에 대한 올바른 답을 찾아 사람들을 납득시켜야 한다는 점이다. 하지만 음모론은 진지하게 답을 찾기보다 감정을 폭발시켜 버린다. 그리하여 올바른 답이 도리어 우리에게서 멀어지게 만든다.

그렇다면 음모론에 어떻게 대처할 것인가. 저자는 그 처방으로 '책임 윤리'를 제안한다. 그것은 "선한 동기에서도 나쁜 결과가 나올 수 있다"고 상정하는 태도다. 그런 윤리에 충실한 사람들은 자신도 불완전한 존재라고 생각하며, 결과에 대해 엄중한 책임을 지려고 한다. 우리는 이런 자세로 모든 질문에 대해 올바른 답을 모색하며 신뢰를 만들어 나아가야 한다.

엄중한 현실 속에서 '착한' 의도와 '좋은' 결과는 반드시 상응하지 않는다. 그래서 베버는 정치인에게 신념윤리와 책임윤리의 겸비 또는 균형을 주문했다. 하지만 요즘 집권 엘리트들은 책임윤리를 외면하고 신념윤리에 함몰되어 있다. 이런 사람들은 자신의 '선한' 의도가 관철되지 않으면 현실을 '있는 그대로' 받아들이지 않고 음모론에 기댄다. 음모론이 봇물을 이루는 배경이다.

16 포스트 트루스

Post-Truth

리 매킨타이어

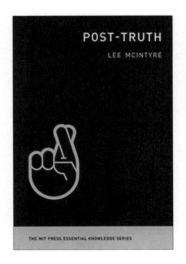

주장이 사실이 되는 '탈진실' 현상이 팬덤정치와 포퓰리즘 초래한다

조국 전 장관 사태 이후로 정치 영역에서
사실 여부는 거의 무의미해졌다.
그저 자신의 주장과 망상만 앞세운 '개소리'들이
난무한다. 이런 터무니없는 주장들이
비난받기는커녕 지지층을 동원하는
정치 전략으로 버젓이 악용되고 있다.

트럼프는 아무 증거도 없이 선거 부정을 외치다가 급기야 지지자들의 의회 폭동을 선동하기까지 했다. 그는 사실 여부에 무관심한 것일까, 자기 이익을 추구하려는 것일까, 자기기만에 빠진 것일까. 어느 경우든 진실은 아예 관심 밖으로 밀려나고 만다. 더구나 문제는 그의 터무니없는 주장에 적지 않은 사람들이 동조한다는 점이다.

이러한 이상 현상을 '포스트 트루스(post truth·탈진실)'라는 개념으로 포착하여, 날카로운 분석의 잣대를 들이댄 인상적인 문제작이 있다. 바로 리 매킨타이어의 '포스트 트루스'(Post-truth·2018)다. 포스트 트루스란 '여론을 형성할 때 객관적인 사실보다 개인적인 신념과 감정에 호소하는 것이 더 큰 영향력을 발휘하는 현상'을 가리킨다. 여기서 포스트(post)는 시간 순서상 '이후'라는 뜻이 아니라, 진실이 무의미할 정도로 '퇴색'되었다는 의미다.

특히 2016년 영국의 브렉시트 투표와 미국의 대통령선거에서 터무니없는 주장들이 난무했다. 그 바람에 '포스트 트루스'는 그해 영미권에서 '올해의 낱말'로 선정되기도 했다. 심지어 선거 캠페인 중 트럼프 발언의 70%가 거짓말이었다는 통계도 있다. 또한 유권자의 3분의 2가 그를 신뢰하지 않는다는 여론조사 결과까지 있다. 그럼에도 그는 대통령에 당선되었다.

진실이 위협받는 위기는 과거에도 늘 존재했다. 하지만 진실이 밝혀지면 위기는 대부분 해소되었다. 반면 오늘날에는 많은 사람이 거리낌없이 현실을 왜곡해 자기 생각에 끼워 맞추려고 한다. 이런 탈진실 현상은 단순히 진실을 위협하는 데 머물지 않는다. 그것은 어떤 사실이든 마음대로 선별, 수정할 수 있다는 신념으로 이어져 정치 전략으로 악용되고 있다.

일찍이 해리 프랭크퍼트는 '개소리에 대하여'(On Bullshit·2005)를 펴내면서, 탈진실 현상을 경고한 바 있다. 개소리란 '완전히 거짓말이라고 하기에는 좀 부족하고, 그렇다고 액면 그대로 진지하게 받아들이기에는 말도 안 되는, 하지만 단순한 헛소리와 달리 화자의 교묘한 의도가 숨겨진 말'이다. 거짓은 진실로 바로잡을 수 있지만, 아예 진실을 '퇴색'시킨 개소리는 바로잡기조차 어렵다. 그래서 프랭크퍼트는 개소리가 거짓말보다 더 해롭다고 말한다.

최근의 흐름을 관찰해 보면, 이런 탈진실은 '진실이 존재하지 않는다'는 입장이라기보다 '진실이 개인의 정치적 입장에 종속된다'는 입장이다. 그래서 사람들은 진실에 입각하여 정치적 입장을 정하는 것이 아니라, 정치적 입장에 입각하여 사실을 바꾸려고 한다. 실제로 미국 공화당 전략가였던 칼 로브는 "우리는 행동을 통해 스스로의 현실을 만들어낸다"라고 말하기까지 했다. 그에게 사실은 '있는' 것이 아니라 '만드는' 것이다.

이러한 탈진실 현상을 극복하려면, 우선 그것이 어떻게 형성되었는지 더듬어 보아야 한다. 그것은 최근에 갑자기 생겨난 것이 아니라 다양한 뿌리를 가지고 있다. 첫째로, '과학 부인주의(science denialism)'다. 즉 널리 인정받는 과학적 사실 자체를 부정하거나, 과학적 연구방식의 정당성을 문제 삼는 태도다. 그것은 특히 담배판매업자와 기후변화 반대세력이 사용한 방법이다. 그들은 '공인된' 사실에 의문을 제기하며 교묘하게 '다른' 가능성을 제시한다.

둘째로, 인간 심리에 내재된 '인지편향'이다. 그동안 심리학은 인지부조화 이론, 집단동조 이론, 확증편향 이론 등을 실증적으로 밝혀냈다. 과거에는 타인들과 상호작용하는 가운데 인지편향이 어느 정도 조정되었다. 반면 오늘날에는 상호작용이 늘어났지만, 그것을 자신이 원하는 대로 선택할 수 있다. 이로 인해 자신이 원하는 '뉴스 사일로(news silo)'에 갇히기 쉽다. 그래서 상호작용이 인지편향을 완화하기보다 도리어 강화하는 경향이 있다.

셋째로, 전통적 미디어의 쇠퇴다. 처음에 공정 보도를 표방하던 미디어들이 점차 당파적 뉴스의 상업성에 눈길을 돌렸다. 트럼프도 그의 책 '거래의 기술'에서 "미디어는 진실보다 논란을 더 좋아한다"고 갈파한 바 있다. 이런 추세에 따라 전통적 미디어와 대안적(즉 당파적) 미디어의 경계가 모호해졌다. 그 결과, 전통적 미디어는 점점 영향력을 잃어가고 있다.

넷째로, 소셜미디어의 등장이다. 이제는 누구나 뉴스를 만들고 뉴스를 골라볼 수 있다. 특히 정치적 의도와 상업적 의도가 뒤섞여 출처가 불분명한 가짜뉴스가 쏟아져 나온다. 또한 미디어를 통하지 않고도 자신의 견해를 직접 발신할 수 있다. 트럼프의 트윗 정치가 대표적이다. 이처럼 소셜미디어의 발전은 전통적 미디어를 크게 약화시킨다.

다섯째로, 포스트모더니즘의 영향이다. 그것은 모든 것을 의심하며,

있는 그대로 받아들이지 않는 철학적·문화적 사조를 가리킨다. 이에 따르면, 어디에도 '정답'은 없으며 각자의 '이야기'만 존재할 뿐이다. 달리 말해, 관점만 존재할 뿐 진실은 존재하지 않는다는 것이다. 이러한 사고 방식은 탈진실의 직접적 원인은 아닐지라도 상당한 배경적 논거를 제공한다.

이처럼 다양한 뿌리가 한데 얽히면서 탈진실 현상이 급속도로 심화하고 있다. 하지만 원인을 제대로 알면 대안을 모색할 수 있다. 우리는 과학이 주장이 아니라 실증에 의해 성립한다는 점을 상기하고, 인지편향이라는 인간의 심리적 약점을 직시해야 한다. 전통적 미디어나 소셜미디어의 장단점을 바르게 이해하고, 포스트모더니즘이 공공영역으로 무절제하게 침투하는 것을 막아야 한다. 이런 이해와 성찰이 다양한 대안 마련을 위한 토대가 된다.

무엇보다 탈진실 시대에는 누구든 의도적 합리화에 빠지기 쉽다. 이런 풍토에서 거짓말은 결코 저절로 없어지지 않는다. 따라서 거짓말에 대해서는 즉각적으로 맞서 싸워야 한다. 아울러 진실을 반복적으로 말해야 한다. 진실에도 반복적으로 노출되면 효과가 있다. 또한 도표 형태로 제시되는 정보가 이야기 형태 정보보다 효과적이라는 점도 적극 활용할 만하다.

오늘날 사람들은 자신의 감정을 진실에 맞추기보다 신념을 감정에 맞추려고 한다. 특히 소셜미디어의 발달은 사람들을 자신만의 뉴스 사일로에 가둬 탈진실 현상을 가속화시킨다. 이런 정치 환경에서는 실질적으로 효과적인 정책이 외면당하고, '사람들 기분만 좋게 만드는' 정책이 득세한다. 그래서 탈진실 현상은 포퓰리즘을 부추기는 비옥한 토양이기도 하다.

탈진실 현상은 극단적인 형태로 나타나기도 한다. 자기기만과 망상에 빠져 진실이 아닌 말을 진심으로 진실이라고 믿어버리는 경우다. 그래서 사람들은 대중의 반응이 '실제로' 사실 여부를 바꿀 수 있다고 착각하게 된다. 미국 대통령선거에 부정이 있었다는 증거는 없다. 그럼에도 트럼프는 마지막 순간까지 지지층을 선동하며 선거 결과를 뒤집으려고 기도했다.

이 책은 주로 미국에 관한 이야기다. 그러나 내용을 살펴보면 결코 남의 나라 이야기가 아니다. 우리 사회도, 특히 조국 전 장관 사태 이후로 정치 영역에서 사실 여부는 거의 무의미해졌다. 그저 자신의 주장과 망상만 앞세운 '개소리'들이 난무한다. 이런 터무니없는 주장들이 비난받기는커녕 지지층을 동원하는 정치 전략으로 버젓이 악용되고 있다. 이런 행태가 저급한 팬덤정치와 포퓰리즘을 낳고 있는 것이 오늘날 우리 정치의 민낯이다.

17 정치적 올바름이 미쳤다고?

Political Correctness Gone Mad?

조던 피터슨 외

POLITICAL
CORRECTNESS
GONE
MAD?

STEPHEN
FRY

JORDAN
PETERSON

MICHAEL ERIC
DYSON

MICHELLE
GOLDBERG

'정치적 올바름'은
모자라서 문제인가
넘쳐서 문제인가

그들은 거의 모든 사안에 사사건건
정치적 올바름의 잣대를 들이대며
착한 척을 했다. 정치와 선행이 혼동될 정도다.
하지만 조국 사태에서 그들이 보인
억지와 위선은 많은 사람들을 실망시켰다.

대선판에서 2030 표심을 잡으려는 경쟁이 치열하다. 그런 와중에 여성가족부 존폐 논란이 뜨거운 감자로 등장했다. 오늘날 여성가족부가 여성만을 위한 부서는 아니라지만, "약자인 여성을 우대해야 한다"는 명분이 그 존립 근거인 것은 분명하다. 지금까지는 그런 명분에 토를 달기는 어려운 분위기였다. 하지만 최근에 그런 명분도 공공연하게 도전을 받고 있다.

이런 세태의 변화를 제대로 이해하기 위해 꼭 참고해 볼 만한 안내서가 있다. 바로 조던 피터슨 등의 '정치적 올바름이 미쳤다고?'(Political Correctness Gone Mad? · 2018)이다. 이 책은 네 명의 전문가가 '정치적 올바름'을 놓고 찬반으로 나뉘어 뜨겁게 맞붙는 토론 현장으로 우리를 데려간다. 거기서 양측은 사사건건 격렬하게 충돌한다. 그래서 제목도 꽤나 자극적이다. 우리말로는 '정치적 올바름에 대하여'(2019)로 다소 점잖게(?) 소개되었다.

'정치적 올바름'이란, 소수자나 약자를 차별하거나 배제하는 언어 사용 및 표현을 지양하자는 신념, 또는 그에 기반한 사회운동을 가리킨다. 그것은 처음에는 주로 언어 사용이나 표현에 한정되다가, 차츰 그에 기반한 사회운동, 나아가 약자·소수자 우대 정책으로까지 확대되었다. 그런 유의 주장은 명분상 '올바르다'는 이유로 선뜻 반대하기 어려운 노릇이다. 이런 정치적 올바름은 처음에 주로 좌파, 특히 고학력 출신의 좌파가 제안하고 주도했다.

그러나 정서적 거북함부터 이념적 적대감에 이르기까지 그에 대한 불만이나 반발도 적지 않았다. 동시에 논리적으로 반대하는 목소리도 차츰 세를 얻었다. 2016년 이런 시류를 간파한 트럼프는 "정치적 올바름을 파괴하는 것이 나의 목표"라고 공공연하게 주장하며 대통령에 당선되었다. 그래서 정치적 올바름이 도리어 포퓰리즘을 키운다는 비판이 일었다.

사실 정치적 올바름에 대한 비판은 다양한 각도에서 벌어졌다. 첫째로 그것은 자유를 위축시킨다. 명분상 반대하기 어려운 강압적 분위기가 조성되어 눈치 보기가 만연한다. 섣불리 반대했다가는 완고하거나 시대에 뒤처졌다는 조롱이나 비난의 대상이 되고, 문자 폭탄이나 댓글 공격을 받는다. 사람들은 자기 검열을 해야 하고, 그만큼 표현의 자유는 움츠러든다.

둘째로, 정치적 올바름은 집단의 정체성, 권리, 이익을 주장하는 정체성 정치를 초래한다. 그런 정치는 자칫 "나만 옳다" "내 이익이 우선이다"라는 부족주의로 흐르기 쉽다. 실제로 오늘날 전 세계적으로 정체성 정치와 부족주의가 만연하고 있다. 이렇듯 정치적 올바름은 본래 의도와는 다르게 극좌든 극우든 포퓰리즘의 먹잇감이 될 소지가 적지 않다.

또한 정치적 올바름은 집단의 정체성을 중시하는 나머지, 현 상황이나 역사를 서로 경쟁하는 집단 간의 싸움으로만 이해한다. 그러나 역사는 대결과 협력이 뒤섞이는 복잡한 과정이다. 젠더 문제만 보더라도 남녀는 오롯이 지배와 피지배 관계로만 설명할 수 없다. 역사적으로 남녀는 역할을 분담하고 서로 협력하여, 오늘날의 문명을 일구며 번영을 가져왔다.

셋째로, 정치적 올바름은 궁극적으로 평등을 지향하며 극좌로 빠지기 쉽다. 기회의 평등을 주장하더라도 집단적 요구 앞에서 결과의 평등을 외면하기 어렵다. 더구나 그것이 포퓰리즘과 연결되면 필연적으로 결과의 평등이 도마에 오르게 된다. 정치적 올바름이 평등 지향의 극좌로 치달으면, 지금까지 쌓아온 우리 문화는 송두리째 흔들리게 된다.

이는 현재의 사회질서나 계층구조를 바라보는 시각과도 밀접하게 관계된다. 지금의 질서나 구조가 지배와 피지배가 낳은 악의 산물인가, 아니면 많은 약점에도 불구하고 현실적으로 최적의 결과물인가. 이런 쟁점은 용어나 표현의 올바름에서 시작한 정치적 올바름이 궁극적으로는 이념적 대결로까지 이어진다는 점을 극명하게 보여준다.

넷째로, 정치적 올바름이 문제의 본질보다는 독실한 척함, 경건한 척함, 독선, 분노, 비난, 성토, 조롱 등 스타일이나 감정에 매달린다. 그래서 엄청난 정의를 실현할 것처럼 호들갑을 떨지만, 실제로는 아무것도 해결하지 못하는 경우가 허다하다. 더구나 그것을 주장하는 사람이나 집단의 위선이 드러나기라도 하면 오히려 절망과 분노를 안겨준다.

그 밖에도 다양한 비판이 있다. 여성 해방은 흔히 페미니즘 덕분으로 알려져 있다. 하지만 실제로는 페미니즘보다 피임의 보급이나 위생적인 생리 관리가 더 결정적이었다. 또한 정치적 올바름은 잡다한 이슈에 과도한 관심을 보이며 다양한 시비를 촉발한다. 그리하여 계층 문제, 불평등 문제 등과 같은 근본적인 사회문제에 대한 관심을 약화·분산시킨다.

이런 비판에도 불구하고 정치적 올바름이 여전히 유효하다는 반론도 만만치 않다. 백인과 흑인, 남과 여, 성소수자와 성다수자는 여전히 동등하지 않다. 더구나 이런 전통적 범주보다 더욱 세분화된 범주의 소수자 문제가 새롭게 계속해서 돌출하고 있다. 이런 부조리한 현실이 존재하는 한, 정치적 올바름은 도리어 강화돼야 한다는 것이 찬성론자들의 주장이다.

그들에 따르면, 다수·지배 집단은 자유나 정체성을 굳이 말하지 않아도 현 질서 속에서 그런 것을 느긋하게 향유한다. 반면 소수·약자 집단은 아예 자유 자체를 향유하지 못한다. 그래서 정체성 정치를 이용하지 않으면 권리를 주장할 수도 없다. 더구나 소수·약자의 정체성은 다수·지배 집단이 만든다. 예를 들어 흑인의 정체성은 백인에 의해 만들어진 것이다.

우리나라에서는 이 담론이 주로 젠더나 성소수자 문제에 집중되고 있다. 특히 얼마 전까지 "약자인 여성이 우대돼야 한다"는 논리는 성역이었다. 그러나 최근에 여성에 비해 아무런 우위를 갖지 못한(적어도 그렇다고 생각하는) 2030 남성 중심으로 그런 정치적 올바름에 대한 반발이 거세다. 그 반작용으로, 일부 여성들은 극단적인 페미니즘에 경도되고 있다.

우리의 경우도 처음에는 좌파가 정치적 올바름을 제기하고 주도했다. 하지만 그 과정에서 오남용 사례가 적지 않았다. 그들은 거의 모든 사안에 사사건건 정치적 올바름의 잣대를 들이대며 착한 척을 했다. 정치와 선행이 혼동될 정도다. 하지만 조국 사태에서 그들이 보인 억지와 위선은 많은 사람들을 실망시켰다. 한편 여성활동가들이 대거 좌파 정치인으로 변신했지만, 그들은 자기 진영의 각종 권력형 성범죄에 침묵하거나, 그것을 두둔하기에 바빴다.

이로 인해 오랫동안 위세를 떨쳤던 정치적 올바름은 요즘 한풀 꺾였다. 특히 2030 청년들은 말만 번드르르하게 하지, 실제로는 아무런 변화도 가져오지 못하는 정치적 올바름에 앞장서서 반발하고 있다. 그들은 제도를 고쳐 주겠다고 공언(空言)하지 말고, 차라리 있는 제도나 똑바로 운영해 달라고 요구한다. 그래서 이준석 국민의힘 대표의 '우대 폐지, 공정한 경쟁'에 박수를 보낸다. 이런 흐름 속에서 여가부 폐지 주장도 공론화된 것이다.

"정치적 올바름이 미쳤다고?" 이 물음에 대해 "정말 미쳤다"라는 사람도 있고, "아직 덜 미쳤다"라는 사람도 있다. 그만큼 그것이 넘쳐서 문제인지, 모자라서 문제인지는 여전히 논쟁적이다. 더구나 정치에서 '올바름'은 결코 절대적이지 않다. 이처럼 사안이 논쟁적일수록 치열한 토론이 필요하다. 마침 정치적 올바름이 공론화되고 있는 것 자체가 반가운 일이다.

18 그랜드스탠딩

Grandstanding

저 스 틴 토 시 외

도덕적 허세를
부리는
사람은
경계해야 한다

우리 사회에는 '(…)인 척'하며
도덕적으로 허세를 부리는 사람들이 너무 많다.
허세가 돈벌이가 되고 명성(악명)을 높이는
수단이 되고 있다. 정책적 능력보다
도덕적 허세로 영달을 꾀하는 정치인도 허다하다.

이재명 대표의 피습은 충격적 정치 테러다. 하지만 테러 자체보다 병원 이동이 더 화제다. 이 대표와 더불어민주당은 지역 의료 충실화를 줄기차게 주장해 왔다. 그럼에도 막상 사건이 터지자 응급 헬기를 타고 '(수술을) 더 잘하는' 서울의 병원을 찾았다. 이것이 지방 의료 홀대·불신으로 비쳤다. 평소 주장이 그저 "(···)인 척한 것이 아니냐"는 비판이 줄을 이었다.

마침 '(···)인 척하는 것'의 실상과 사회적 영향을 진지하게 논한 철학적 담론이 있다. 바로 저스틴 토시와 브랜던 웜키의 '그랜드스탠딩'(Grandstanding·2020)이다. '그랜드스탠드(grandstand)'란 진정성이 결여된 가운데 주로 사람들의 관심을 끌기 위해 의도적인 방식으로 말하거나 행동하는 것을 의미한다. 저자들은 주로 '도덕적인 척하는 말이나 행동'을 다룬다. 그런 도덕적 그랜드스탠딩은 오히려 도덕을 망치고 사회에 해악을 끼치게 된다는 것이 저자들의 주장이다.

도덕적인 이야기 자체가 나쁜 것은 아니다. 그것은 우리에게 도덕성을 환기시켜 주는 중요한 수단이다. 문제는 많은 사람들이 도덕적인 이야기를 무책임하게 한다는 점이다. 자신이 싫어하는 사람들을 모욕하고 위협하기 위해, 사람들에게 좋은 인상을 주기 위해, 자신이 저지른 나쁜 짓을 덜 의심받게 하기 위해 그런 이야기를 한다. 도덕적인 이야기도 오용되면 희화화되기 마련이다. 그리하여 도덕적으로 더 나아지기 위한 노력들을 오히려 훼손시킨다.

인정욕구로 말미암아 누구나 어느 정도는 그랜드스탠딩을 한다. 문제는 아예 명성이나 지위를 얻기 위해 그랜드스탠딩을 하는 사람들이 상당히 있다는 점이다. 그들은 타인이 자신을 도덕적으로 훌륭하다고 믿어주기를 원한다. 또한 실제로 자기 자신이 훌륭하다고 생각하는 경향이 있다. 이런 도덕적 자기 고양을 통해 그랜드스탠딩은 점점 더 강렬해진다. 그래서 그랜드스탠딩은 의식적으로 하는 경우보다 무의식적으로 하는 경우가 더 일반적이다.

실제로 그랜드스탠딩은 어떻게 이뤄질까. 도덕적 토론에 끼어들어 "나도 그렇다"고 힘을 보탠다. 점점 더 강렬한 주장을 펴서 극단으로 치닫는 경쟁을 벌인다. 과도한 잣대를 들이대어 문제를 날조해 내기도 한다. 자신과 다른 의견을 조롱하고 묵살한다. 나아가 분노, 모욕, 허세 등 강렬한 감정 표출을 통해 자신의 도덕적 신념을 과시하려고 한다. 이리하여 그랜드스탠딩은 쟁점을 도덕적으로 극단화해 합리적·논리적 토론 자체를 아예 가로막는다.

그랜드스탠딩은 단순히 짜증만 나는 일이 아니다. 그것은 양극화, 냉소주의, 분노, 피로 등 사회적 손실을 초래한다. 무엇보다 그랜드스탠딩은 끝없는 시비 논쟁을 불러일으키며 집단 간 양극화를 초래한다. 이러한 정서적·도덕적 양극화는 상대편을 비인간화한다. 더구나 양극화는 집단 내에서도 격렬하게 벌어진다. 집단 안팎에서 점점 더 극단적인 견해가 득세한다.

또한 그랜드스탠딩은 도덕적 이야기에 냉소를 품게 한다. 정작 올바르고 진정성 있는 도덕 담론이 설 자리를 앗아간다. 이런 가운데 도덕적 이야기는 그저 추잡하고 지저분한 것으로 여겨진다. 나아가 자신이 잘났다고 떠들어대는 사람들의 전쟁터 쯤으로 비칠 뿐이다.

끝으로 그랜드스탠딩은 사소한 일을 놓고 과도한 분노를 분출하여 분노 피로 현상을 초래한다. 이로 인해 진정으로 분노해야 할 만한 것이 무엇인지에 대한 감각을 잃게 만든다.

특히 그랜드스탠딩은 중도파를 도덕적·정치적 담론에서 이탈하게 만든다. 결국 정치 담론이 활동가들에 의해 더욱 확고하게 장악되어, 도덕적 그랜드스탠딩은 점점 더 악순환에 빠지고 만다. 물론 중도파도 도덕적 이야기를 피한다고 해서 다른 사람들이 만들어 놓은 난장판을 완전히 벗어나기 어렵다. 당신은 어느 편이냐는 사회적 압박에 끊임없이 시달리게 된다.

실제로 많은 사람들이 자기가 얼마나 도덕적인가를 드러내고자 타인의 도덕적 실수를 과도하게 맹렬히 공격한다. 왜곡과 날조, 조롱과 모욕도 서슴지 않는다. 하지만 그런 사람들은 자신이 스스로 생각하는 것만큼 그렇게 도덕적으로 훌륭하지 않을 가능성이 높다. 그들은 도덕적 담론을 이기적으로 오용하여, 그것의 순기능을 철저하게 파괴하는 것이다.

비록 인정욕구라는 허영심에 기반할지언정 그랜드스탠딩은 도덕적 가치를 확증·확산시키는 순기능이 있다. 실제로 허영심이나 이기심이 공적으로 선한 결과를 가져오는 경우가 적지 않다. 그럼에도 불구하고 공적 영역에서 남발되는 도덕적 그랜드스탠딩은 대체로 해롭다. 그것은 더 나은 자리나 지위를 차지하기 위한 이기적 투쟁 도구에 불과하기 때문이다.

정치인보다 그랜드스탠딩으로 악명 높은 집단은 없다. 흔히 유권자들은 정책 능력보다 정치인의 인성이나 도덕성을 중시하는 경향이 있다. 이로 인해 정치는 도덕성 경연장이 되며, 그 속에서 도덕적 그랜드스탠딩이 만연하게 된다. 실제로 그랜드스탠딩은 선거 승리 등 일정한 목적을 위한 효과적인 도구다. 따라서 그것을 없애기는 어렵다. 이런 맥락에서 정치인에게는 어느 정도 그랜드스탠딩이 도덕적으로 허용되어야 한다는 체념도 적지 않다.

그러나 정치적 그랜드스탠딩은 상당한 부작용을 초래한다. 첫째로, 비타협의 문제다. 그랜드스탠딩은 극단화와 날조 등을 통해 집단 양극화를 가속화한다. 그것이 정치 집단 사이의 타협을 이끄는 조건을 악화시켜 극단적 갈등구조를 만든다. 나아가 그랜드스탠딩은 시민들에게 냉소와 공적 도덕 담론에 대한 무감각을 촉진해 시민 사이의 신뢰를 무너뜨린다.

둘째로, 현시적 정책의 문제다. 현시적 정책이란 실제로 무엇을 하는가보다 무엇을 표현하는가에 기반한 정책을 의미한다. 이런 정책은 내집단의 가치관을 분명하게 표현하고, 자극적인 호소력을 발휘한다. 한마디로 자기과시를 위한 효과적인 도구가 된다. 문제는 그런 정책이 현실적으로 별로 효과가 없다는 점이다. 대부분의 경우 오히려 역효과를 내고 만다.

마지막으로, 정치가나 사회활동가들은 문제 해결보다 도덕 논쟁 자체에 사활을 건다. 이 세상에서 도덕 논쟁은 끝이 없다. 이를 통해 자신들의 역할을 끊임없이 확대하며 입지나 지위를 지속·강화하려고 한다. 정치나 사회 활동이 도덕적 자질을 과시하는 장이 되면 될수록 사람들은 정치나 사회운동을 자신을 뽐낼 도구로 여기며 더욱 강렬한 도덕 투쟁을 벌인다.

인간의 인정욕구는 제거할 수 없다. 그것의 발로인 그랜드스탠딩도 완전히 제거하는 것은 불가능하다. 다만 줄여나가야 한다. 무엇보다 도덕적인 이야기를 할 때 다른 사람보다 자기 자신에게 엄격해야 한다. 이것만 철저히 실천해도 자신의 도덕적 자질을 과시하기 위해 도덕적인 이야기를 함부로 할 수 없다. 타인에 대한 도덕적인 조롱과 모욕은 말할 것도 없다.

우리 사회에는 '(···)인 척'하며 도덕적으로 허세를 부리는 사람들이 너무 많다. 허세가 돈벌이가 되고 명성(악명)을 높이는 수단이 되고 있다. 정책적 능력보다 도덕적 허세로 영달을 꾀하는 정치인도 허다하다. 이러한 세태에 많은 사람들이 절망하고 있다. 그런 점에서 이번 병원 이동 논란은 이재명 대표와 민주당이 자초한 면도 없지 않다.

19 민주주의에 반대한다

Against Democracy

제이슨 브레넌

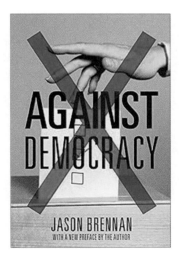

1인 1표제보다 능력별 차등 투표제가 더 낫다

에피스토크라시란, 1인 1표 대신에
정치적 식견을 가진 시민에게
권력을 차등적으로 더해주는 통치 방식이다.
더구나 오늘날처럼 정치가
타락한 상황에서는 그 필요성이
더욱 절실하다는 것이 저자의 주장이다.

트럼프 전 미국 대통령이 형사범으로 기소되었다. 그럼에도 그의 지지층은 더 단단하게 뭉친다. 심지어 그가 내년 대통령 선거에서 다시 당선될 가능성도 적지 않다. 명색이 글로벌 리더라는 미국에서 이런 해괴한 일이 버젓이 벌어지고 있다. 다른 지역 다른 나라들은 '안 봐도 비디오'다. 그래서 요즘 민주주의의 미래를 우려하는 목소리가 점점 커지고 있다.

이런 와중에 아예 대놓고 민주주의 이외의 대안을 찾아보자는 도발적 정치 담론이 있다. 바로 제이슨 브레넌의 '민주주의에 반대한다'(Against Democracy·2016)이다. 민주주의의 가장 중요한 원칙은 누구에게나 동등한 참여를 보장하는 1인 1표 보통 선거다. 하지만 오늘날 그것이 정치를 타락시키고 민주주의를 나락으로 몰아가고 있다. 따라서 1인 1표 대신에 정치적 식견을 가진 시민들에게 투표권을 차등적으로 더 부여하자는 것이 저자의 주장이다.

우리는 정치가 우리를 하나로 모으고, 교육하고, 문명화하고, 우리에게 시민 친구를 만들어 준다고 믿어왔다. 특히 민주주의야말로 정치의 그런 순기능을 극대화시켜 주는 최고의 제도로 인식되었다. 그러나 최근에 그 반대의 현상이 전 세계적으로 만연하고 있다. 민주주의라는 이름 아래 정치는 우리를 갈라놓고, 모욕하고, 타락시키고, 서로를 적으로 만들고 있다.

근대적 인간상은 비록 완벽하지는 않아도 이성적이고 합리적인 인간이다. 민주주의는 그런 이성적 인간상 또는 유권자상에 바탕을 두고 있다. 과연 유권자들이 누구에게나 동등하게 주어지는 1표를 통해 이성적이고 합리적인 의견을 표출하는가, 또는 감정적이고 충동적인 욕망을 배설하는가. 바로 여기에 민주주의의 운명이 달려있다고 해도 과언이 아니다.

근대가 상정하는 이성적 유권자는 벌컨('스타트랙' 속의 캐릭터)이라고 부를 만하다. 그들은 자신의 신념에 대한 부적절한 충성심이 없고 완벽하게 이성적이며, 풍부한 정보에 근거해 합리적으로 판단한다. 오늘날 민주주의 이론은 모든 유권자를 벌컨이라고 가정하고, 누구에게나 1표를 부여하고 있다. 하지만 현실적으로 유권자 가운데 벌컨은 극소수에 불과하다.

오히려 스포츠 광팬과 마찬가지로 정치적으로 편향적 열정을 발산하는 훌리건이나, 아예 정치에 무지하고 무관심한 호빗('반지의 제왕' 속의 캐릭터)이 대다수다. 다양한 정치 참여는 이들을 벌컨으로 만드는 것이 아니라, 호빗을 훌리건으로 만들고 훌리건을 더 나쁜 훌리건으로 만든다. 벌컨을 자처하는 사람들도 실질적으로는 훌리건인 경우가 적지 않다. 이처럼 훌리건과 호빗이 주도하는 현대 민주주의는 점점 타락해 가며, 본연의 장점을 잃고 있다.

민주주의는 모든 시민들에게 동등한 몫의 기본적 정치권력을 부여한다. 그러나 그 몫은 의미 있는 변화를 일으키기에는 너무 적은 나머지, 시민 개개인은 무력하다. 실제로 민주주의는 개인에게서 힘을 빼앗아, 오히려 다수에게 힘을 실어준다. 그래서 개개인에게 부여된 1표가 실천적 유용성을 갖지 못한다. 다만 그것이 동등한 인격을 표현하는 정치적 상징이라는 주장이 있다. 이런 이유로 1인 1표는 여전히 굳건한 정당성과 도덕성을 가지고 있다.

과연 1인 1표가 도덕적으로 정당한가. 우리는 운전을 잘못하여 사회에 해를 끼치는 사람의 운전면허를 박탈하는 조치에 반대하지 않는다. 오히려 그런 조치가 정당하다고 생각한다. 마찬가지로 투표를 잘못하여 사회에 해악을 끼치는 사람이 있다면 그의 투표권을 적절하게 제한해야 마땅하다. 실제로 오늘날 잘못된 투표로 민주주의가 점점 망가지고 있다.

흔히 청소년에게는 "독자적인 판단력이 부족하다"는 이유로 투표권이 주어지지 않는다. 하지만 성인이라고 해서 모두 독자적인 판단력이 충분한 것은 결코 아니다. 따라서 연령 차별을 하는 것보다 모든 사람들에게 유권자 능력 시험을 치르게 하는 것은 어떨까. 시험 등을 통해 자신의 능력을 입증해야 투표권을 얻도록 하자는 것이 저자의 도발적 제안이다.

유권자 대다수가 유능하지 않아도 민주적 결정은 전체적으로 유능하다는 반론이 있다. 그것이 한때 '집단지성'이라는 개념이 유행한 배경이기도 하다. 그런 긍정적 결과는 유권자들이 다양하고 독립적이라는 가정에 근거한다. 하지만 오늘날 유권자들은 대부분 홀리건이거나 호빗이다. 그들이 체계적인 오류나 편향성에 빠져 있는 한, 긍정적 결과는 기대하기 어렵다.

실제로 대다수 시민은 무지하고 비합리적이다. 더 알고 있다면 지지하지 않을 정책과 후보를 지지한다. 다행히 민주주의에는 선거 때 다수가 원했던 것과 실제 통과되는 법이나 규칙 사이를 중재하는 광범위한 정치

기구와 행정 절차가 있다. 이로 인해 다수의 선호가 무조건 실현되지 않는다. 이것이 민주주의가 다른 제도보다 유능한 이유라는 냉소적 의견도 있다.

민주주의는 이론적으로 모든 사람이 평등하다. 그러나 현실적으로 각 개인이 행사하는 권력의 크기는 천차만별이다. 특히 정치적 식견을 가진 사람의 영향력이 크다. 그러니 이미 부분적으로 에피스토크라시(epistocracy)가 작동하고 있는 셈이다.

에피스토크라시란, 1인 1표 대신에 정치적 식견을 가진 시민에게 권력을 차등적으로 더해주는 통치 방식이다. 더구나 오늘날처럼 정치가 타락한 상황에서는 그 필요성이 더욱 절실하다는 것이 저자의 주장이다.

에피스토크라시도 현실에 적용하는 방식을 둘러싸고 그 형태가 다양하다. 우선 참정권 제한제가 있다. 이것은 잠재적 유권자 중에 유권자 자격시험을 통과한 사람에게만 투표권을 부여하는 것이다. 다음으로 복수 투표제가 있다. 이것은 모두에게 1표씩 주되, 특별한 조건을 충족하는 사람에게 추가로 투표권을 더 주는 것이다. 또한 선거권 추첨제도 있다. 이것은 추첨으로 선발된 사람 중 역량 강화 교육을 이수한 사람에게만 투표권을 부여하는 것이다.

민주주의와 에피스토크라시를 혼합하는 방식도 고려해 볼 만하다. 이것은 1인 1표 보통선거를 보장하되, 거부권을 가진 에피스토크라시 평의회를 두는 것이다. 이때 평의회는 정치적 결정을 거부할 권한만 갖는다. 그리하여 일반 유권자나 그들의 대표가 내린 정치적 결정을 악의적이거나 무능하거나 불합리하다는 이유로 거부할 수 있다. 거부권 이외에는 어떠한 권한도 없다. 평의회는 역량 요건을 충족하는 모든 시민들 중에 무작위로 뽑아 구성한다.

정치 역량을 어떻게 규정하고 시험을 어떻게 관리하느냐는 논쟁적이다. 또한 투표권에서 배제되는 사람들이 승복할 수 있느냐도 마찬가지다. 하지만 이런저런 이유를 들어 대안을 외면만 하는 것이 능사가 아니다. 공감대가 있다면 해결책은 얼마든지 찾아볼 수 있다. 실제로 이준석 전 대표 시절 국민의힘에서 공직후보자 자격시험 논의가 잠깐 있었던 적도 있다.

오늘날 민주주의는 서로를 미워하게 만든다. 논쟁은 뜨겁지만 정작 그 내용은 사소하다. 정치적 부족주의가 흘러넘쳐 정치 밖의 행동까지 타락시킨다. 아무래도 민주주의가 그 이상을 회복하기는커녕 더욱 타락할 가능성이 높다. 무언가 다양한 보완과 대안을 진지하게 고민해야 할 때다.

20 한국은 하나의 철학이다

韓國은 一個의 哲學이다

오구라 기조

**한국 사회는
도덕지향적이지만
도덕적이지는
않다**

우리 정치는 전통적으로 '정책적' 경쟁보다
'도덕적' 쟁투에 골몰해왔다.
그것은 '하나의 철학'을 통해 '모든' 것을
차지하기 위한 선악 이분법적 쟁투였다.

야당은 미리 경고한 대로 비례정당을 창당했다. 그것을 비난하던 여당도 똑같은 일을 한다. 그러면서도 주저하기는커녕 도리어 당당하다. 심지어 유시민 노무현재단 이사장은 여당의 대응을 "경찰이 도둑을 잡으러 가는 것"에 비유한다. 같은 일도 남이 하면 악이고 내가 하면 선이다. 왜 이런 어처구니없는 선악 이분법이 버젓이 통용되는 것일까.

이 무거운 물음에 대해 상당한 실마리를 던져주는 문제작이 있다. 바로 오구라 기조(小倉紀藏)의 '한국은 하나의 철학이다'(韓國は 一個の 哲學である·1998)이다. 이 책은 저자가 8년간 한국에서 치열하게 공부하고 체험한 결실이다. 한국이 '철학'(성리학)에 의해 규율되어 왔다는 점은 잘 알려진 바이다. 따라서 우리는 '하나'에도 충분한 주의를 기울여야 한다.

성리학(性理學)은 '성(性)은 이(理)다'라는 학설이다. 여기서 '성'은 인간의 본성을, '이'는 천리(天理)를 가리킨다. 그래서 성리학은 "자연의 법칙과 인간사회의 도덕이 완전히 일치된, 아니 일치되어야 한다"라는 절대적 규범이다. 인간은 하늘로부터 '이'를 물려받은 '착한' 존재다. 따라서 누구나 극기(克己)를 통해 '이'에 이를 수 있다는 것이 성리학의 획기적 테제다.

한국인은 끊임없이 '이'를 추구하고, 또한 그것을 통해 '모든' 것을 추구했다. 그리하여 "사회와 우주에 이르는 모든 영역을 좀 더 논리정연한 체계로 설명할 수 있는 세력만이 정권을 장악할 수 있었다." 여기서 '논리 정연한 체계(즉 철학)'는 오직 '하나'뿐이다. 이견은 절대 불허한다. 이것이 바로 이 책의 제목에 '하나'가 들어간 이유다.

이를 통해 우리는 도덕을 지향하는 사람들이 왜 권력과 돈을 둘러싼 암투에 기꺼이 가담하는지, 또한 그런 싸움이 왜 그렇게 강렬한지 알 수 있다. 한마디로 거기에 도덕, 돈, 권력 등 '모든' 것이 걸려 있기 때문이다. 하지만 그 형식과 외양은 절대로 도덕적 명분을 벗어나지 않아야 한다. 이로 인해 한국 사회는 '화려한 도덕 쟁탈전을 벌이는 하나의 거대한 극장'이 된다. 이런 도덕적 쟁투에서 이기면 모든 것을 얻고, 지면 모든 것을 잃고 만다.

그리하여 '조선 철학은 독창성에서는 중국 철학보다 현격히 떨어지지만, 인간의 마음이나 사회를 어떻게 파악할 것인가를 둘러싼 바늘구멍 같은 세밀한 이론이 강력한 폭탄이 되어 권력 중추를 파괴한다는 과격함은 중국보다 철저했다'. 글자 한 자로 인해 사문난적으로 몰리고, 사소한 말꼬투리가 끔찍한 살상으로 이어지는 일이 적지 않았다.

특히 지정학적 조건 때문에 조선은 경제력, 군사력 등 실질적인 힘을 기르기보다 도덕으로 무장하는 길을 택했다. 심지어 병자호란과 임진왜란을 겪고 나서도 지배층은 실질적인 사회개혁보다 오히려 도덕적 통제를 통해 기득권을 고수, 강화하려고 했다. 이미 실용성을 상실한 성리학은 사소한 도덕적 쟁점을 파고들었고 그 양상은 더욱 격렬하게 전개되었다.

대표적인 것이 예송(禮訟) 논쟁이다. 왕가의 복상(服喪)을 둘러싸고 수십 년 동안 격렬한 논쟁이 벌어졌고, 그 자체가 또한 피비린내 나는 권력투쟁이었다. 당시 엘리트들에게 복상 문제는 사소한 것이 아니었다. 그것은 자신의 '하나의' 철학의 존폐가 걸린 사생결단의 문제였다. 이런 와중에 대동법과 같은 절실한 민생 문제는 무려 백 년간이나 표류했다.

조선처럼 도덕지향적인 사회에서 도덕의 최고 형태는 도덕, 권력, 돈이 삼위일체가 된 상태다. 그 결합 자체는 문제가 되지 않지만, 그것들이 결합하는 과정에서 도덕은 예외 없이 상처를 입는다. 온갖 이해관계를 도덕으로 규율하려다 보니 도리어 위선이 난무하게 된다. 이로 인해 조선은 도덕지향적이지만, 실제로는 도덕적이지 못한 나라가 되었다.

집권 세력은 자신의 '리'가 절대적이라고 강변한다. 반면 도전 세력은 그것을 절대로 인정하지 않는다. 그리하여 '하나의' 한국을 내세운 집권 세력에 대해 '또 하나의'(다른) 한국을 주장하는 세력이 도전하게 된다. 그런 점에서 한국은 복수(複數)다. 그 대립은 전체에 대해서든 아주 세밀한 부분에 대해서든 '결사적으로' 강렬하다. 각 세력은 각자 자신만이 진정한 '하나'임을 강변한다. 그런 대결의 승패에 따라 '하나의 한국'이 다시금 세워진다.

이처럼 한국인들은 한국이라는 무대를 '하나'의 보편적 철학으로 메우려고 한다. 그러나 그 하나는 결코 모두의 하나가 아니다. '하나'를 꿈꾸고 지향하지만, 바로 그것 때문에 '하나'가 훼손되고 만다. 즉 모두가 전체를 꿈꾸지만, 실제로는 모두가 결여의 아픔을 겪는다. 오로지 '하나의' 철학만 용인되는 탓에 사람들은 독점이냐 배제냐로 내몰리고 만다.

한국에서는 '한국 최고'도 단 하나뿐이다. 바로 과거급제다. 오늘날 그것은 일류대 입학, 좋은 직장 등으로 변형되었을 뿐이다. 거기에 뽑히면 일약 '양반'이 되고, 탈락하면 가차 없이 '쌍놈'이 된다. 이런 환경에서 사람들은 극심한 경쟁과 압박에 시달린다. 이에 비해 일본에서는 '일본 최고'가 여럿이다. 라멘을 잘 만들어도 최고이고, 스시를 잘 만들어도 최고다.

동서고금을 막론하고 도덕은 현실과 관계를 맺는 과정에서 불가피하게 순수성을 잃고 만다. 이로 인해 '하나의 철학'은 당파성으로 윤색되어, 또 다른 도전을 불러일으키고 다시금 도덕적 사생결단으로 빠져든다. 누구든 '하나'의 철학을 차지하면 승자가 되고, 그것을 상실하면 패자가 된다. 이때 승자는 '도덕적' 존재가 되고, 패자는 '패륜적' 존재로 추락한다.

'하나의 철학'은 어두운 유산이다. 아쉽게도 일제강점기, 권위주의 시대, 국가개발 시대 등을 거치며 개선의 전기를 갖지 못했다. 오늘날에도 권력을 놓치면 여전히 패륜 집단으로 매도된다. 한편 북한에서는 '하나의 철학'이 아예 극단적인 유일(唯一) 체제를 만들어냈다. 이처럼 남북한의 상이한 현실이 공통적인 바탕에 근거한다는 주장은 각별히 새겨볼 만하다.

더구나 오늘날 '하나의 철학'은 완화는커녕 오히려 심화하고 있다. 특히 현 집권 세력은 적폐청산을 외치며 자신과 자신의 철학만이 선하다고 강변한다. 마치 조선시대 후기의 사대부(士大夫) 집단과도 흡사하다. 그들은 도덕적 훈계를 통해 모든 분야를 지도하려고 한다. 하지만 그들 역시 이런저런 도덕적 결함을 드러내며 신(新)적폐라는 비판을 받고 있다. 안타깝게도 조선을 망국으로 몰고 간 '하나의 철학'이 21세기에 또다시

맹위를 떨치고 있다.

'한국은 하나의 철학이다'는 화려한 도덕쟁탈전을 벌이는 우리 사회의 정신문화적 바탕을 날카롭게 파헤친 역작이다. 물론 한국이 성리학에 의해 '얼마나' 지배되어 왔느냐는 논쟁적이다. 또한 '하나의 철학'이 갖는 강렬한 에너지에는 긍정적 측면도 없지 않다. 그럼에도 제삼자(일본인)의 눈에 비친 우리의 적나라한 자화상은 우리에게 크나큰 과제를 던져준다.

우리 정치는 전통적으로 '정책적' 경쟁보다 '도덕적' 쟁투에 골몰해왔다. 그것은 '하나의 철학'을 통해 '모든' 것을 차지하기 위한 선악 이분법적 쟁투였다. 더구나 오늘날 집권 세력에 의해 '하나의 철학'은 더욱 첨예화되고 있다. 이로 말미암아 정치에서 생산성은 실종되고 극한적 대결이 반복된다. 단적인 예(例)가 이번에 비례정당을 둘러싸고 벌어지는 혼란이다.

21 한국의 불행한 대통령들

라종일 외 6인

**우리나라
대통령들은 왜
'예외없이'
불행할까**

그 격랑 속에서 문재인 대통령이 과연
역사의 사슬을 끊어낼지 두고 볼 일이다.
'실패한' 대통령은 있어도
'불행한' 대통령은 더 이상 없어야 한다.
그것이 성숙한 민주주의의 증표다.

'문재인 보유국'을 외치던 여당이 이번 보궐선거에서는 아예 '문' 자도 꺼내지 않았다. 말 그대로 염량세태(炎凉世態)다. 물론 레임덕('다리를 다쳐 절뚝이는 오리'라는 어원)은 모든 임기제 공직자가 겪는 공통적인 현상이다. 그러나 우리나라 대통령들은 단순한 레임덕을 넘어 개인적 불행까지 겪는다. 과연 문재인 대통령은 이런 역사적 굴레를 피할 수 있을까.

이런 무거운 화두에 명쾌한 실마리를 제공해 주는 문제작이 있다. 바로 라종일 외 6인이 공동으로 집필한 '한국의 불행한 대통령들'(2020)이다. 대한민국은 전후 독립한 나라들 가운데 가장 성공한 나라다. 그럼에도 그 성공을 선두에서 이끈 대통령들은 임기 말 내지 임기 후에 '예외 없이' 불행에 빠졌다. 그 실상이 참혹한 경우도 적지 않다. 도대체 그 원인이 무엇일까를 정치 구조 차원과 지도자 개인 차원에서 진지하게 탐구해 본 것이 이 책의 주제다.

우선 구조적 차원을 살펴보자. 우리나라는 왕조에 이어 식민지 시대를 거쳐 곧바로 대통령중심제를 채택했다. 그래서 대통령을 왕조시대의 군왕과 동일시하는 경향이 강하다. 이로부터 대통령 1인에게 권력이 지나치게 집중되는 현상이 발생했다. 이것이 이른바 제왕적 대통령이 탄생한 배경이다. 이런 정치문화는 민주화 이후에도 쉽사리 사라지지 않고 있다.

제왕적 대통령은 무소불위의 권력감에 도취되어 5년 만에 나라를 뜯어

고치려는 과욕을 부린다. 다른 정치 주체와 소통하거나 협력할 의사나 여유가 없다. 이런 와중에 대통령을 둘러싼 권력 엘리트들은 그들만의 배타적이고 독점적인 영역을 구축하려고 한다. 그들이 '패거리'를 이뤄 국정을 독점하면, 대통령은 국민으로부터 고립된 채 소통 부재에 빠지고 만다.

더구나 여당은 대통령의 수족 노릇을 하고, 국회의원은 종종 대통령의 비서(장관)가 되기도 한다. 대통령의 공직 임명권도 총리 이외에는 거의 아무런 실질적 견제를 받지 않는다. 심지어 각 부처의 국장급 인사까지 청와대가 막후에서 좌지우지한다. 이로 인해 특히 임기 초반의 대통령은 말 그대로 무소불위다. 그것이 얼마나 민주주의를 망치고 있는지도 모른다.

이런 과열 현상에 5년 단임제와 승자독식제가 기름을 붓는다. 단임제는 업적을 재평가받지 못하고 5년 만에 무조건 물러나야 한다는 단점이 있다. 또한 단순 다수 득표제에 의한 승자독식 및 패자전몰은 치열한 제로섬 경쟁을 부추긴다. 대부분의 대통령은 대략 40% 내외의 득표율로 당선된다. 결선투표제만 도입되어도 정파 간의 제휴와 협력이 요구된다. 하지만 천박한 정치 엘리트 집단들은 이를 외면하고 여전히 불꽃 튀기는 승자독식에 골몰한다.

이로 인해 정치세력들은 5년이란 한정된 기간 속에서 지나치게 경쟁과 승리에만 집착하고, 민주주의 발전에 중요한 포용과 관용, 통합과 화합은 외면한다. 대통령과 여당은 패자를 홀대하고, 패자인 야당은 대통령의 실패만 열망한다. 이런 극한적 대결 속에 국정이 속으로 곪다가, 임기 말이 되면 그동안 누적된 실정과 비리가 일시에 봇물처럼 터져 나온다.

이때 새로운 후보를 내세워 대통령선거를 치러야 하는 여당에 '인기 없는' 대통령은 부담스러운 존재로 전락한다. 급기야 예외 없이 여당에서 축출된다. 더욱 심각한 것은 그의 수모와 불행이 임기 종료로 끝나지 않는다는 점이다. 후임자는 예외 없이 '인기 없는' 전임자와의 차별화를 통해 집권 동력을 얻으려고 한다. 정권교체는 물론, 정권재창출이 이루어져도 사정은 마찬가지다. 이런 악순환이 사그라들기는커녕 도리어 강렬해지고 있다.

또한 3김의 유산이라던 지역대결주의는 3김 이후에도 온존되고 있다. 정치인들이 여전히 그 단물을 빨아먹고 있기 때문이다. 오늘날 이런 지역주의는 진영논리와 결합되어 혐오와 적대감을 한층 고조시킨다. 이것이 또한 대통령의 불행을 재촉하는 요인으로 작용한다. 이처럼 제왕적 대통령, 5년 단임, 승자독식, 지역주의 등이 비극적 대통령의 제도적 단초들이다.

다음으로, 지도자 개인 차원을 살펴보자. 저자들은 특히 지도자의 세 가지 리더십에 주목한다. 첫째로, 확장된 상황인식이다. 대부분의 리더는 시대정신을 쟁취해 최고의 자리에 올랐으나, 정작 집권 후에는 국민과 동떨어진 좁은 인식에 갇히고 말았다. 무엇보다 민주적 리더는 올바른 상황인식을 토대로 공동체의 목표를 놓고 국민과 폭넓게 교감해야 한다.

둘째로, 소통의 기술이다. 리더에게 소통이 필요하다는 말은 당연하다. 문희상 전 국회의장은 "대통령이 소통을 하지 못하면 온 나라가 병들고, 대통령이 귀를 닫으면 민주주의도 함께 닫혀 버린다"고 지적했다. 그럼에도 우리 대통령들은 '제왕적' 또는 '권위적' 지위에 안주하여 일방적 홍보에만 힘쓸 뿐 국민이나 국회, 특히 야당과의 소통에 소홀하기 일 쑤다.

셋째로, 통합과 포용의 자세다. 리더는 자신은 항상 옳고 상대는 무 조건 틀렸다는 생각을 버려야 한다. 대신 대화와 절충, 존중과 배려로 상대를 껴안아야 한다. 민주국가에서는 방법이 잘못되면 동기가 아무리 선해도 그 결과는 악행이나 다름없다는 말이 있다. 그럼에도 우리 대통 령들은 통합과 포용을 외면한 채 선의로 가득한 독선적 어리석음에 빠 져 있다.

특히 오늘의 잣대로 과거를 바라보면, 많은 과오가 보이게 마련이고 과거에 대한 부정적 시각을 갖기 쉽다. 그러나 현직 지도자는 전임자들의 공과를 동전의 양면으로 받아들이는 포용성을 발휘해야 한다. 마오쩌둥 의 핍박을 받았던 덩샤오핑은 '공7 과3'이라는 평가를 통해 국가의 분열 과 갈등을 막았다. 국가가 어려움에 처할수록 통합과 포용은 더욱 절실 한 가치다.

이처럼 대통령이 불행해지는 원인을 꼼꼼히 살펴보면 그 불행을 막는 방법도 얼추 도출된다. 물론 5년 단임제나 승자독식제의 변경 등 제도적 개선이 필요한 과제도 많다. 그러나 대통령이 민주주의에 대한 올바른 이 해만 가지고 있다면, 곧바로 실행할 수 있는 일도 얼마든지 있다. 오히려 그런 실천이 제도 개선보다 더 빠르고 확실한 효과를 가져올 수도 있다.

무엇보다 대통령은 제왕이 아니라, 오로지 제한적 권한을 위임받은 최고위 공직자다. 민주적 관점에서 보면 대통령은 홀로 아무것도 하기 어 려운 존재다. 그래서 국회나 야당, 국민과 소통하고 협력을 구해야 한다.

그래야 비로소 진심 어린 소통도 가능하고 통합과 포용도 기대된다. 나 홀로 모든 것을 하겠다는 독단적 과욕은 국정을 망치고, 끝내는 자신도 망친다.

또한 지금의 청와대는 권한은 비대하고 책임은 지지 않는 비민주적 조직이다. 그 권한이 비대할수록 패거리 정치, 측근 정치가 횡행할 우려가 있고 신변 및 주변에서 문제가 발생할 소지가 높다. 또한 그것이 소통과 통합을 막고 대통령을 고립시킨다. 따라서 대통령은 청와대의 과도한 권한이 그 자체로 폐단이자, 국정난맥의 주범이라는 점을 깨달아야 한다.

이처럼 대통령이 불행해지는 원인은 익히 알려져 있다. 그럼에도 모든 권력은 '나는 다르다'는 오만과 독단에 사로잡혀 예견된 불행을 되풀이한다. 이제 곧 대선 레이스가 본격화된다. 그 격랑 속에서 문재인 대통령이 과연 역사의 사슬을 끊어낼지 두고 볼 일이다. '실패한' 대통령은 있어도 '불행한' 대통령은 더 이상 없어야 한다. 그것이 성숙한 민주주의의 증표다.

22 청와대 정부

박상훈

청와대 정부

'민주 정부란 무엇인가'를 생각하다

／ 박상훈 지음

민주주의를 망치는 것은 여의도인가 청와대인가

여의도가 민주주의의 적이라고 여기는 것은
어처구니없는 오진(誤診)이다.
오히려 실질적 병원(病源)은 여의도가 아니라
청와대다. 청와대 정부가 폭주하는 한,
우리의 정치나 민주주의는
한 발짝도 앞으로 나갈 수 없다.

대통령(들)은 한결같이 국회와 야당의 비협조를 비난하며 국민들에게 직접 호소하는 정치를 선호한다. 실제로 여의도는 언제나 투쟁을 벌이며 사회적 공분을 불러일으킨다. 이로 말미암아 시민들도 '일하려는 청와대, 발목 잡는 여의도' 이미지를 자연스럽게 받아들인다.

하지만 이런 '여의도 발목론'에 이의를 제기하며, 우리 민주주의의 실질적 병원(病源)을 날카롭게 파고든 문제작이 있다. 바로 정치학자 박상훈의 '청와대 정부'(2018)다. 청와대 정부란, '청와대에 권력을 집중시켜 정부를 운영하는 일종의 자의적 통치체제'를 가리킨다. 이로 인해 민주주의는 지체되고 대통령의 불행이 반복된다는 것이 저자의 진단이다.

"국민만 바라보겠다." 대통령이 흔히 애용하는 수사다. 하지만 국민은 다양한 시민들로 구성된다. 그중에는 대통령에 반대하는 시민들도 상당하다. 그럼에도 수시로 남발되는 이 수사에는 다분히 정치적인 의도가 담겨 있다. 이를 통해 대통령은 자신과 국민을 일치시키며, 국회나 야당을 '민심에 반하는 집단'이라고 매도하고자 한다.

이처럼 대통령은 협조를 구하기는커녕 여의도를 압박하려고 한다. 그 이유는 무엇일까. 하나는 정치문화 특성상 대통령을 제왕적 존재로 여기는 풍토다. 그리하여 대통령은 현실정치를 초월하여 '고상한' 통치를 펼치려고 한다. 다른 하나는 권력 속성상 '나는 선하다'고 생각하는 망상이다.

이 소박한 믿음은 현실 속에서 필연적으로 '나만 선하다'는 독선으로 변질된다.

그런 이유들은 결국 하나다. 곧 '제왕의 선의'다. 그것은 전제군주제의 유물이다. 실제로 대통령은 전제군주처럼 행동하려고 한다. 그들은 어김없이 청와대라는 자의적 기구를 내세워 국정을 쥐락펴락한다. 더구나 현재의 청와대는 역사상 가장 강력한 힘을 발휘하고 있다. 이러한 청와대 정부가 근거하는 것이 그저 제왕의 선의뿐이다.

그러나 민주주의는 제왕의 선의를 타도함으로써 탄생한 제도다. 그것은 오히려 '완전하지 않은' 인간을 전제로 한다. 그러기에 목적의 달성 못지않게 절차의 확립을 추구한다. 이런 과정을 통해 어떤 절차가 확립되면 그 효과가 지속적이며, 장기적으로 더 큰 효율성이 발휘된다. 이런 인식을 결여하고 선의에 사로잡히면, 민주적 절차는 한낱 장식으로 여겨진다.

청와대 정부는 절차를 귀찮아하고 대통령의 선의를 신속하게 구현하려는 비민주적 욕망의 산물이다. 이 과정에서 민주주의의 가치가 훼손되고 대통령과 국회 또는 야당 간에 불화가 생긴다. 더구나 대통령의 비호 아래 청와대 고위참모들이 실질적으로 국정을 주도하고, 장관과 방대한 정부기구는 무력화된다. 대통령은 "국민만 바라보겠다"고 목청을 높인다.

이로 인해 장관, 부처, 국회, 정당 등으로 이어지는 제도적인 수평적 연결고리는 파괴된다. 그 대신 대통령, 청와대, 국민으로 이어지는 동원적인 수직적 연결고리가 강화된다. 대통령은 이런 수직적 관계를 선호하며 즉효성 여론정치에 매력을 느낀다. 이 과정에서 극렬집단이 양산된다. 그들은 통제되지 않고 책임지지 않고 익명적이다. 이로 인해 사회적 갈등이 격화되고 그 양상도 살벌해진다. 소셜미디어 환경은 이런 경향을 더욱 부추긴다.

일각에서는 직접민주주의를 운운한다. 본래 직접민주주의는 시민이 '모두' 참여하고, 동시에 '모두' 공직을 담당하는 정치다. 고대 아테네에서는 며칠에 한 번씩 총회가 열렸고 공직은 추첨으로 번갈아 맡았다. 임기는 하루거나 기껏해야 1년이다. 하지만 직접민주주의는 극히 '일부' 자유민만의 잔치였다. 지금 기준으로 보면 '비민주적'이다. 지금도 직접민주주의 운운하며 참여하는 것이 실제로 극히 '일부' 극렬집단뿐인 점은 결코 우연이 아니다.

실제로 이런 '유사' 직접민주주의는 대통령에 대한 지지도가 높을 때 위세가 등등하다. 그러나 지지도가 하락하여 수직적 연결고리가 약화되면 대통령은 일순간에 고립무원이 되고 만다. 제도적인 수평적 연결고리는 이미 사라져버렸기 때문이다. 이런 비극적 현상은 우리 대통령제에서 이미 공식처럼 굳어져 있다. 하지만 대통령은 '나는 예외'라고 망상한다.

한편 우리 시민들의 뇌리에는 정당과 국회가 부정적으로 각인되어 있다. 그러나 이런 고정관념 역시 대통령제가 만들어낸 부당한 낙인이다. 실제로 그동안 민주주의를 질식시킨 것은 국회나 정당이 아니라 바로 대통령 자신이다. 오히려 여의도는 열악한 여건을 극복하고 정권교체의 전통까지 일궈냈다는 것이 저자의 평가다. 차분히 곱씹어볼 만한 탁견이다.

대통령이 국회를 통치의 보조물로 여기고 여당을 그런 역할의 첨병으로 대하는 한, 국회는 전쟁터가 되고 만다. 그럼에도 여론을 장악한 대통령은 끊임없이 정치권을 비난하고 책임을 떠넘긴다. 시민들도 정치인이 감옥에 보내지고 공천에서 잘리는 것을 보며 환호한다. 이런 왜곡된 의식은 정치를 후퇴시키고 제왕적 대통령을 강화하는 요인으로 악순환되고 있다.

청와대 정부를 어떻게 개선해야 할까. 대통령은 선의를 독점한 초월적 존재가 아니다. 그도 한 정당의 후보자로 나서서 국민의 일부(다수)의 지지로 당선된 정치인일 뿐이다. 대통령이 되어도 그런 속성이 변하지 않는다. 따라서 변함없이 국회나 정당과 소통하며 협력을 이끌어내야 한다. 오히려 그러한 현실정치가 대통령의 주업무라고 보아야 마땅하다.

또한 청와대는 내각에 일일이 대응하는 체제를 갖추고 있다. 이를 통해 청와대가 실질적으로 내각을 통할하지만 법적인 책임은 내각이 진다. 어디서든 '책임지지 않는 권력'은 본질적으로 비민주적이고 비정치적이다. 실제로 청와대 정부는 타협을 꺼리고 독주를 고집한다. 당연히 정치는 실종되고 갈등은 증폭된다. 이런 환경 속에서 시민들의 정치의식 역시 강퍅해진다.

따라서 청와대는 대통령의 필수적 보좌업무에 국한해 대폭 축소돼야 마땅하다. 그 대신에, 여당이 전면에 나서서 정책기능을 담당한다. 아울러 총리, 장관이 국정을 책임 있게 이끌도록 실권을 보장해 내각을 활성화한다. 국회나 정당을 대등한 국정 파트너로 인정하고 협조를 구하는 일은 말할 나위도 없다. 이것이 청와대 정부라는 자의적 제도를 탈피하여 책임정부라는 민주적 제도를 구현하는 길이다. 방법은 간단하다. 관건은 의지요, 실천이다.

'청와대 정부'는 우리에게 민주주의가 나아갈 방향을 구체적으로 알려준다. 한마디로 그것은 우리 민주주의의 실천적 바이블이라고 해도 과언이 아니다. 우리는 오랫동안 민주화는 과잉되고 민주주의는 부족한 시대에 갇혀 있다. 조급한 마음에, 대통령의 선의에 박수를 치며 여의도 정치를 원망하고 있다. 하지만 실제로 민주주의를 지체시키는 주범이 바로 제왕적 대통령의 선의와 그에 입각한 청와대 정부라는 진단은 우리에게 새로운 성찰을 선사한다.

　'일하려는 청와대, 발목 잡는 여의도' 이미지는 제왕적 대통령제가 만들어낸 조작적 허상이다. 물론 여의도도 고칠 점이 많다. 하지만 여의도가 민주주의의 적이라고 여기는 것은 어처구니없는 오진(誤診)이다. 오히려 실질적 병원(病源)은 여의도가 아니라 청와대다. 청와대 정부가 폭주하는 한, 우리의 정치나 민주주의는 한 발짝도 앞으로 나갈 수 없다. 이런 사고의 전환이 성숙한 민주주의 건설을 위한 대전제다.

23 아주 낯선 상식

김욱

**지역 몰표는
전략투표가 아니라
'억지춘향'
투표다**

이대로 가다가는 호남은 출구 없는
악순환 구조에 갇혀, 그저
영남패권주의에 봉사나 할 뿐이라는 것이
저자의 통렬한 경고다.

대선판에 난데없이 '복합쇼핑몰'이 뜨거운 감자다. 야당 후보가 "광주에는 복합쇼핑몰 하나 없다"며 유치를 약속하자, 여당은 "이는 소상공인·자영업자의 고통을 외면하고, 상생과 연대의 광주정신을 훼손하는 일"이라고 반발했다. 대관절 복합쇼핑몰과 광주정신이 무슨 관계가 있단 말인가. 이처럼 자칭 개혁세력은 걸핏하면 광주정신을 들먹이며 핏대를 세운다.

이런 행태의 이면을 파헤쳐 그 실체를 폭로하는 통렬한 비판이 있다. 바로 김욱의 '아주 낯선 상식'(2015)이다. 이 책은 개혁세력이 광주정신을 앞세워 호남에 '신성한' 몰표를 강요하고, 선택지가 없는 호남은 '전략투표'라는 미명하에 그런 요구에 순응하는 악순환 구조를 파헤친다. 더구나 호남은 '영남후보론'이라는 덫에 빠져, 몰표만 주고 정작 정치와 정책에서는 배제된다. 이런 인식은 우리에게 아주 낯설지만, 저자는 그것이 상식이라고 주장한다.

오늘날 지역 문제의 직접적 뿌리는 박정희 시대다. 그때 잉태된 지역 문제가 1980년 5·18광주민주화운동으로 구조화되었다. 호남에 있어 5·18은 영남 군부세력이 광주시민을 학살하고 정권을 잡은 불행한 사건이다. 이를 계기로 호남은 민정당을 계승하는 국민의힘 계열 정당에는 척(斥)을 지게 되었다. 이따금 반성과 사죄도 없지 않지만, 결코 그 진정성은 믿을 수 없다.

무엇보다 광주민주화운동·3당합당 등을 거치며 우리 정치에 영남패권주의가 공고화되었다. 그것은 실제로는 작동함에도 불구하고 겉으로 공론화되지 않는다. 그것이 바로 패권의 특징이다. 그래서 그것에 저항하는 호남 몰표가 오히려 지역주의로 비난받곤 했다. 이렇듯 영남패권주의를 간과하면 우리 정치의 문제를 제대로 이해할 수 없다는 것이 저자의 주장이다.

본래 호남의 몰표는 영남패권주의에 대한 처절한 저항 수단이었다. 그래서 김대중은 DJP 연합을 고리로 충청까지 끌어들여 최초의 정권교체를 이룩했다. 이어서 대통령 후보로 나선 인물이 영남 출신의 노무현이었다. 그때 등장한 것이 이른바 '영남후보론'이다. 즉 호남이 몰표를 주고, 최대의 표밭이자 후보의 고향인 영남(특히 부산·경남)의 표를 보태면 국민의힘 계열 정당의 집권을 막을 수 있다. 호남은 이렇게 계산된 투표, 즉 '전략투표'에 나선다.

이에 힘입어 노무현은 2002년 대통령선거에서 승리했다. 하지만 집권 즉시 주류세력은 당시 민주당을 뛰쳐나가 열린우리당을 창당했다. 그리하여 민주당을 호남당으로 낙인찍고 새로운 전국정당을 만들려고 했다. 이는 국민적 지지를 받지는 못했으나, 주류 세력 내에 친노 세력을 확장시켰다. 아울러 호남 출신 중진 정치인들을 반개혁·지역주의자로 몰아넣었다.

그 이후로도 민주당 계열 정당 안에서 친노 세력과 비노 세력은 날카롭게 대립했으나, 차츰 친노 세력이 주도권을 잡았다. 이에 반발하여 (이

책이 나온 이후인) 2016년 국회의원 선거에서 호남은 친노 세력을 외면하고 안철수의 국민의당을 압도적으로 지지하는 결기를 보였다. 그러나 탄핵 국면에서 치러진 2017년 대통령선거에서 "분열해서 자유한국당 후보를 당선시킬 거냐"라는 읍소와 겁박을 다시금 받아들여, 문재인 후보를 압도적으로 지지했다.

이런 과정에서 민주당 계열 정당에는 이상한 이데올로기가 고착되었다. 그들에게 광주민주화운동을 겪은 호남은 '신성한' 곳이다. 호남인들은 '신성한' 사람들이다. 그러니 개혁과 민주주의를 위해 '신성한' 목표를 행사하되, 어떠한 정치적·세속적 욕망도 갖지 말아야 한다. 특히 선거가 끝나면 전국정당화에 방해가 되지 않도록 가만히 엎드려 있어야 한다. 결국 호남은 일체의 욕망을 거세당한 채 '호남 없는' 정치나 정책을 묵묵히 감내해야만 한다.

반면 영남에 대해서는 세속적 욕망을 부추겨 표를 유혹해야 한다. 실제로 대규모 개발 사업이 주로 영남(특히 부산·경남)에 집중되고 있다. 최근에 부산 신공항 약속도 그런 사례 중 하나다. 소위 개혁 세력(즉 친노 세력)에 호남은 그저 '신성하다'고 추어올리기만 하면 되는 '주머니 속 공깃돌'이다. 그들의 정치적 승부처는 호남이 아니라 영남인 것이다.

이런 현상이 싫으면 호남이 민주당 계열이 아닌 정당에 투표하면 된다. 그러나 영남패권주의에 핍박받고, 광주민주화운동으로 한이 맺힌 호남은 국민의힘 계열 정당의 집권은 어떻게든 막아야 한다. 이를 위해 분열 없이 민주당 계열 정당 후보에게 몰표를 달라는 읍소와 겁박에 번번이 순응하는 수밖에 없다. 이렇듯 선거 때마다 호남은 인질 신세가 되고 만다.

2016년 국회의원 선거와 2017년 대선을 거치며 (저자의 분석과 예상대로) 비노·호남 세력은 몰락하고 민주당은 완전한 친노 정당이 되었다. 아울러 "호남의 '신성한' 몰표는 당연하고, 세속적 욕망으로 영남표를 유혹한다"는 이데올로기는 더욱 굳어졌다. 결국 '영남후보론'이나 '전략투표론'은 호남의 주체적 선택이 아니라, 강요된 정치 공학인 것이다.

여기에는 두 가지 문제가 있다. 첫째로, 호남의 '신성한' 몰표는 정당하지 않다. 정치는 인간의 욕망을 실현해주는 수단이다. 따라서 특정한 지역에만 그런 신성한 의무를 지워 민주주의를 발전시킬 수 없다. 민주주의는 모든 지역이 자신의 욕망을 드러내놓고 다투고 경쟁하는 가운데 발전한다. 호남에만 출구도 없는 거룩한 희생을 무작정 강요해선 곤란하다.

둘째로, 세속적 욕망으로 영남을 유혹하는 것이야말로 영남패권주의에 대한 영합이다. 모름지기 개혁 세력이라면 영남패권주의를 제대로 공론화해 그 부당성을 지적하며 지역주의 해체에 진력해야 한다. 그럼에도 불구하고 친노 세력은 영남패권주의에는 눈을 감은 채 호남의 몰표를 볼모로 잡고 영남을 세속적 욕망으로 달래서 표나 얻어 보려고만 한다. 이런 행태는 또 다른 형태의 영남패권주의다. 그것은 '투항적' 영남패권주의라고 볼 수 있다.

똑같은 호남 몰표라도 김대중 시대에는 그것이 영남패권주의에 대한 저항 수단이었다. 반면 노무현 시대부터는 친노 세력의 투항적 영남패권주의의 종속물로 변질되었다. 이런 현상을 타파하려면 호남도 정치적이든 세속적이든 욕망을 솔직히 드러내고, 그 욕망에 부합하는 정당을 선택해야 한다. 그래서 지역 내 일당 체제를 타파하고 복수 정당이 경쟁하게 해야 한다. 곧바로 움츠러들기는 했지만 2016년 국회의원 선거에서 그런 시도가 있었다.

또한 지역주의를 해체하기 위한 제도 개선이 절실하다. 특히 대통령제보다 내각제가 지역주의 완화에 유리하다. 따라서 호남은 선거 때만 몰표로 뭉칠 것이 아니라, 평소에도 그런 열정을 발휘해 개헌이나 제도 개선 운동에 나서야 한다. 이대로 가다가는 호남은 출구 없는 악순환 구조에 갇혀, 그저 영남패권주의에 봉사나 할 뿐이라는 것이 저자의 통렬한 경고다.

이번 대통령 선거에서도 민주당 후보는 여지없이 영남 출신이다. 다만 친노도 아니고 부산·경남 출신도 아니다. 마침 국민의힘 후보도 영남 출신이 아니다. 더구나 탄핵을 거치며 영남패권주의는 예전만 못하다. 그렇다 보니 두 후보 모두 전통적 지지층 규합에 애를 먹고 있다. 아울러 '신성한' 광주에서조차 '복합쇼핑몰'이라는 아주 세속적인 욕망이 공공연하게 쟁점화되고 있다. 이런 변화들이 영호남 지역 구도에 얼마나 균열을 가져올지 주목된다.

24 노무현 트라우마

손병관

우리 정치는
노무현 트라우마를
넘어서야 한다

오랫동안 한국 정치는 박정희 그림자로
시달렸다. 박근혜 탄핵으로 그것이 비로소
일소되었다. 하지만 우리 정치는
'노무현 트라우마'라는 새로운 암초를 만났다.
문제는 지지층이 아니라 정치인들이다.
그들은 이 트라우마를 적절히 자극하며,
너무도 손쉽게 정치적 영화를 누리고 있다.

오는 5월 23일은 노무현 전 대통령 서거 14주년이다. 한 인간의 죽음은 흔히 막(幕)을 내리는 일에 비유된다. 그러나 '노무현 이후'의 우리 정치는 "그가 살아있었다면 과연 일어났을까" 하는 사건들의 연속이었다. 그의 죽음은 막을 내리기는커녕 올렸다고 해도 과언이 아니다.

무엇보다 망국적 병폐로 꼽히는 극단적 대결 정치가 그의 죽음에서 비롯되었다고 지적하는 인상적인 정치 평론이 있다. 바로 손병관의 '노무현 트라우마'(2022)이다. 그의 비극적 최후는 충격적이었다. 특히 지지자들에게는 트라우마를 남겼다. 그 상처가 오늘날 내 편은 무조건 지키고 상대편은 무조건 악마화하는 기제로 작동하고 있다. 더구나 정치인들이 이를 교묘히 이용하는 바람에 진영 정치가 확대·재생산되고 있다는 것이 저자의 주장이다.

노무현 전 대통령은 재임 중 인기 없는 대통령이었다. 그러나 퇴임하고 귀향하자 방문객이 몰려들었다. 이는 지지층이 그의 정치적 업적보다 인간적 면모를 흠모했다는 방증이다. 한편 당시 이명박 대통령도 높은 인기 속에 취임했다. 하지만 광우병 파동으로 지지율이 급락했다. 이런 와중에 국가기록물 무단 반출을 둘러싸고 신·구 권력이 충돌했다. 곧이어 노 전 대통령의 형이나 비서관 등을 수사하던 검찰의 칼 끝이 급기야 노 전 대통령 가족 및 본인을 겨눴다.

한 사업가로부터 권양숙 여사가 돈을 받았다. 그 사업가는 아들과 조카에게도 사업자금 명목으로 거액을 건넸다. 돈의 성격을 두고는 뇌물이냐, 차용이냐, 사업자금이냐 등등 법적으로 다툴 소지가 있었다. 노 전 대통령 본인이 알았느냐 몰랐느냐도 쟁점이었다. 하지만 그런 논란 자체만으로도 노 전 대통령은 괴로웠을 것이다. 더구나 진보 진영이나 진보 언론조차 모조리 비판적인 입장으로 돌아섰다. 고립무원이 된 그의 선택은 극단적인 것이었다.

이 비극적 사건은 지지 여부를 떠나 온 국민에게 충격을 주었다. 특히 지지자들을 격분시키며 전국적으로 추모 열풍을 몰고 왔다. 장례 기간 동안 약 500만명이 분향소를 찾은 것으로 추산된다. 이때 지지자들로부터 터져나온 말이 '지못미'다. 즉 "지켜드리지 못해 죄송(미안)하다"였다. 김대중 전 대통령도 "50만명만 진작 나섰어도 이런 비극을 막았을 것"이라고 거들었다. 이런 뜨거운 추모 분위기 속에서 그의 죽음은 '정치적 타살'로 각인되었다.

노무현 전 대통령이 당내 후보 시절 노사모 모임에 참석한 적이 있다. 그때 그가 "내가 대통령이 되고 나면 여러분은 뭐 하죠?"라고 묻자, 청중들은 "감시! 감시!"를 연호했다. 실제로 당시 지지층은 대통령 임기 내내 이라크 파병, 한·미 FTA 등을 놓고 비판의 목소리를 냈다. 임기 말에 대통령 국정 지지율이 한 자리 숫자가 된 것도 그들이 지지를 철회한 탓이다.

그러나 퇴임 대통령이 비극적으로 생을 마치자, 지지층은 일제히 '지못미'를 되뇌며 자책했다. "그를 죽인 것은 우리다. 우리가 가해자다. 시비를 가린답시고 우리가 그를 외면해 죽음에 이르게 했다." 이런 격앙된 분위기 속에서 진보 인사나 진보 언론은 노무현 서거 책임론에 시달리며, 반성문을 쓰느라고 곤욕을 치렀다. 역설적으로 노무현 전 대통령은 죽음으로써 화려하게 살아났다. 잔뜩 위축되었던 친노 정치 세력도 덩달아 재기했다.

이리하여 지지층 중심으로 "누군가를 중심으로 '무조건' 뭉쳐서 상대를 꺾고 노무현의 한을 풀어야 한다"는 거대한 정서가 형성되었다. 이런 뇌관을 건드린 인물이 바로 문재인이다. "깔끔한 외모와 명석한 두뇌, 청와대 국정 경험에, 돌발 상황에서도 예의를 잃지 않는 인품으로, 노무현을 잃은 야당 지지층에게 그는 새로운 대안으로 주목받을 만했다."

특히 그의 책 '문재인의 운명'이 결정적이었다. 그는 이 책을 들고 전국을 순회했다. "대통령은 유서에서 '운명이다'라는 말을 남기고 떠났고, 당신은 이제 그 운명에서 해방됐지만 나는 당신이 남긴 숙제에서 꼼짝 못하게 되었다." 그는 순식간에 노무현의 '운명적' 후계자가 되었다. 야권은 친노 세력 중심으로 재편되었고, 문재인은 재수 끝에 대통령에 당선되었다.

사실 '문재인의 운명'을 집필할 때 문재인은 처음에 '권양숙 책임론'을 선명하게 기술했다. 그 사건에 대한 그의 인식이 엿보이는 대목이다. 이는 당시 그가 변론에 소극적이었다는 일부 비판과 전혀 무관치 않아 보인다. 그러나 주변의 반대에 부딪혀 '권양숙 책임론'을 삭제하고 '검찰의 책임론'을 부각시켰다. 나아가 '검찰 개혁'을 자신의 중요한 화두로 내세웠다.

결국 문재인은 강렬한 '지못미' 정서에 휩싸인 광범위한 지지층에 의해 노무현의 후계자로 선택되었다. 그래서 노무현을 죽음으로 몰고 간 검찰과 권력을 심판해야 한다는 집단심리가 정치적 위기 때마다 그를 떠받쳤다. 이제 노사모의 비판적 지지는 사라졌다. 대신에 "이니 하고 싶은 대로 하라"는 묻지마 지지, 내로남불도 불사하는 팬덤 지지가 등장했다.

한편 윤석열은 국정원 댓글 수사를 하다가 좌천되었다. 그는 박근혜 국정농단 수사로 화려하게 돌아왔다. 문재인이 대통령이 되자, 그는 중앙지검장으로 발탁되었다. 그는 '적폐' 수사를 밀어붙이며 이명박 전 대통령, 양승태 전 대법원장까지 감옥에 보냈다. 마침내 문재인 대통령은 윤석열을 검찰총장으로 임명했다. 곧이어 조국 사태라는 소용돌이가 일어났다.

문재인 대통령은 검찰 개혁을 주요 국정과제로 삼았다. 그러나 윤석열 검찰의 힘을 빌려 적폐 청산에 올인하는 바람에, 검찰의 힘을 빼기는커녕 키워주고 말았다. 더구나 조국 문제를 둘러싸고 정권과 검찰이 정면으로 충돌하는 매우 황당한 일까지 벌어졌다. 이로 말미암아 현직 검찰총장이 야권 대통령 후보로 호명되다가, 급기야 실제로 대통령이 되었다.

요즘은 '신적폐' 수사가 한창이다. 그러나 정치인들에게 어떤 흠집이 드러나더라도 지지층은 좀처럼 지지를 철회하지 않는다. 그들은 '지못미' 트라우마를 안고 내 편은 끝까지 지키려고 한다. 이처럼 '지못미' 정서(1단계)가 '묻지마 지지'(2단계)로 변질되었고, 그것이 자신이 추앙하는 인물을 비판하는 사람이나 세력을 무작정 악마화하는 극단적 팬덤(3단계)으로 나아갔다. 그래서 좌·우 간뿐만 아니라 심지어 각 당 내부의 세력 간 쟁투도 극렬하다.

돌이켜보면 정치적 운신의 폭이 넓었던 문재인 전 대통령에게는 선택지가 있었다. 박근혜 탄핵세력까지 끌어안으며 정치 외연을 넓힐 수도 있었다. 그러나 그는 적폐 청산을 통해 팬덤 지지층을 결집시키며 진영 정치를 고착화했다. 이로 인해 레임덕 없는 대통령으로 군림했으나, 정작 정권재창출에는 실패하고 말았다. 한편 그의 집권 내내 억눌려온 보수층은 새 정부를 향해 '신적폐' 청산을 요구하는 등 망국적 악순환이 벌어지고 있다.

오랫동안 한국 정치는 박정희 그림자로 시달렸다. 박근혜 탄핵으로 그것이 비로소 일소되었다. 하지만 우리 정치는 '노무현 트라우마'라는 새로운 암초를 만났다. 문제는 지지층이 아니라 정치인들이다. 그들은 이 트라우마를 적절히 자극하며, 너무도 손쉽게 정치적 영화를 누리고 있다. 박정희 그림자가 지워지는 데 한 세대 이상 걸렸다. 노무현 그림자는 언제 사라질까.

25 정치 무당 김어준

강준만

어쩌다
유시민은 지고
김어준이 떴나

김어준 현상은 그의 개인적 작품이 아니다.
그를 비호한 TBS, 서울시, 방송위원회,
궁극적으로 대통령 등의 합작품이다.
한마디로 그것은
시스템이 만들어낸 괴물이다.

오랫동안 유시민은 좌파의 스피커 역할을 했다. 그는 노무현의 정치적 호위무사이자, 문재인의 절대적 옹호자였다. 그런데 어느 틈엔가 그 역할이 김어준에게 넘어갔다. 어쩌다 유시민은 지고 김어준이 떴나. 그것은 단순한 인물 교체인가, 엄청난 시대 변화인가.

이 현상을 제대로 이해하기 위해 반드시 참고해 볼 만한 평론이 있다. 바로 강준만의 '정치 무당 김어준'(2023)이다. 제목부터 도발적이다. 김어준은 지식인도 언론인도 논객도 아니다. '어용'이긴 해도 지식인임을 자처하며, 논객으로 이름을 떨친 유시민과도 결이 다르다. 그에게 팩트나 논리는 중요하지 않다. 그는 편향에 사로잡힌 신기(神氣)와 후각으로 정치를 난도질한다. 그런 무당질을 통해 좌파 청중의 교주 노릇을 한다는 것이 저자의 진단이다.

김어준은 1998년 '딴지일보'를 내면서 "모든 국민이 즐겁게 웃으며 명랑하게 생활할 수 있는 멋진 사회를 지향한다"고 일갈했다. 이런 명랑 사회 구현의 구체적 방법론으로 '엽기'를 내세웠다. 여기서 엽기란 "발상의 전환, 주류의 전복, 왜곡된 상식의 복원, 발랄한 일탈"을 뜻한다. 그는 "조 또, 졸라, 열라" 등의 신조어를 양산하며, 사회를 향해 번뜩이는 풍자와 비평을 쏟아냈다. 금세 커다란 인기를 얻었다. 이런 인기를 업고 그의 '엽기'는 정치로 향했다.

2011년 4월 그는 주진우·정봉주·김용민과 함께 팟캐스트 방송 '나꼼수'를 창업했다. 그는 이명박 정권을 거칠게 공격하며, 의기소침해 있던 좌파 청중을 향해 "쫄지 마!"라고 외쳤다. 이 방송은 매회 평균 600만건의 다운로드를 기록할 정도로 좌파 청중의 뜨거운 지지를 받았다. 이를 바탕으로 그의 방송은 '권력'이 되어, 19대 총선 당시 야당에 커다란 영향력을 행사했다. 실제로 진행자 중의 한 명인 김용민은 공천을 받아, 직접 출마까지 했다.

일부 비평가들은 나꼼수가 소셜미디어(SNS) 바람과 맞물려 정치 혐오의 장벽을 허물었다고 환호했다. 그러나 당파적 차원을 넘어 객관적으로 보면 정반대다. 나꼼수의 인기 비결은 금기를 넘어선 욕설, 독설, 정치 담론의 개그화, 폭로와 음모론의 상품화 등이다. 이런 것들은 정치 혐오를 부추겼다. 특히 김어준은 "냄새가 난다"는 표현을 즐기며, 수시로 음모론을 들먹였다.

그는 일찍이 문재인의 '대통령 자격'을 간파(?)했다. 노무현 전 대통령 장례식장에서 백원우 의원이 이명박 대통령을 향해 "정치보복 사죄하라"라고 외치자, 상주 역의 문재인이 대통령에게 정중히 사과했다. 바로 이 장면이 문재인의 '타고난 애티튜드의 힘'이라는 것이 김어준의 유별난 촉이다. 그 이후로 그는 문재인 대통령 만들기에 열성적으로 앞장섰다.

그는 '음모'와 '유희'가 충만한 새로운 유형의 정치 담론을 통해 자신의 권력 기반을 구축해 나갔다. 그는 담론의 생산자이자, 동시에 자신이 주도하는 무대의 분위기와 맥락을 통해 다른 출연자들의 발언에 영향을 미치는 독특한 플랫폼 사업자이기도 하다. 좌파 인물들의 강성·과격 발언이 주로 그와의 대담 형식을 통해 나오는 것도 바로 그런 메커니즘 때문이다.

2017년 5월 유시민은 '김어준의 파파이스'에 출연하여, "나는 (곧 출범할) 범진보 정부에 대해 어용 지식인이 되려고 한다"라고 말했다. 그래서인지 문재인 정권 시절에 수많은 지식인들이 아예 대놓고 '어용'을 표방했다. 이처럼 유시민도 김어준의 플랫폼에 나와 문제 발언을 날릴 정도가 되었다. 이미 좌파의 스피커 역할은 유시민에서 김어준에게 넘어갔다.

일반 시민들도 비판 의식을 버리고 팬덤 지지층이 되었다. 더구나 팬덤 정치 신봉자인 문재인이 대통령에 당선되었다. 이로 인해 극심한 팬덤 정치의 향연(즉 무당 정치의 굿판)이 문 정권 5년간 공격적으로 전개되었다. 그 선두에는 2016년 9월 시작된 TBS의 '김어준의 뉴스공장'이 있다. 김어준은 끊임없이 정파적 선동을 하며 좌파 팬덤층의 교주 노릇을 했다.

그는 부정확한 사실, 무리한 해석, 음모론 등으로 친문 팬덤층의 피를 끓어오르게 했다. 그는 이해하기 어려운 현상에 부딪히면 확인·취재하기보다 상상·추론하고 음모론을 펼치다가 반박이 나오면 무시한다. 특히 그는 오류를 인정하거나 사과하지 않는 것으로 악명이 높다. 그는 팩트나 진실 따위에 관심이 없다. 그의 생각은 오로지 자의적 상상에 기반한다.

이에 대한 최근의 철학적 개념화가 바로 개소리(bullshit)다. 개소리란 자신의 편의에 입각한 헛튼 소리다. 가짜뉴스는 팩트에 의해 판별된다. 반면 개소리는 애초부터 자의적 상상이나 추론에서 출발한다. 아예 사실 여부와 관계없다. 그러니 틀릴 일도 없고 사과할 일도 없다. 교주와 신도만 있는 서클 내에서 교주는 무오류다. 그가 무슨 말을 하든 신도들은 열광한다. 그것이 객관적으로는 말도 안 되는 개소리가 팬덤층 안에서는 '진리'인 이유다.

이렇듯 김어준은 한국인들의 증오와 혐오 본능에 불을 붙여 정치를 선악의 대결 구도로 몰고 간 정치 무당이다. 그의 권력은 점점 확대되고, '뉴스공장'은 친문 세력 결집의 구심점이 되었다. 이재명이 대선후보로 굳어지자, 그는 이재명 대통령 만들기에 올인했다. 다만 이번에는 실패했다. 서울시마저 국민의힘이 차지하자, 그도 TBS에서 밀려났다. 하지만 "돌아오겠다"는 다짐도 잊지 않았다.

유시민은 어용 지식인을 자처했고 논객으로 인정받았다. 지식인은 사실을 외면하기 어렵고, 논객은 논리를 무시할 수 없다. 그는 '검찰의 계좌추적' 발언에 대해 형식적이나마 사과했다. 반면 김어준은 지식인도 아니고 논객도 아니다. 무당이다. 그에게 중요한 것은 신기(神氣)와 후각이다. 그는 무수한 개소리를 쏟아내면서도 인정이나 사과는 일절 없다.

대략 문재인 정권 출범을 전후하여 좌파의 스피커 역할은 유시민에서 김어준에게 넘어갔다. 이것은 논객의 시대가 지고, 무당의 시대가 열렸음을 보여준다. 그것은 나름대로 비판 의식이 있던 노사모 시대로부터 무비판적인 친문 팬덤 시대로의 전환이다. 이 새로운 시대의 우두머리는 문 대통령이었다. 그는 팬덤층의 맹종에 기대어 '행복한' 5년을 보냈다.

김어준 현상은 그의 개인적 작품이 아니다. 그를 비호한 TBS, 서울시, 방송위원회, 궁극적으로 대통령 등의 합작품이다. 한마디로 그것은 시스템이 만들어낸 괴물이다. 그들은 극단적 팬덤 정치를 통해 자신들의 권력을 안정적으로 향유하며, 나아가 장기적으로 공고화하려고 했다. 한편 이런 상황에서 지리멸렬한 우파도 그 책임의 절반은 떠안아야 마땅하다.

대선에서 우파의 기적적 승리는 결코 갱신을 통한 승리가 아니다. 오로지 문재인식 정치에 대한 국민적 저항의 덕이다. 내년 국회의원 선거와 다음 지방선거 결과에 따라 김어준은 자신의 공언대로 TBS로 돌아갈 수도 있다. 좌우를 막론하고 제2의 김어준을 꿈꾸는 예비 무당의 수효도 엄청나다.

우리 정치의 최대 과제는 지난 5년간 심화된 팬덤 정치를 타파하고 비판의식을 회복할 수 있느냐다. 좌파는 당분간 팬덤 정치와 손절할 의향이 없다. 관건은 윤석열 정부가 얼마나 국민적 지지를 모으느냐다. 윤 정부의 분발과 우파의 갱신이 없다면, 팬덤 정치의 전면 부활은 시간문제다.

26 이탈리아로 가는 길

조귀동

이대로라면 '이탈리아로 가는 길'도 과분하다

다양한 이해관계자가 참가하여
갈등을 해결하고 타협안을 찾는 과정,
즉 진짜 정치의 복원이 필요하다.
무엇보다 규칙을 지키고, 정당을 혁신하고,
먹고사는 문제를 의제화해야 한다.
그러지 않으면 선거 때마다
쏠림현상이 반복되고 정치 불안은 심화된다.

우리에게 절실한 것은 무엇일까. 저출산, 고령화, 불평등, 복지, 연금, 재정, 서울·지방 격차, 인공지능 등에 대한 적극적인 대책이다. 하지만 이번 정기 국회도 초반부터 검찰 수사나 역사·이념을 놓고 사생결단을 벌일 기세다. 과연 우리 정치는 무엇이 어떻게 잘못된 것일까.

이런 진부한 문제를 새로운 시각에서 파헤친 참신한 정치 평론이 있다. 바로 조귀동의 '이탈리아로 가는 길'(2023)이다. 이탈리아는 분명 선진국이다. 그러나 정치의 표류로 더 이상 발전을 기대하기 어려운 선진국이다. 우리나라도 마찬가지다. 정치적 갈등은 첨예하지만, 정작 갈등의 내용은 시민의 실질적 이해관계나 사회가 나아갈 방향과는 거리가 멀다. 이로 인해 후발 선진국인 대한민국이 점점 이탈리아를 닮아간다는 것이 저자의 주장이다.

출산율은 상징적인 지표다. 스웨덴은 노사정 대타협을 통해 노동시장을 뜯어고쳤다. 프랑스는 국가가 적극적으로 재정을 투입하면서 다양한 가족제도를 인정했다. 이를 통해 출산율을 높였다. 반면 OECD(경제협력개발기구) 국가 중 한국, 이탈리아, 그리스는 초저출산 국가다. 이들의 공통점은 노동시장의 이중구조, 상층 정규직 중심의 복지 혜택, 여성의 낮은 경제활동 참가율, 남성의 양육 불참 등이다. 이런 문제들에 대해 정치가 아무런 해법도 내놓지 못하고 있다.

실제로 우리 정치는 출산, 불평등, 재정, 복지 등 핵심적 과제를 해결할 역량도 의지도 없다. 그래서 아무것도 결정할 수 없는 '교착 상태'에 빠져 있다. 대신 팟캐스트, 유튜브 등에 기반한 포퓰리즘 정치가 기승을 부린다. 이런 구조의 기원은 노무현 전 대통령 시절이다. 그래서 그것을 '노무현 질서'라고 부를 만하다. 그것이 지난 20년 동안 고착·심화되었다.

노 전 대통령의 정치적 성공 기반은 '노사모'다. 그것은 정당에 의존하지 않는 대중정치 시대를 본격적으로 열었다. 당시 IMF에서 살아남은 대기업은 기업친화적 정책과 자체 역량 강화를 통해 글로벌 기업으로 도약했다. 그런 성공으로부터 고학력 고소득의 '상위중산층'이 탄생했다. 그들은 정치·사회 영역에서 적극적으로 목소리를 내며 '중산층 행동주의'를 표방했다. 바로 그들이 노무현 및 민주당계 정당의 핵심 지지층으로 등장했다.

본래 민주당계 정당은 호남과 그 이주민, 중하층 서민의 정당이었다. 그런 정당이 상위중산층 중심 정당으로 변모해 갔다. 보수당 역시 마찬가지다. 자산가나 부자의 편이면서도 자영업자나 가난한 사람들의 지지를 받고 있다. 이처럼 어느 당이든 경제 발전 과정에서 분화된 승자와 패자를 동시에 껴안게 되었다. 이런 지지층 균열로 인해 한국 정치는 계층 간 이해관계가 걸린 개혁, 즉 먹고사는 문제에 적극적으로 나서지 못하는 구조에 포획되었다.

어느 당이든 복지 확대를 외치면서도 증세는 금기시한다. 기업·노동·재정 개혁도 지지부진하다. 대신에 정치적 충돌은 권력기관, 언론, 역사, 문화 등 주변적 영역에 집중된다. 더구나 이런 충돌은 피아 구분이 단순해 강성지지층 동원에 유리하다. 이런 정치 행태가 중하층의 광범위한 지지를 받기는 어렵다. 결국 그들은 무당층 또는 스윙보터가 된다.

이런 흐름의 배경이 바로 '노무현 질서'다. 지지층 균열, 정당 밖에서의 대중 동원, 정당의 약화, 먹고사는 문제 방치, 권력기관·언론·역사·문화를 둘러싼 강성 투쟁, 스윙보터 증가 등이 그 특징이다. 특히 지지 기반이 노동자에서 상위중산층으로 바뀜에 따라 리버럴 정당의 개혁성이 사라졌다는 비판은 서구사회에서도 거세다. '21세기 자본론' '브라만 좌파 대 상인 우파' 등으로 유명한 토마 피케티가 대표적인 이론가다.

노무현 정권의 추락에 이어, 박정희 향수를 자극하며 보수정권이 연거푸 집권했다. 결과는 참담한 몰락이었다. 문재인 정권은 임기 내내 높은 지지율을 자랑했지만 정작 정권 재창출에 실패했다. 특히 조국 사태에서 상위중산층 정당의 위선을 드러냈다. 거기다가 소득주도성장 실패와 아파트 가격 폭등으로 중하층의 광범위한 이반을 초래했다. 이로 인해 '촛불 연대'가 이완되면서 정권을 잃었다. 문 정권의 실패는 '노무현 질서'의 파탄을 의미한다.

뒤이어 등장한 윤석열 정권도 비슷한 처지다. 윤 대통령은 보수가 잘해서가 아니라, 블루칼라, 영세 자영업자, 주부, 고령자 등 민주당에 실망한 스윙보터 덕분에 당선되었다. 그러나 집권하고 나서는 대결적 정치 구도를 만들어 강성 지지층 규합에 매달리고 있다. 특히 요즘 보수는 이전보다 훨씬 더 고소득자와 자산 보유자 위주 정책을 내놓고 있다. 보수 진영을 이끌어가는 집단과 투표장에서 숫자로 힘을 발휘하는 집단 간의 괴리가 심화되고 있다.

결국 어느 당이 집권하든 진정한 개혁, 즉 먹고사는 문제는 방치되고 있다. 여기에 더해 노인·지방·외국인이라는 과제가 맹렬히 닥쳐오고 있다. 이런 과제들은 충분히 예상되지만 제대로 대비하지 않아 대형 위기로 비화할 위험을 각각 안고 있다. 급속한 노령화는 여러 방면에서 사회에 충격을 가한다. 서울과 지방의 격차는 경제뿐만 아니라, 모든 분야에서 갈등을 폭발시킨다. 이주 외국인(이민)을 우리 사회에 어떻게 통합시키느냐도 커다란 과제다.

연금 문제도 심각하다. 국민연금만 보아도 표면적으로는 적립식이다. 그러나 부담보다 수급이 많은 구조. 경제가 계속 발전하면 괜찮다. 그러나 인구 감소와 저성장이 겹치고 있다. 더 내든가, 덜 받든가, 수급 연령을 높여야 한다. 의료보험도 마찬가지다. 또한 플랫폼 경제는 산업화 시대의 법과 제도로 규율하기 어렵다. 이에 대한 새로운 대응도 절실하다. 문제는 정치가 계층·집단 간 이해가 걸린 이런 문제들을 해결할 능력도 의욕도 없다는 점이다.

정치가 아무것도 해결하지 못하는 교착상태가 심화되면 정치에서 배제되는 사람들이 점점 늘어나게 된다. 그들은 선거 때마다 이 당도 찍어보고 저 당도 찍어보지만, 실망뿐이다. 이런 상황이 반복되면, 아예 해결책을 단념하고 분노를 표출한 출구를 찾게 된다. 그들을 기다리는 것은 포퓰리즘이다. 실제로 최근 여·야 정당 모두에서 포퓰리즘 정치가 메인스트림으로 진입했다. 특히 이재명 대표와 그 지지층은 이런 흐름을 최선두에서 이끌고 있다.

지난 20여년 동안 우리 정치는 '노무현 질서' 속에서 뒤엉켜 싸웠다.

하지만 그것은 출발부터 새로운 사회·경제적 변화와 디스매치된 미봉책이었다. 그나마도 이제는 파산 상태다. 과거 산업사회에서는 누구나 중산층이 될 수 있다는 사회계약이 작동했다. 반면 오늘날에는 사회계약이라고 할 만한 것 자체가 아예 없다. 이런 상태에서는 어떤 정권도 성공하기 어렵다. 관건은 한국 정치가 이런 과도기를 딛고 새로운 질서를 창출해낼 수 있느냐다.

그 핵심은 새로운 변화에 걸맞은 새로운 사회계약의 작성이다. 이를 위해 다양한 이해관계자가 참가하여 갈등을 해결하고 타협안을 찾는 과정, 즉 진짜 정치의 복원이 필요하다. 무엇보다 규칙을 지키고, 정당을 혁신하고, 먹고사는 문제를 의제화해야 한다. 그러지 않으면 선거 때마다 쏠림현상이 반복되고 정치 불안은 심화된다. 작금의 정치를 바라보면 '이탈리아로 가는 길'도 과분하다는 생각이 절로 든다.

27 저쪽이 싫어서 투표하는 민주주의

김민하

어쩌다 부패한 정치인도 팬덤을 거느리게 되었나

오늘날 "저쪽이 싫어서 투표하는" 민주주의가
세계 도처에서 유행한다. 문제는 우리의 경우
그런 경향이 한층 더 강하다는 점이다. 이 와중에
혐오와 반대만 일삼는 정치가 기승을 부린다.
그런 정치 기술을 적절히 구사하면
범죄자도 팬덤을 거느리고 범죄는 훈장이 된다.

어느 여론조사에 따르면, 바이든 지지자의 59%가 "트럼프가 싫어서" 바이든을 지지한다. 트럼프 지지자의 39%가 "바이든이 싫어서" 트럼프를 지지한다. 미국 유권자의 절반이 '싫어서' 투표할 기세다. 같은 조사를 우리나라에서 한다면 그 비율은 아마 더 높을 것이다. 이런 풍토에서는 "나를 좋아하게 하는" 정치보다 "상대를 싫어하게 하는" 정치가 더 효과적이다.

마침 그러한 퇴행적 정치 현상을 날카롭게 파헤친 문제작이 있다. 바로 김민하의 '저쪽이 싫어서 투표하는 민주주의'(2022)다. 말 그대로 '저쪽이 싫어서 투표하는' 현상이 굳어지다 보니, 상대를 어떻게 싫어하게 만들까 하는 '반대의 정치'가 대세다. 반면 비전이나 가치를 내세우는 정치는 아예 자취를 감춰 버렸다. 이런 희한한 일이 민주주의의 방식을 통해 이뤄지고 있다. 이로 인해 아무리 정권이 바뀌어도 정치는 발전은커녕 도리어 퇴보를 거듭한다.

조국 사건의 핵심 쟁점은 두 가지다. 하나는 "그가 불법을 저질렀느냐"이고, 다른 하나는 "국가 권력이 적절하게 행사되었느냐"다. 그러나 한쪽은 조씨가 "노무현 전 대통령을 죽인" 검찰을 개혁하려다가 보복당한 희생자라고 주장한다. 다른 한쪽은 자신은 온갖 탈법·불법을 저지르면서 도덕군자 행세를 서슴지 않은 위선자라고 주장한다. 어느 쪽이든 그를 개인화하여 전형적인 의인 또는 악인으로 전제하고, 나머지 문제는 이에 꿰어맞춰 '서사화'한다.

이때 객관적 사실에 근거한 쟁점은 증발해 버린다. 오로지 중요한 것은 감정이 이입된 '비장한' 서사뿐이다. 그것이 징역형을 받고도 조씨가 일정한 팬덤을 거느리고 창당·출마까지 한 배경이다. 이런 '비장한' 서사를 통해 상대를 악마화하고 지지층을 규합하는 것이 오늘날 새로운 기술로 각광받고 있다. 실제로 정치를 쥐고 흔드는 것은 정치가가 아니라 정치 기술자다. 유명한 기술자의 상가(喪家)에 국회의원이 수십 명 운집하는 촌극이 벌어진다.

이런 경향은 각 분야로 확산하고 있다. 한때 암호화폐의 심각한 투기성에 대해 규율이 필요하다는 이슈가 있었다. 이에 대해 주로 젊은 층인 투자자들이 반발했다. "기성세대는 돈 벌 기회가 많았지만 우리에게는 이것뿐이다. 우리의 유일한 사다리를 걷어차지 말아라." 이런 '비장한' 서사를 통해 자기 이익은 슬며시 대의명분으로 바뀌었다. 정작 규율의 타당성 여부는 논의조차 되지 못했다. 이렇듯 모든 분야에서 사실보다 서사가 중요한 시대가 되었다.

댓글 공작만 보아도 한쪽에 드루킹이 있었다면, 다른 쪽에서는 국가기관이 동원되었다. 그런 공작은 어느 편이나 하는 것이다. 결국 그 불법성은 따질 가치가 없다. 이로 인해 상대가 속임수를 쓰니 우리도 수단과 방법을 가리지 말아야 한다는 인식이 정당화된다. 더 이상 정치는 공동의 문제를 해결하기 위해 책임을 나누고 대안을 모색하는 과정이 아니다. 다만 누가 얼마나 잘 속이느냐의 비정한 게임일 뿐이다. 거기서 중요한 것은 속이는 기술이다.

이른바 개혁가조차 현실 권력을 거머쥐면 갖가지 부패로부터 자유로울 수 없다. 이때 순수한 지지자들은 개혁가의 사소한(?) 일탈을 응징하는 것보다 거악의 처단이 더 시급하다는 '비장한' 서사를 쓴다. 여기에 다양한 정치적 수단과 기술이 총동원된다. 이리하여 팬덤 정치와 정치 기술자는 불가분의 관계를 맺게 된다. 반면 일부 지지자는 개혁가에게 "너도 똑같다"라는 정치적 사망선고를 내리고, 믿었던 정치로부터 배신당한 피해자의 길을 택한다.

팬덤은 지지할 대상을 정할 때는 합리성을 배제하지만, 일단 지지 대상을 결정한 다음에는 가장 많은 이득을 거둘 수 있는 선택을 위해 합리성을 도구적으로 동원한다. 이처럼 수단과 목표가 뒤바뀐 채, 오로지 지지하는 정치인의 유불리에만 목을 맨다. 결국 팬덤 정치는 정치인이 현실에서 갖는 '힘'을 '실력'으로 평가하고, 이를 다시 지지 근거로 내세우게 된다.

어떤 정치인에게 팬덤이 형성되기 위해서는 지지자들에게 확신을 심어줄 만한 극적인 요소가 필요하다. 그것은 대개 어떤 강렬한 피해나 핍박이다. 문재인 팬덤에게 그것은 노무현 전 대통령의 죽음이다. 아마 이재명 팬덤에게는 문재인·윤석열 정권의 연이은 핍박일 것이다. 팬덤정치에서는 정파적 이익(손실)을 극대화(최소화)하는 기술이 최고 덕목으로 평가된다. 이것은 정치는 어차피 속고 속이는 기술에 관한 문제라는 가치관을 통해 정당화된다.

애초에는 반공과 반일도 오늘날처럼 첨예하게 대립한 것이 아니다. 예를 들어 반공 및 반일을 동시에 추구하는 양심 세력도 제법 존재했다. 그러나 박정희 전 대통령이 반공을 내걸고 독주하자, 반대파들은 반일로 대항했다. 즉 첨예한 분화는 대립적 정치의 산물이다. 그런 전통과 요즘 팬덤정치가 맞물리면서 서사는 점점 더 비장해지고 있다. 그것이 '빨갱이' 서사와 '토착왜구' 서사의 충돌이다. 특히 '토착왜구'는 최근에 기술자들이 만들어낸 신상품이다.

그동안 정권교체가 몇 차례 이루어졌다. 하지만 협치를 외치던 정치인이 독주하고, 독주하던 바로 그 정치인이 다시 협치를 외치며 정치적으로 승승장구한다. 반대의 정치는 오로지 반대와 혐오를 통해 이득을 챙기는 데 골몰한다. 그런 정치는 현실로부터 유리되어 본연의 기능을 상실할 수밖에 없다. 그러니 권력만 좌우로 오락가락할 뿐, 세상은 흘러가는 대로 속수무책 방치된다. 실제로 최근에는 어떤 정권도 국가적 개혁 과제에 도전하지 않고 있다.

물론 이런 현상은 우리에게만 독특한 것이 아니다. 일본도 자민당 파벌 간 유사 정권교체 및 여야 간 정권교체가 있었지만 지속적으로 우경화의 길을 걸었다. 미국도 반대를 통한 승리 지상주의가 극성을 부린 나머지, 오늘날 혐오의 정치, 반대의 정치가 극에 달했다. 기성 정치를 반대해서 극우 포퓰리스트인 트럼프를, 또 트럼프에 반대하여 다시 엘리트주의로 기운 바이든 행정부를 탄생시켰다. 올 11월 다시금 트럼프 정부가 탄생할지도 모른다.

문재인 정권도 '반대의 정치'에 몰두하다가 '궤멸했던' 우파에 정권을 내주었다. 경제에서도 반대의 길을 가려고 했지만, 결국에는 같은 길을 걸고 말았다. '수출보다 내수'를 외쳤지만 막상 수출 주도 구조를 벗어날 수 없었다. 부동산 정책도 결국에는 '빚내서 집사라'로 귀결되었다. 최저 소득 인상, 소득주도성장, 비정규직의 정규직화 등도 모조리 좌초했다. 서로 반대를 표방하지만, 좌든 우든 누가 집권해도 현실은 별로 바뀌지 않고 그냥 흘러간다.

이쪽이 싫어 저쪽을 지지하다 실망하면 다시 이쪽를 지지하는 '반대의 정치'를 벗어날 수는 없을까. 저자는 그 해법으로 참여민주주의를 제시한다. 한마디로 풀뿌리 차원부터 중앙 차원까지 시민이 거버넌스에 참여하자는 것이다. 대의민주주의에 참여민주주의를 최대한 접목하자는 원칙에 반대할 사람은 아무도 없다. 다만 이를 충분히 실현한 나라가 아직은 없다.

오늘날 "저쪽이 싫어서 투표하는" 민주주의가 세계 도처에서 유행한다. 문제는 우리의 경우 그런 경향이 한층 더 강하다는 점이다. 어차피 '좋아서' 찍지 않았으니 내가 지지한 사람이나 정파에 대한 애정이나 믿음도 없다. 이 와중에 혐오와 반대만 일삼는 정치가 기승을 부린다. 그런 정치 기술을 적절히 구사하면 범죄자도 팬덤을 거느리고 범죄는 훈장이 된다.

28 라이벌들로 구성된 팀

Team of Rivals

도리스 굿윈

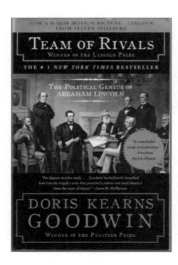

위대한 리더십은 라이벌을 추종자로 만든다

링컨은 포용력을 발휘해 라이벌들로
내각을 구성했다. 그리고 그들이 자기 분야에서
맘껏 능력을 발휘하도록 배려했다. 국민들과
소통했고, 장병들을 격려했다. 또한 의원들에게
진심 어린 협조를 구했다. 그는 한마디로
'대통령 모델'이라고 불릴 만하다.

국회가 또 난장판이다. 예나 지금이나 여당이 청와대의 들러리 역할을 마다하지 않는 한, 국회는 본연의 기능을 상실하고 살벌한 대결을 벌일 수밖에 없다. 따라서 이런 사태의 궁극적 배후는 청와대를 앞세워 국정을 독점하려는 '제왕적' 대통령이다.

그렇다면 민주적 대통령은 어떤 모습이어야 할까. 그것을 가장 잘 보여준 인물이 에이브러햄 링컨(1809~1865)이다. 그를 다룬 책은 헤아릴 수 없이 많다. 하지만 최근에 그의 리더십을 독특한 시각에서 재조명하여 새삼 주목받은 책이 있다. 바로 도리스 굿윈의 '라이벌들로 구성된 팀'(Team of Rivals·2005)이다. 부제는 '에이브러햄 링컨의 정치적 재능'이다.

이 책은 원문으로 1000쪽에 가까운 대작이다. 거기에는 링컨뿐만 아니라, 주변의 다양한 라이벌들도 각각 개성 있는 모습으로 등장한다. 하지만 머지않아 그들은 모두 라이벌에서 추종자로 바뀐다. 이 책을 바탕으로 스티븐 스필버그는 영화 '링컨'(2012)을 만들기도 했다. 아쉽게도 우리말 번역에는 '권력의 조건'(2007)이라는 다소 엉뚱한 제목이 붙었다.

이 책은 1860년 5월 공화당 전당대회부터 1865년 4월 링컨의 암살까지 5년 동안을 집중적으로 다룬다. 링컨은 켄터키주의 가난한 집안에서 태어나 제대로 된 정규교육도 받지 못했다. '입에 풀칠을 하기 위해' 닥치는 대로 잡일을 하다가, 독학으로 스물여덟에 변호사가 되었다. 그는 새로운 희망을 찾아 일리노이주 스프링필드로 가서 변호사로 활동을 시작했다.

그는 한 차례 연방 하원의원으로 활약했지만, 상원의원 도전에는 연거푸 실패했다. 그러나 그 과정에서 노예제에 관해 인상적인 논쟁을 펼쳤다. 그의 상대는 노예제 문제를 주(州)의 자치에 맡겨야 한다고 주장했다. 반면 링컨은 "백인이 스스로 통치하면 자치지만… 그에 동의하지 않는 다른 사람(흑인)까지 통치하면 그건 자치가 아니라 폭정이다"라고 맞섰다.

이 논쟁으로 상당한 지명도를 얻은 링컨은 1860년 공화당 대통령후보 지명전에 나섰다. 그의 라이벌은 쟁쟁한 인물들이었다. 슈어드는 뉴욕주 주지사 출신의 상원의원이다. 체이스는 오하이오주의 상원의원과 주지사 출신이다. 베이츠는 미주리주의 저명한 원로정치가다. 그들은 지역과 파벌을 대표하는 거물들이다. 대부분의 분석가들은 슈어드의 승리를 예상했다.

당시에 노예제 문제를 둘러싸고 남북은 분열로 치달았고 북부 내에서도 대립이 분분했다. 링컨은 중도를 견지하며 좌우를 아우르려고 했다. 그는 노예제의 확산은 막아야 하지만, 이미 존재하는 주에는 간섭하지 말자고 주장했다. 그러면서 "정의가 이긴다는 믿음을 갖되, 성급하게 움직이지 말자"고 호소했다. 그는 정력적인 연설 투어를 통해 지지층을 넓혀갔다.

그의 전략이 호응을 얻어, 예상을 깨고 그는 공화당 대통령후보로 뽑혔다. 그 여세를 몰아, 11월 대통령선거에서도 승리했다. 그는 다양한 파벌과 지역을 대표하는 라이벌들로 무지개 내각을 구성했다. 무엇보다 슈어드에게 국무장관, 체이스에게 재무장관, 베이츠에게 법무장관을 각각 부탁했다. 나중에 전쟁장관으로 기용한 스탠턴도 과거에 한때 그에게 모욕을 안겨주었던 인물이다. 이처럼 그는 거물 라이벌들을 내각으로 끌어들였다.

당시 최대 현안인 노예제 문제에 관해 당내에서조차 다양한 파벌이 날카롭게 대립하고 있었다. 따라서 대통령으로서 다양한 지역과 파벌을 두루 아우르는 일이 절실했다. 한편 라이벌들은 시골뜨기 대통령을 제치고 실제로는 자신들이 권력을 휘두를 수 있을 것이라고 기대했다. 이런 사정들이 서로 어우러져 '라이벌들로 구성된 팀'이 출범했다.

링컨은 '노예해방을 통한 국가통합'이라는 확고한 신념을 가졌지만, 결코 섣불리 서두르지 않았다. 그리하여 이를 둘러싸고 갈갈이 찢겨진 나라를 다독이며, 불필요한 갈등을 피했다. 그럼에도 남북은 기어코 전쟁으로 빠져들고 말았다. 이제야말로 노예해방선언이 불가피해졌지만, 링컨은 여전히 신중을 기했다. 마침내 북부군이 전세를 호전시키자, 반란주(남부)에 대해 노예해방을 선언했다. 그러자 남부의 노예들이 대거 북군에 합류하기 시작했다.

그밖의 정책에서도 마찬가지였다. 예를 들어, 그는 흑인 병사들에게도 동등한 대우를 허용하라는 요구에 쉽사리 응하지 않았다. 하지만 흑인 군대가 최초로 승리를 거두어 국민들이 열광하자, 즉시 그들에게 동등한 대우를 지시했다. 이처럼 그는 아무리 급해도 서두르지 않고 때를 살폈다. 그의 정책들이 국민의 폭넓은 지지를 받게 된 것은 말할 나위도 없다.

무엇보다 그는 개성 있는 라이벌들을 포용하고 격려했다. 그의 품성과 능력에 감복한 라이벌들은 더 이상 그를 시골뜨기로 여기지 않고, 진심으로 존경하게 되었다. 다만 체이스 재무장관은 차기 대선에 나설 야심을 버리지 않았다. 그는 뒤에서 대통령을 비난하며 은밀히 선거운동을 준비했다. 그가 걸핏하면 사의를 표하자, 링컨은 임기 말에 그의 사표를 전격적으로 수용했다. 하지만 체이스는 당내 경선에 나서지도 못하고 주저앉았다.

전세는 교착상태를 벗어나, 결정적으로 북부의 우세로 기울었다. 이에 힘입어 그는 비교적 손쉽게 재선에 성공했다. 그는 고심 끝에 마침 공석이던 대법원장 자리에 체이스를 지명했다. 아무도 예상치 못한 파격적 조치였다. 그는 노예제 폐지에 대한 체이스의 확고한 신념을 높이 평가했다. 체이스도 감격하여 대통령에게 진심으로 충성을 다짐했다.

북부군의 승리가 확실시되자, 1865년 1월 수정헌법을 통해 전면적 노예해방이 단행되었다. 4월 6일, 마침내 내전이 막을 내렸다. 링컨은 남부에 대한 일체의 보복을 불허했다. 심지어 남부군 총사령관조차 자유의 몸이 되었다. 이로써 노예제는 폐지되고 나라가 다시금 하나로 되는 발판이 만들어졌다. 하지만 그는 4월 14일 남부연맹 추종자의 손에 암살당했다.

링컨은 놀라운 포용력을 발휘해 라이벌들로 내각을 구성했다. 그리고 그들이 각자 자기 분야에서 맘껏 능력을 발휘하도록 배려했다. 그는 연설 등을 통해 국민들과 허심탄회하게 소통했고, 수시로 전선을 방문하며 장병들을 격려했다. 또한 의원들을 만나거나 그들에게 서신을 보내 진심 어린 협조를 구했다. 그는 한마디로 '대통령 모델'이라고 불릴 만하다.

'라이벌들로 구성된 팀'은 정적들로 조화로운 원팀(one team)을 만든 링컨의 리더십에 관한 이야기다. 무엇보다 그의 포용력과 통합의 리더십이 돋보인다. 또한 그의 주도면밀한 중도주의도 인상적이다. 그는 아무리 필요한 정책이라도 성급하게 서둘지 않았다. 분열된 나라를 다독이며 때를 살폈다. 하지만 여건이 조성되면 자신의 구상을 과감하게 실행에 옮겼다. 이처럼 링컨은 대통령중심제에서 대통령 모델을 확고하게 정립한 위대한 지도자다.

　유감스럽게도 우리나라 대통령(들)은 한결같이 정반대의 모습을 보여준다. 청와대를 앞세워 자신의 뜻을 무조건 강요한다. 이로써 내각과 행정부를 무력화시킨다. 국민들과의 소통을 외면하고, 국회를 통치의 보조물로 여긴다. 더구나 이런 행태가 개선은커녕 요즘 한층 더 악화되고 있다. 단언컨대 우리 민주주의의 미래는 '제왕적' 대통령제 타파 여부에 달려 있다.

29 대통령의 권력

Presidential Power and the Modern Presidents

리처드 뉴스타트

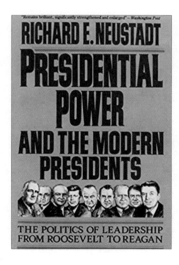

대통령의 권력은 설득의 능력에서 나온다

대통령은 이해당사자들과의 관계 속에서
권력을 키울 수도 있고, 잃을 수도 있다.
무엇보다 저자는 "대통령의 권력은
곧 설득력"이라고 설파한다.
즉 설득 능력이 권력의 원천이라는 것이다.

비록 승패는 갈렸어도 대통령선거에서 국민의 지지는 반반으로 쪼개졌다. 천박한 정치 풍토에 비추어 충분히 우려된 신·구 권력의 충돌이 여지없이 현실화되고 있다. 앞으로 이 난국을 어떻게 극복하느냐에 따라 새 대통령은 강한 대통령이 될 수도 있고, 그 반대가 될 수도 있다. 대통령의 능력은 결국 국정 전반에 미치는 대통령의 영향력에 의해 좌우된다.

그런 개인적 영향력이 곧 권력이라고 주장하며, 그것을 확대하기 위한 방법을 모색한 고전적 저작이 있다. 바로 리처드 뉴스타트의 '대통령의 권력'(Presidential Power·1960)이다. 저자는 이 책을 수차례 고쳐 쓰다가, 30년 만에 최종판('Presidential Power and the Modern Presidents'·1990)을 내놨다. 특히 이 책은 루스벨트에서 레이건에 이르기까지 다양한 국정 수행 과정에서 대통령의 권력이 어떻게 획득·유지·상실되는지를 생생하게 보여준다. 이로 인해 미국 대통령과 참모들의 필독서로도 유명하다.

저자의 권력관은 아주 현실주의적이다. 그에게 권력이란 '정부 활동에 대한 대통령 개인의 실질적 영향력'이다. 물론 대통령은 법적·제도적으로 막강한 권한을 보장받는다. 그래서 명령만 내리면 자동적으로 집행되는 경우도 없지 않다. 다만 그런 일방적 방식으로 목적을 달성할 수 있는 경우는 매우 제한적이다. 더구나 그런 방식은 경우에 따라 후유증을 남긴다. 이로 인해 당장은 승리하더라도 결국에는 대통령의 권력이 손상을 입게 되는 것이다.

무엇보다 민주국가는 권력 분립의 원칙으로 운영된다. 한마디로 여러 기관이 권력을 나누어 갖는다. 거기서 대통령은 국정을 총괄하는 책임자인 동시에, 분립된 기관 중 하나인 행정부의 장이다. 자신이 맡은 행정부 안에도 다양하게 분립된 기관이 존재한다. 따라서 대통령이 달성해야 할 과업은 안팎의 다양한 이해관계자를 갖게 된다. 결국 대통령이 뜻을 관철하려면 이해당사자들의 동의가 필요하고, 그들의 동의를 받아내려면 그들을 설득해야 한다.

설득의 요체는 대통령이 이해당사자들에게 원하는 것이 그들 자신에게도 유익하고 또한 마땅히 해야 할 일이라는 점을 납득시키는 일이다. 물론 대통령의 권한과 지위는 대통령의 개인적 논리나 매력을 강화시켜 준다. 그래서 대통령은 누군가를 설득하고자 할 때 유리한 입장에 서게 된다. 하지만 권한과 논리와 매력만으로 이해당사자들을 설득시키기에는 결코 충분하지 않다. 그들 앞에 놓인 의제는 대부분 현실적 이해가 복잡하게 얽혀 있기 때문이다.

특히 공공정책에 대한 견해는 사람마다 다르고, 심지어 서로 간에 이해가 상반되기도 한다. 따라서 그것은 철학적·이성적·윤리적 토론으로 결론 내기 어렵다. 오히려 이해를 주고받는 단체협상 같은 성격이 강하다. 경우에 따라서는 은밀한 흥정이나 회유나 타협도 필요하다. 이렇듯 대통령은 명령하는 것만으로는 부족하다. 이해당사자들과 소통하며 신뢰를 쌓고, 이를 바탕으로 그들을 납득시켜야 자신의 영향력, 즉 권력을 확대할 수 있다.

그런 점을 정확히 이해한 트루먼은 약체라는 예상을 깨고 마셜플랜 등 굵직한 족적을 남기며 성공한 대통령의 반열에 올랐다. "이걸 해라, 저걸 해라, 아무리 명령해 봤자 아무 일도 일어나지 않는다.… 나(트루먼)는 온종일 여기 앉아서 어떤 일을 하도록 사람들을 설득하려고 애쓰느라 시간을 보내고 있다. 그들은 내가 구태여 설득하지 않아도 그 일을 할 만한 분별력을 갖고 있을 게 분명하다.… 대통령의 권력은 고작 그 정도에 불과하다."

대통령의 설득력은 대통령에 대한 이해당사자들의 평판이나 신망에 따라 크게 좌우된다. 가장 직접적인 이해당사자들은 '워싱턴 공동체'다. 거기에는 상하 양원 의원들, 행정부 고위관리들, 주지사들, 군 사령관들, 양당의 정치지도자들, 민간단체의 대표자들, 언론, 외국 외교관들이 포함된다. 대통령이 그들을 직업적으로 필요로 하듯이, 그들도 대통령을 직업적으로 필요로 한다. 그들은 이런 직업상의 이유로 대통령의 일거수일투족을 주시한다.

기본적으로 대통령은 그들에게 좋은 평판을 구축해 자신의 영향력을 확대해야 한다. 하지만 이상적으로 모범적인 평판을 얻기란 쉽지 않다. 그렇다면 좀 더 정치 현실을 직시할 필요가 있다. 그들은 사안마다 대통령의 반응을 예상해 본다. 그들이 '예상된 반응'을 어떻게 가늠하느냐에 따라 그들에 대한 대통령의 영향력이 증감한다. 그래서 대통령에게는 때때로 그의 말을 거역하면 어떤 결과가 일어날지를 좀처럼 예측 못하게 하는 수완도 필요하다.

이런 직업적 평판은 대통령 자신이 만들거나 바꾼다. 아무도 대통령을 위한 평판을 지켜 줄 수도 없고, 자초한 평판에서 그를 구해주지도 않는다. 워싱턴 공동체가 대통령의 수완과 의지를 얕잡아보면 그들에 대한 그의 영향력은 현저하게 줄 수밖에 없다. 최악인 것은 그를 지지하는 데 불안을 느끼고 그를 반대하면서도 위험을 느끼지 않게 되는 경우다. 이처럼 워싱턴 공동체의 평판을 어떻게 관리하느냐는 대통령의 절박한 과제 중 하나다.

또한 대중적 신망도 대통령의 권력에 영향을 준다. 대통령과 마찬가지로, 워싱턴 공동체의 구성원들도 워싱턴 바깥에 있는 일반 대중의 지지에 의존한다. 그래서 일반 대중이 대통령을 어떻게 생각하느냐에 대한 워싱턴 내부의 판단은 워싱턴 공동체에 대한 대통령의 영향력에 상당한 영향을 미치게 된다. 이렇듯 대중적 신망은 대통령 권력에 직간접적으로 관여한다. 이로 인해 대통령은 종종 워싱턴 공동체를 뛰어넘어 일반 대중에게 직접 호소하기도 한다.

하지만 대다수 대중의 반응은 대체로 무관심하다. 자신의 생활과 피부적으로 직결될 때만 무관심에서 잠시 벗어난다. 한마디로 대중적 신망은 비교적 무관심한 사람들이 갖고 있는 부정확한 인상들의 뒤범벅이다. 그래서 여론조사 지지율 등을 해석하는 데 세심한 주의를 기울여야 한다. 대중적 신망과 직업적 평판은 상호작용을 하지만, 반드시 일치하지는 않는다.

대통령의 권력이란, 공공정책을 수립하고 수행하는 데 관련되는 사람들의 행위에 실질적으로 미치는 효과적인 영향력을 가리킨다. 그런 영향력은 대통령의 공식적 권한만으로 충분히 발휘되기 어렵다. 여기에 이해당사자들에게 사안의 타당성을 설득하는 능력, 직업적 평판을 제고하는 능력, 일반 대중의 신망을 얻는 능력 등이 보태져야 한다. 이런 능력은 워싱턴 공동체든 일반 대중이든 상대방과 끊임없이 소통하고 신뢰를 구축해야 가능한 노릇이다.

흔히 동양적 세계관에서는 권력이란 '움켜쥐고 행사하는 것'으로 인식된다. 그런 권력관은 절대왕조나 독재국가에서나 유효하다. 오늘날 민주국가에서 권력은 쌍방적이다. 대통령은 이해당사자들과의 관계 속에서 권력을 키울 수도 있고, 잃을 수도 있다. 무엇보다 저자는 "대통령의 권력은 곧 설득력"이라고 설파한다. 즉 설득 능력이 권력의 원천이라는 것이다.

이상은 미국의 이야기다. 우리에게는 한가하게 들릴 수도 있다. 그러나 사정이 비상할수록 기본으로 돌아가라는 말이 있다. 새 대통령은 소통과 설득을 바탕으로 직업적 평판과 대중적 신망을 착실히 쌓아야 한다. 이를 통해 난국을 돌파할 영향력을 '스스로' 키워야 한다.

30 국가는 왜 실패하는가

Why Nations Fail

대런 애쓰모글루 · 제임스 로빈슨

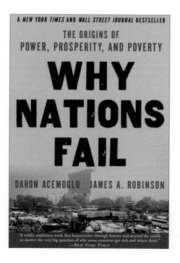

대한민국은
'성공한' 국가인가
'실패한' 국가인가

대한민국은 고난을 뚫고 포용적 제도를
정착시켜 어렵사리 선진국 대열로 올라선
세계적인 모범 사례다.
개선의 소지는 얼마든지 있지만,
통째로 부정당할 이유는 어디에도 없다.
감상적인 역사 폄훼는 자해요, 자학이다.

세계는 대한민국의 눈부신 발전에 찬사를 보낸다. 그럼에도 이른바 진보세력은 우리 현대사를 '실패한' 역사로 규정한다. 심지어 '적폐'로 폄훼한다. 이로 인해 우리의 이념적 갈등의 중심에는 "대한민국은 '성공한' 국가인가, '실패한' 국가인가"라는 논쟁이 자리 잡고 있다.

이 무거운 질문에 상당한 단초를 제공해줄 뿐만 아니라, 지구적 차원에서 국가의 성공 또는 실패 요인을 광범위하게 추적한 고전적 저작이 있다. 바로 대런 애쓰모글루와 제임스 로빈슨의 '국가는 왜 실패하는가' (Why Nations Fail·2012)이다. 이 책은 출간 당시 전 세계적으로 커다란 반향을 불러일으켰다. 저자들의 결론은 단순명료하다. 어느 나라든 '폐쇄적' 제도를 채택하면 실패하고, '포용적' 제도를 채택하면 성공한다는 것이다.

그동안 발전은 지리적 위치나 문화에 의해 좌우된다는 가설이 널리 통용되었다. 그런데 저자들은 '무엇이 남북한의 운명을 갈랐을까'라고 묻는다. 남북한은 지리적 위치나 문화 등이 완전히(!) 동일함에도 오늘날 엄청난 격차를 보인다. 세계적으로 이와 유사한 사례가 적지 않다. 이에 비추어 지리적 위치 가설이나 문화적 가설은 별로 타당해 보이지 않는다.

또한 무지가설(ignorance hypothesis)도 있다. 한마디로 적절한 발전 전략을 찾지 못해 가난하다는 것이다. 그러나 일부 아프리카 지도자들은 모든 국민에게 이로운 정책은 한사코 외면하면서도 전쟁과 노예 장사에 필요한 총기는 재빨리 사들인다. 그들은 무지하기는커녕 영악하기 짝이 없다. 다만 그들의 판단 기준이 자신에게 이로우냐 해로우냐일 따름이다.

그렇다면 발전의 격차는 어디서 유래하는가. 그 답은 바로 한반도에 있다. 남북한은 1945년 전혀 다른 경제운용 방식을 채택하면서 운명이 갈렸다. 한국은 사유재산과 인센티브가 인정되는 시장경제를 채택했다. 특히 박정희는 성공적인 기업에 대출과 보조금을 몰아주며 고속성장을 이끌었다. 반면 북한은 중앙통제정책과 주체사상으로 일관했다. 그 결과 불과 반세기 만에 '하나의 뿌리에서 갈라져 나온' 두 나라는 소득격차가 15배 이상이나 벌어졌다.

이런 격차의 근원은 다름아닌 '제도'다. 즉 한국의 발전은 포용적 경제제도에서 기인한 것이다. '포용적' 경제제도란 경쟁 환경을 제공하여 누구나 기회를 얻도록 하고, 사유재산을 확고히 보장하며, 법 체계를 공정하게 시행하는 제도다. 그것은 또한 새로운 기업의 참여를 허용하고 개인에게 직업 선택의 자유를 보장한다. 이런 제도 아래에서는 인센티브를 얻기 위해 경제활동이 왕성해지고 생산성이 높아지며, 궁극적으로 경제적 번영이 달성된다.

반면 '폐쇄적' 경제제도는 경제가 소수의 손에 의해 조종되고 이득이 소수에 독점되는 제도다. 그런 제도에서는 인센티브가 부재하여 사람들이 의욕을 잃고 또한 장기적 발전에 필요한 혁신이 일어나지 않는다. 더구나 '보이지 않는 손'은 아예 말살된다. 대개 폐쇄적 경제제도는 폐쇄적 정치제도에 의해 지지된다. 극단적 사례가 공산주의의 중앙계획경제다.

그러나 폐쇄적 정치제도도 어느 정도 경제 발전을 이룩할 수 있다. 지배층은 자신의 이해관계에 따라 특정 부문에 자원을 몰아주며 발전을 독려한다. 그런 전략이 성공하는 경우가 종종 있다. 대표적인 것이 구소련의 한때 눈부신 발전이었다. 특히 군수산업이나 우주산업의 성과가 두드러졌다. 오늘날 북한도 미사일 강국이다. 하지만 이런 방식의 발전은 경제 전반에 걸쳐 시너지와 혁신을 추동하기 어렵다. 결국 구소련의 경제는 한계에 부딪혀 붕괴했다.

한편 오늘날 중국의 발전도 눈부시다. 중국은 정치제도는 폐쇄적이지만 경제는 어느 정도 개방적으로 운용된다. 이를 통해 상당한 발전을 이룩한 것도 사실이다. 하지만 폐쇄적 정치제도를 바꾸지 않고는 지금의 번영이 얼마나 지속할지 의문이다. 정치가 경제를 통제하는 한 근본적인 혁신은 기대할 수 없다. 중국 경제도 언젠가 경착륙할 가능성이 농후하다.

한국 역시 어느 정도 폐쇄적 정치제도가 경제 성장을 이끈 경우다. 그러나 적절한 순간에 정치적 민주화를 통해 상당히 포용적 정치제도를 구축하면서 포용적 경제제도를 더욱 강화했다. 한국이야말로 정치제도와 경제제도가 선순환된 모범 사례다. 반대로 이것들이 악순환되는 사례도 적지 않다. 실제로는 역사적으로 그런 경우가 훨씬 더 많았다.

영국, 스페인, 프랑스는 똑같이 전제주의 국가였다. 그런데 스페인은 식민지에서 들어오는 막대한 부를 왕실이 독점하며 폐쇄적 정치제도를 강화했다. 프랑스 역시 대혁명이 터지기 전까지 절대왕정을 고수했다. 반면 영국은 명예혁명 등을 통해 포용적인 정치제도를 구축했다. 왕권이 축소되고 권력이 분산되었다. 이로 인해 유럽의 변방인 섬나라 영국이 산업혁명을 주도하며 세계적인 강국으로 부상한 것이다.

아프리카나 남미의 나라들은 독립 이후에도 대부분 식민지 시대의 폐쇄적 제도를 온존시켰다. 그 결과 일부 엘리트들이 권력과 경제적 이득을 독점한 가운데 민중의 생활은 여전히 비참하다. 미국에서도 인종차별을 용인하며 폐쇄적인 제도를 고수했던 남부의 발전이 더뎠다. 하지만 지배층은 개의치 않았다. 그들에게는 폐쇄적인 제도가 더 유리하기 때문이다.

역사에는 결정적 분기점이 있다. 그런 순간의 선택과 사소한 제도적 특성이 어우러져 커다란 차이를 만들어낸다. 물론 여기에는 우발성도 작용한다. 하지만 무엇보다 중요한 것은 어떤 제도를 채택하느냐이다. 그런 분기점에서 개방적 제도를 채택하면 국가가 흥(興)하고, 폐쇄적 제도를 채택하면 쇠(衰)한다는 것이 역사의 반복적인 교훈이다.

우리에게는 광복이 현대사의 결정적 분기점이었다. 그때 우리는 포용적 시장경제를 채택했고, 개발연대에는 중앙집권적 전통을 활용해 유무형의 자산을 효과적으로 동원했다. 또한 마침 개막된 동서냉전도 긍정적 배경으로 작용했다. 이처럼 우리의 번영은 결정적 분기점을 맞아 현명한 선택을 했고, 제도적 장점을 잘 활용했고, 거기에 운까지 따라준 결과다.

우리에게는 최근에도 '산업화는 늦었지만 정보화는 앞서가자'는 패기가 있었다. 하지만 인공지능(AI) 시대라는 또 다른 분기점이 다가옴에도 지금 우리는 온통 과거 논쟁에 휩말려 있다. 그 바람에 미래 담론은 아예 씨가 말랐다. 더구나 과거 논쟁도 오로지 이분법적 도덕 논쟁뿐이다. 이처럼 역사를 선악으로 단순하게 재단하는 것은 졸렬한 이상주의다.

'국가는 왜 실패하는가'는 줄기차게 "폐쇄적 제도를 채택한 국가는 실패하고 포용적 제도를 채택한 국가는 성공한다"고 역설한다. 대한민국은 고난을 뚫고 포용적 제도를 정착시켜 어렵사리 선진국 대열로 올라선 세계적인 모범 사례다. 개선의 소지는 얼마든지 있지만, 통째로 부정당할 이유는 어디에도 없다. 감상적인 역사 폄훼는 자해요, 자학이다.

지금 대한민국은 '새로운' 결정적 분기점에 서 있다. 그럼에도 최근에 정치, 경제, 교육 등에서 우리 사회의 제도적 포용성이 도리어 악화되고 있다는 목소리가 높다. 곧 선거다. 포용적인 사회를 만드는 데 누가 더 적합한지도 이번 선거의 중요한 선택 기준이다.

31

좁은 회랑

The Narrow Corridor

대런 애쓰모글루 외

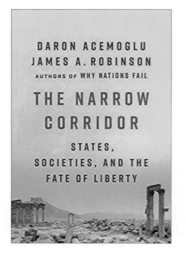

**시민의 자유와
국가의 역할을
동시에
키울 수 있을까**

우리는 사회와 국가의 힘을 제로섬 게임에
탕진하고 있다. 이런 극한 대립은
언젠가 우리를 회랑 밖으로 밀어낼지도 모른다.
지금 우리에게 절박한 것은 타협·연대다.

윤석열 대통령은 빈번하게 '자유'를 입에 올린다. 대통령이 말하는 '자유'의 의미가 모호하다는 비판도 없지 않다. 전통적인 자유론은 국가의 기능이 강화될수록 개인의 자유가 위축된다고 본다. 그것이 '작은' 정부론의 배경이다. 하지만 코로나 팬데믹, 경제 위기 등 최근의 사태만 보더라도 더 큰 국가의 역할이 요구된다. 이 딜레마를 어떻게 극복해야 할까.

바로 그런 난제를 인상적으로 풀어헤친 묵직한 역작이 애쓰모글루·제임스 로빈슨의 '좁은 회랑'(The Narrow Corridor·2019)이다. 우리는 자유로운 결집, 결사, 저항, 선거 등을 통해 사회의 힘을 기를 수 있다. 이처럼 자유를 통해 강화된 사회가 국가의 폭주를 제어해야 비로소 양자가 견제 및 협조 속에서 함께 성장할 수 있다. 이런 선순환이 자유도 증대시키며, 동시에 국가의 건강한 역할도 제고시킨다는 것이 저자들의 주장이다.

홉스는 무국가 상태를 '만인에 대한 만인의 투쟁'으로 묘사했다. 그래서 '리바이어던'이라는 괴물, 즉 국가를 통해 자유와 질서를 확보해야 한다고 주장했다. 하지만 무국가 사회라도 촘촘한 규범의 강요를 통해 폭력을 통제하고 질서를 유지하는 경우가 있다. 그것은 곧 '규범의 우리(cage of norms)'에 갇힌 사회다. 거기서는 자유가 구속되고 불평등이 만연한다.

또한 국가가 세워져도 저절로 자유가 보장되지 않는다. 자유민주주의에 의해 자유가 확보되기도 하지만, 전제나 독재에 의해 자유가 박탈되기도 한다. 아울러 무능한 국가가 출현해 더 큰 혼란을 야기하기도 한다.

물론 우리에게 필요한 것은 자유민주주의 국가다. 그것은 "폭력을 통제하고 분쟁을 해결하고 공공서비스를 제공할 역량을 갖고 있으면서도, 잘 조직된 사회에 길들여져 제어가 가능한 국가"다. 즉 사회에 의해 족쇄가 채워진 국가다.

우선은 사회와 국가가 힘의 균형을 이루어야 한다. 동시에 양자가 제로섬 게임에 몰두하기보다 견제·협조·타협을 추구해야 한다. 이런 어려운 조건이 충족되어야 비로소 자유민주주의 국가, 즉 '족쇄 찬(shackled)' 국가가 성립된다. 무엇보다 그 가능성은 '좁다'. 또한 일회성 성취가 아니라 계속 움직여 나아간다. 그 과정은 '문'이 아니라, '회랑'이다. 그래서 자유민주주의의 길은 '좁은 회랑'인 것이다.(〈그림〉에서 우상향 곡선으로 둘러싸인 부분)

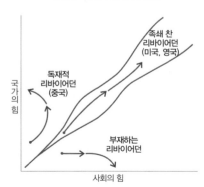

〈그림〉 국가의 유형 및 진화

반면 국가와 엘리트의 힘이 과도하면 독재로 치닫고, 국가의 능력이 미약하면 무능한 국가로 전락한다. 이렇듯 국가를 족쇄 찬 국가, 독재적 국가, 무능한(부재하는) 국가로 나눠 볼 수 있다. 그러나 이것은 고정적이지 않다. 회랑 밖에 있다가 회랑 안으로 진입할 수도 있고, 안에 있다가 밖으로 튕겨 나갈 수도 있다. 또한 회랑의 폭이 비교적 넓어 쉽게 튕겨 나가지 않을 수도 있고, 가뜩이나 좁은 폭이 더욱 좁아 쉽게 이탈할 수도 있다.

인류의 진보는 '족쇄 찬 국가'를 건설하는 사회의 능력에 달려 있다. 그 단초는 고대 그리스 솔론의 개혁이다. 솔론은 인신 담보 관행을 금지시키고 누구에게나 사법제도의 혜택을 부여했다. 이를 통해 '평범한' 시민의 입지가 강화되고 사회의 능력이 제고되었다. 한마디로 그가 추구한 것이 바로 족쇄 찬 국가였다. 당연히 그의 치세에서 민주주의가 번성했다.

물론 모든 사회가 좁은 회랑으로 진입하는 것은 아니다. 초기 국가 형성 과정에서 권력자의 권력의지로 인해 전제주의로 '미끌어지기' 일쑤다. 거기서도 일정한 발전은 가능하지만, 장기적으로 그것이 유지되기 어렵다. 무엇보다 매서운 감시 속에서는 창의나 혁신이 일어나기 어렵다. '규범의 우리'나 무능한 국가에서 경제는 더욱 발전하기 어렵다. 어느 경우든 회랑 밖에서는 보상이나 재산권이 확실하게 보장되지 않는다. 일할 유인이 부족할 수밖에 없다.

유럽의 많은 나라들은 합의를 바탕으로 민주적으로 조직된 부족 사회의 전통과, 로마 제국과 기독교 교회의 전통(특히 국가기관과 정치적 위계 질서의 핵심 요소)을 동시에 물려받았다. 이런 전통을 잘 조화시켜 좁은 회랑 안으로 진입했다. 근대에 이르러 영국은 가장 먼저 시민과 사회의 역량을 키웠다. 그것이 영국에 산업혁명과 세계 제국의 길을 열어주었다.

미국은 권한 배분, 노예제 등을 두고 연방과 주(州) 사이에 다양한 대립과 타협 속에 태어났다. 그 과정에서 정교하게 고안된 족쇄 찬 국가가 출현하여, 성공적으로 회랑 안으로 진입했다. 다만 오늘날까지 연방정부를 다양하게 옥죄는 건국 당시의 전통이 이어지고 있다. 이것이 독재를 방지하기도 하지만, 동시에 국가의 효율적인 능력을 떨어뜨리기도 한다. 이로 인해 정부는 불평등, 인권 등 주요 문제에서 확고한 능력을 발휘하지 못하고 있다.

반면 중국은 처음에는 다양한 사상이 경쟁했으나, '황제·관료·왕도정치'가 정통 교리로 자리 잡았다. 반면 시민의 자유를 창출하려는 노력은 사라졌다. 단적인 예가 형부(刑部)다. 서양의 법무부는 정의(justice)를 다루는 반면, 중국의 형부는 말 그대로 처벌을 다뤘다. 오늘날 중국의 성장은 더 이어지겠지만, 대규모 실험과 혁신을 촉발하기는 어려울 것이다.

또한 인도는 근대 국가의 형태를 갖췄지만, 내부적으로 카스트제도가 강고하여 여전히 '규범의 우리'에 갇혀 있다. 최근에 아랍 국가들은 이슬람 교리를 앞세워 오히려 '규범의 우리'로 후퇴하고 있다.

이를 통해 왕권이나 독재 권력을 강화하고 있다. 한편 '교활한' 엘리트를 혐오한 나머지, 대중이 '무책임한' 독재자에게 권력을 넘겨주는 경향도 있다.

세계화도 중요한 요인이다. 농업에 특화된 나라보다 제조업이나 서비스업에 특화되고 도시화가 진척된 나라가 회랑에 진입하기 쉽다. 한국이 대표적이다. 우리는 세계화를 이용해 제조업 강국으로 발돋움했다. 또한 독재체제에서도 교육 투자가 활발했고 시민사회의 저항이 강고했다. 이런 요인들이 한데 어우러져 기적적으로 회랑 안으로 들어섰다.

저자들은 자유의 향유를 통해 성장한 사회가 국가와 엘리트에게 족쇄를 채우면서도 동시에 협조도 해야 한다고 강조한다. 이를 위해 다양한 세력 간 연합·타협이 필요하다. 거기서 공동의 목적을 도출하고 그것을 함께 추구해야 한다. 그렇게 활력 넘치는 무지개 국가가 되어야 좁은 회랑을 넓혀가며 자유와 국가의 기능이 선순환적으로 확대된다.

우리는 사회와 국가의 힘을 제로섬 게임에 탕진하고 있다. 대통령 시정 연설을 야당이 거부하는 초유의 사태도 벌어졌다. 이런 극한 대립은 언젠가 우리를 회랑 밖으로 밀어낼지도 모른다. 지금 우리에게 절박한 것은 타협·연대다. 눈앞의 정치 현실을 넘어 미래로 눈을 돌리면, 그것은 당위적 명령이다.

32 대변동

Upheaval

재레드 다이아몬드

핀란드처럼

유연해야

살아남는다

지금 대한민국은 위기인가.

솔직한 자기 평가는 보이지 않으며

네 탓만 하고 책임지는 자세가 없다.

무엇을 지키고 무엇을 바꿔야 할지 모른다.

과거의 경험이나 다른 나라의 사례를

참고하려는 진지함도 없다.

정초(正初)이건만 우울한 뉴스뿐이다. 특히 지난 연말 국회는 제1야당을 배제한 채 주요 법률을 제·개정했다. 이처럼 정치적 타협이 완전히 실종된 사회가 얼마나 위험한지 일깨워주는 통찰이 있다. 바로 재레드 다이아몬드의 '대변동'(Upheaval·2019)이다. 이 책은 위기 극복을 통해 대변동을 달성한 사례들을 분석하고, 거기로부터 공통적인 교훈을 추출하고 있다.

우선 저자는 핀란드, 일본, 칠레, 인도네시아, 독일, 호주의 과거 경험을 돌아보고 이어서 일본과 미국 그리고 세계의 미래 과제를 짚어본다. 핀란드는 소련의 제2도시 레닌그라드의 코앞에 위치한 소국이다. 1939년 소련은 핀란드 영토의 일부 할양을 요구했다. 핀란드가 이 제안을 거부하자 곧바로 소련이 침입했다. 전쟁은 1941년에도 재발했다. 핀란드는 매번 영웅적으로 싸워 러시아군에 큰 타격을 입혔으나 자신도 엄청난 희생을 면치 못했다.

핀란드는 자유주의 체제로 독립국가를 이루면서도 공산주의 초강대국인 소련과 공존하는 방안을 절실하게 모색했다. 그들은 물밑에서 조용히 그리고 끊임없이 대화를 이어가면서 절대로 소련에 해를 끼치지 않겠다는 진정성을 전달하려고 부심했다. 이를 두고 서방에서는 경멸조로 '핀란드화'라고 말한다. 하지만 그들에게는 절박한 생존전략이었다.

핀란드는 소련의 신뢰를 얻기 위해 의회의 결정으로 대통령 선거를 연기하기도 하고, 대통령 후보를 사퇴시키기도 했다. 심지어 언론들은 소련을 자극하지 않으려고 자발적 검열도 마다하지 않았다. 한편으로는 서방과의 유대도 공고히 했다. 소련 역시 핀란드를 아예 위성국으로 만들기보다 서구의 창(窓)으로 활용하는 것이 더 낫다고 판단했다.

일본은 1853년 미국의 페리함대를 맞아 혼란에 빠졌다. 하지만 더 이상 쇄국은 불가능하다고 판단하고 대대적인 국가 개조에 나섰다. 무엇보다 정신이나 문화는 일본적인 것을 유지한 채 서양의 행정·군사·기술 등을 적극적으로 받아들였다. 핀란드와 메이지 일본은 외부충격을 성공적으로 극복한 전형적 사례다. "그들은 무서울 정도로 정직하고 현실적이었다."

칠레는 민주주의 전통이 비교적 확고한 나라였다. 그러나 1973년 군부 쿠데타로 인해 참혹한 독재국가로 바뀌었다. 민주저항세력들은 17년 만에 다양한 제휴를 통해 독재체제를 종식시켰으나 군부를 의식해 점진적이고 타협적인 방식으로 민주주의를 복원하고 있다. 반면 인도네시아는 쿠데타를 일으키고 저지하는 과정에서 참극이 벌어졌으나 이에 대한 반성과 화해는 이루어지지 않았다. 두 나라는 양상은 달라도 내부적 위기에 대처한 전형적 사례다.

독일은 냉전이 도래하자 연합국에 의해 재무장을 재촉받았다. 콘라드 아데나워 총리는 이를 이용해 우선은 경제 부흥에 매달렸다. 그러나 1950년대 말부터 나치에 대한 고발과 재판을 통해 스스로 과거와 단절하려고 노력했다. 또한 1968년 학생시위를 겪고 이듬해 최초로 좌파 총리가 탄생했다. 빌리 브란트는 동방정책을 추진하며 동구 국가들과 실질적인 화해를 시도했다. 정권이 바뀌어도 브란트의 현실적 정책은 계승되어 훗날 통일의 초석이 되었다.

호주는 오랫동안 영국을 이상적인 모국으로 여겼다. 이른바 백호(白濠)주의를 고수하며 영국을 위해 유럽까지 달려가 싸웠다. 그러나 영국은 차츰 호주의 방패막이 될 수 없었다. 이 과정에서 호주는 독립적인 국가로 거듭나고 있다. 독일과 호주는 오랜 기간에 걸쳐 내부적 위기를 극복하면서 국가 정체성을 새롭게 세워나가는 전형적 사례다.

한편 오늘날 일본은 수많은 장점을 가지고 있다. 반면 국채 증가, 여성의 열악한 지위, 출산율 저하, 고령화 등에서 단점도 있다. 더구나 이민을 외면하고 역사적 반성을 회피하고 해외자원을 무차별 남획한다. 이처럼 현대 일본은 이기적으로만 행동할 뿐 정직한 자기성찰을 거부하고 있다. 이대로 간다면 10년 후의 일본이 암울하다는 것이 저자의 전망이다.

미국은 천혜의 자연환경을 가진 나라다. 적극적인 이민정책, 군건한 민주주의, 확고한 연방제 등이 주는 이익도 막대하다. 하지만 무엇보다 큰 장점은 정치적인 타협의 전통이다. 그것은 다수에 의한 폭정과 좌절한 소수의 무력함을 동시에 예방하거나 축소해주는 장치였다. 하지만 오늘날 미국이 겪는 가장 큰 문제는 바로 그런 정치적 타협의 악화다.

무엇보다 치솟는 선거비용이 병폐다. 이로 인해 정치가는 거액을 내는 소수 기부자에 의존한다. 지역별로 유권자 성향은 뚜렷이 갈려 있다. 이런 환경에서는 극단적 주장이 더 효과적이다. 또한 사회적으로도 채널이나 매체의 다양화가 오히려 각자 선호하는 '틈새 정보'만 골라 보는 편향성을 낳고 있다. 휴대전화 등을 통해 '나홀로' 활동이 증가하는 것도 문제다.

정치적 타협의 악화 이외에도 투표율 하락, 불평등 방치, 미래투자 결여 등이 미국의 또 다른 과제들이다. 많은 이점에도 불구하고 미국은 위기에 대한 국민적 합의가 미약하고 자신의 책임을 인정하지 않으며, 오로지 자기 보호에 급급하고 다른 국가로부터 배우려고 하지 않는다. 이런 오만과 약점으로 인해 미국은 자신의 다양한 이점을 헛되이 낭비하고 있다.

나아가 오늘날 세계는 핵무기 폭발, 기후변화, 자원고갈, 불평등이라는 과제를 안고 있다. 세계화가 낳은 초유의 지구적인 과제다. 아쉽게도 세계는 국가보다 위기를 인정하고 극복하기가 더 어렵다. 다행히 양자간 또는 다자간 협약이나 EU·UN 등을 통해 부분적인 성과도 거두지만 여전히 미진하다. 지금은 희망과 파괴가 교차하는 혼란기다. "좋은 쪽으로든 나쁜 쪽으로든 조만간 결론이 날 테고, 그때까지 이제 수십 년밖에 남지 않았다."

저자는 우리에게 핀란드의 경험을 주목하라고 말한다. 최근에 34세의 세계 최연소이자, 여성 총리를 배출한 핀란드는 위기 앞에서 유연한 정치적 타협을 발휘하곤 했다. 그들은 이웃한 대국의 위협을 받으며 항상 경계심을 늦추지 않았고 다양한 선택안을 고려한 끝에 냉정한 결정을 내렸다. 무엇보다 대통령뿐만 아니라 각급 인사가 상대 측과 끊임없는 물밑 대화를 통해 신뢰를 쌓되 "그런 일을 밖으로 떠들어대거나 홍보하지 않았다".

'대변동'은 다양한 사례를 통해 우리에게 풍부한 영감을 선사한다. 나아가 정치적 타협을 발휘해 국론을 한데 결집하는 나라는 위기 극복에 성공한다는 교훈을 극명하게 보여준다. 이것은 저자의 고백처럼 '당연한' 결론이다. 하지만 우리는 '당연한' 것을 무시하여 비극을 반복하고 있다. 저자는 현실이 아무리 혹독해도 "우리에게 선택권이 있다"고 강조한다.

　지금 대한민국은 위기인가. 솔직한 자기 평가는 보이지 않으며 네 탓만 하고 책임지는 자세가 없다. 무엇을 지키고 무엇을 바꿔야 할지 모른다. 과거의 경험이나 다른 나라의 사례를 참고하려는 진지함도 없다. 우리의 핵심가치는 무엇이며 어느 방향으로 나아가야 할지도 혼란스럽다. 심지어 코앞의 위협인 북핵을 놓고도 중구난방이요, 속수무책이다.

　성공한 나라들은 예외 없이 정치적 타협을 통해 유연한 선택을 구사했다. 동북아의 약자인 우리야말로 유연해야 살아남는다. 그럼에도 불길한 파열음을 내며 선택권을 스스로 옥죄고 있다. 한국은 어느 일방을 파멸시켜 국력을 모으기 불가능한 나라다. 정치적 타협밖에 없다.

33 다정한 것이 살아남는다

Survival Of The Friendliest

브라이언 헤어 외

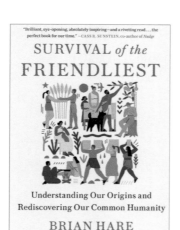

친절하고
협조적인
자가
살아남는다

강자만 살아남는다는 속설은 오해다.
강자는 일시적으로는 승리해도 곧
또 다른 강자에게 제압당한다.
다행히 우리 현생 인류는 친화력의 선순환을 통해
성공적으로 생존 · 번영해 오고 있다.

새해가 되어도 기쁜 소식은 별로 없다. 온통 정치 갈등, 기후 이변, 인구 절벽, 전쟁 소식뿐이다. 이런 분위기가 바뀔 기미도 별로 없다. 그래서 우리 현생 인류가 차츰 쇠락하여 멸종으로 향하는 것이 아니냐는 우려도 적지 않다. 과연 인류는 계속해서 살아남아 번영할 수 있을까.

이에 대한 답을 찾기 위해 그동안 현생 인류가 어떻게 생존하여 찬란한 문명을 가꿔 왔는지를 더듬어 본 진화론적 탐구가 있다. 바로 브라이언 헤어와 버네사 우즈의 '다정한 것이 살아남는다'(Survival of the Friendliest·2020)이다. 흔히 우리는 가장 영악하고 잘난 것만이 살아남는다고 알고 있다. 하지만 그것은 진화론에 대한 심각한 오해다. 실제로 진화의 궤적을 더듬어 보면, 친절하고 협조적인 자가 살아남아 번영을 이룩했다는 것이 저자들의 주장이다.

본래 다윈이 진화론의 핵심 개념으로 제시한 것은 자연선택이다. 하지만 우리는 진화론 하면 으레 적자생존을 떠올린다. 이것이 주변을 모두 제압한 최적자(the fittest)만 살아남는다는 속설을 초래했다. 그러나 실제로는 가장 적응을 하지 못한 자 또는 가장 운이 나쁜 자가 도태될 뿐, 최적자는 아니어도 괜찮은, 즉 충분히 훌륭한 개체들이 서로 도우며 살아남는 것이다.

인간은 생후 9개월만 되면 손가락이 가리키는 곳을 바라본다. 그것은 타인의 마음을 읽는다는 뜻이다. 실제로 인간은 타인이 어떤 생각을 하는지 궁금해하면서 일생을 살아간다. 반면 침팬지는 손짓을 하면 손가락만 쳐다본다. 그런데 놀랍게도 반려견은 손가락이 가리키는 곳을 바라본다. 그것은 개도 우리처럼 협력적 의사소통에 특화된 인지 능력이 있다는 방증이다.

어려서부터 사람에게 두려움 없이 다가오는 여우끼리 짝짓기를 시킨 프로젝트가 있다. 이런 시도를 수십 년간 되풀이한 결과, 이런 여우들에게는 펄럭이는 귀, 짧은 주둥이, 동그랗게 말린 꼬리, 얼룩무늬 털, 작은 이빨 등이 나타났다. 즉 오로지 친화력만 기준으로 삼았지만 외형이 바뀌었다. 이런 여우들을 상대로 실험을 해보니 사람의 손끝이 가리키는 곳을 정확히 쳐다보았다. 반면 사람에게 친화적이지 않은 일반 여우들은 사람의 손짓에 전혀 반응하지 않았다.

이 실험은 개의 협력적 의사소통 기술이 가축화의 산물임을 입증하는 강력한 근거다. 수렵채취인들은 움막 밖으로 음식 찌꺼기나 똥을 버렸다. 사람을 두려워하지 않는 늑대들이 그것을 먹으러 접근하였고, 그런 것들끼리 짝짓기를 하게 되었다. 이런 일이 여러 세대 반복되다 보니 친화력이 높아졌을 뿐만 아니라 털색, 귀 모양, 꼬리 모양 등도 변했을 것이다. 사람들도 이런 원시 개들에게 점점 친근함을 느끼고, 마침내 그들을 천막 안으로 불러들였을 것이다.

이처럼 개는 자기가축화의 산물이다. 즉 친화력이 높은 늑대들이 스스로 가축화한 것이다. 그 결과, 개는 지구상에서 가장 성공한 종이 되었다. 반면 야생 늑대는 거의 멸종 상태다. 흔히 모든 것을 인간에게 의존하는 가축은 야생종보다 우둔하다. 그러나 자기가축화를 경험한 개는 그렇지 않다. 개는 오히려 인지 능력, 특히 협력 및 의사소통에 관한 인지 능력을 키웠다.

개는 사람에게 끌려 스스로 가축화한 경우다. 그렇다면 자연 상태에서도 가축화가 일어날까. 우리의 사촌인 보노보와 침팬지는 100만년 전에 공통 조상에서 갈라졌다. 수컷 침팬지는 공격적이다. 심지어 다른 수컷의 새끼까지 죽인다. 암컷도 친척 암컷만 돕는다. 반면 보노보는 서로에게 관용적이다. 새끼를 죽였다는 보고는 단 한 건도 없다. 심지어 새로 들어온 개체에게 더욱 친절함을 베푼다. 이런 차이는 자연 상태에서도 자기가축화가 일어난다는 방증이다.

개나 실험 여우에서 보여지듯이 친화력 선택은 가축화된 동물의 외양에 변화를 일으킨다. 화석을 분석해 보면, 사람의 얼굴도 점점 부드러운 동안(童顔) 형태로 변화했다. 무엇보다 인간의 공막(흰자위 부분)은 특이하다. 동물의 공막은 대개 진한 색깔을 띤다. 어디를 또는 무엇을 바라보는지 알 수 없다. 그것이 자기방어에 유리하다. 반면 인간의 공막은 예외 없이 흰색이다. 그것은 자기를 드러내 보이며, 타인과 교감하는 자만이 살아남았다는 강력한 증거다.

이처럼 자기가축화를 통해 자연선택은 다정하게 행동하는 개체에게 우호적으로 작용했다. 이런 과정에서 인간은 유연하게 협력하고 의사소통할 수 있는 능력을 향상시켰다. 궁극적으로 인간은 좀 더 큰 규모의 무리, 더 밀도 높은 인구, 무리 간의 우호적인 관계, 나아가 대규모의 사회연결망을 만들어냈다. 이것이 현생 인류인 호모 사피엔스가 살아남아 번성한 비결이다.

사람의 자기가축화는 대략 8만년 전에 일어났다. 이때 폭발적 인구 증가와 기술 혁명이 동시에 이루어졌다. 그것은 우리의 친화력이 여러 집단의 혁신가들을 하나로 연결하여 기술 혁명을 추동한 결과다. 이런 성취를 이룬 것은 오직 우리 종뿐이다. 수만 년 전만 해도 복수의 사람 종이 있었다. 하지만 궁극적으로 살아남은 것은 우리 종이 유일하다. 요컨대 우리는 자기가축화를 통해 얻은 친화력을 바탕으로 서로 협력하며 오늘날의 문명을 일궈온 것이다.

그럼에도 인간은 왜 여전히 폭력적이고 잔인할까. 결론적으로 말해 폭력성은 친화력의 부산물이다. 강렬하게 사랑하게 된 이들이 위협을 받을 때 우리는 더 큰 폭력성을 드러낸다. 우리의 본성을 길들이고 협력적 의사소통을 가능하게 하는 것도, 우리 내면에서 폭력성과 잔인함을 충동하는 것도 동일한 뇌 부위에서 동시에 일어난다. 그래서 서로 협력하여 큰 짐승을 사냥하던 무기가 서로 죽이는 살상 도구가 되기도 한다. 한마디로 인간은 친절하니까 잔인한 셈이다.

한때 폭력성은 고정적인 것으로 오해되었다. 그래서 사악하거나 열등한 유전자를 없애자는 아이디어가 등장했다. 그것이 바로 우생학이다. 우생학은 다양한 집단을 비인간화시켰다. 그러나 우리가 궁극적으로 필요로 하는 친화력을 발휘하는 유전자를 지닌(또는 지니지 않은) 사람을 선별하기란 불가능하다. 사회적으로 야기되는 문제는 사회적 해법으로 대응해야 한다.

오늘날 미국의 정치 현실은 암담하다. 트럼프주의자들은 자신들의 집단 동질성에 위협으로 느껴지는 외부자들을 비인간화하며 극도로 불관용을 드러낸다. 이런 비인간화는 집단 간에 서로 보복적으로 강화작용을 일으켜 끝없는 갈등을 유발한다.

우리는 격의 없는 접촉과 교류가 집단 간의 적대감을 해소하고 친화력을 높이는 방법임을 알 수 있다. 심지어 접촉을 상상하거나 소설·드라마·영화 등을 통해 간접 체험하는 것만으로도 효과가 있다는 실험 결과도 있다. 이렇듯 직간접으로 접촉과 교류를 늘려 친화력을 높고 폭력성을 억누르는 것이 우리 종이 살아남는 비결인 것이다.

강자만 살아남는다는 속설은 오해다. 강자는 일시적으로는 승리해도 곧 또 다른 강자에게 제압당한다. 다행히 우리 현생 인류는 친화력의 선순환을 통해 성공적으로 생존·번영해 오고 있다. 그 이면에 도사리고 있는 폭력의 악순환도 때때로 고개를 내민다. 이에 대한 해법은 의외로 간단하다. "접촉하고 교류하자." 새해 다짐으로도 손색이 없는 외침이다. 관건은 실천이다.

34 한국전쟁의 기원

The Origins of the Korean War

브루스 커밍스

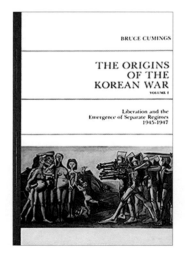

6 · 25 앞에서
우리는 어떤 다짐을
해야 할까?

그들의 주장대로 '명분 있게' 출발한 북한은
오늘날 1인 독재를 넘어 세습 독재라는
악습과 절대적 빈곤에 빠져 있다.
반면 어렵사리 닻을 올린 대한민국은
온갖 혼란을 극복하고 민주주의와
경제적 번영을 동시에 달성했다.

6·25전쟁 발발 73주년이다. 이만한 시간이 흘렀어도 6·25를 바라보는 좌우의 시각 차는 여전하다. 보수 우파에게 6·25는 공산주의를 격퇴한 자랑스러운 역사다. 반면 진보 좌파에게는 혁명을 좌절시킨 안타까운 역사라는 인식이 강하다. 그 대립이 현대사를 관통하며, 우리 사회의 뜨거운 화약고로 작용하고 있다. 북한에 대한 태도만 해도 좌우 간에 천양지차다.

이러한 소용돌이에 커다란 영향을 미친 독보적인 연구서가 있다. 바로 브루스 커밍스의 '한국전쟁의 기원(The Origins of the Korean War)'이다. 이 책은 1981년에 제1권, 1990년에 제2권이 나왔다. 1986년에 제1권이 번역·소개되었다. 하지만 그전부터 이미 내용이 알음알음 알려지면서 당시 운동권을 비롯해 진보 좌파 진영을 열광시켰다. 이 책은 6·25를 수정주의적 관점에서 분석한 최초의 연구서로서, 순식간에 운동권의 역사 바이블이 되었다.

흔히 냉전을 놓고 상반된 학설이 있다. 전통주의는 냉전의 기원을 소련의 사회주의적 팽창에서 찾는다. 6·25도 소련의 사주로 김일성이 일으켰다고 본다. 반면 수정주의는 냉전의 기원을 미국의 과도한 봉쇄 정책에서 찾는다. 6·25도 미국의 잘못된 한반도 정책으로 야기되었다고 보는 것이 저자의 주장이다. 이런 관점은 1980년대 당시 친미−친일−독재 정권

타도를 내건 운동권에 도덕적 명분을 '학술적으로' 뒷받침해 주었다고 해도 과언이 아니다.

제1권은 광복 이후 1년여를 다루고, 제2권은 그 이후부터 6·25 발발까지 다루고 있다. 그중에 시기적으로 1980년대 진보 좌파 진영에 절대적 영향을 미친 것은 제1권이다. 1990년대의 급격한 정세 변화로 인해 제2권은 대중적으로 별로 주목을 받지 못했다. 특히 저자는 광복 이후 1년 남짓이 6·25 발발의 구조적 배경을 결정지었다고 주장한다. 그래서 제1권만 살펴보아도 오늘날 진보 좌파 진영의 역사관을 이해하는 데 모자람이 없다.

미국은 일본의 끈질긴 항전을 예상하고 소련의 극동 참전을 독려했다. 하지만 만주의 일본군은 쉽게 무너지며 소련은 재빨리 승리를 챙겼다. 그 기세로 한반도 전체를 점령할 판이었다. 이에 당황한 미국이 분할 점령을 요구했고, 소련은 순순히 응했다. 당시 소련으로서는 전략적으로 한반도 북부만 점령해도 충분했다. 더구나 그들의 주 관심은 동유럽이었다.

광복이 되자 일제에 부역했던 사람들은 지탄을 받았다. 반면 일제에 항거했던 사람들은 환영을 받았다. 하지만 나라 안이든 밖이든 우리가 전승국임을 주장할 만한 세력이나 조직은 부재했다. 그런 가운데서도 전국 각지에서 동시다발적으로 자치 조직들이 세워졌다. 그것들 역시 일제의 공백을 메우고 외세를 거부할 만큼 충분히 강력하지는 못했다. 그런 힘의 진공을 미·소가 메우는 것은 당시로서는 불가항력이었다.

항일의 이념적 기반은 민족주의와 사회주의였다. 그러나 이론적 토대를 갖춘 사회주의가 우월한 지위를 차지했다. 그것이 항일운동의 큰 줄기

중 하나가 사회주의였던 이유다. 그래서 전국 각지의 자치 조직이 사회주의적 성격을 띠는 것은 불가피했다. 이런 흐름에 따르자면, 사회주의 혁명을 통해 사회주의 국가를 세우는 것이 자연스러운 수순이라고 볼 수 있다.

실제로 북한에 진주한 소련군은 일정한 가이드라인만 제시하며 이런 흐름을 용인했다. 그리하여 결과적으로 북한 지역에서 사회주의 국가가 들어서는 길을 열어주었다. 그것이 바로 사회주의 종주국으로서 동구를 비롯해 전 세계로 사회주의 혁명을 전파해야 할 자신들의 국익에 부합하기 때문이다. 북한에 대한 소련의 정책은 단순하게 확고했다.

문제는 미국이다. 그들은 조선이라는 신생국의 복잡한 정세를 제대로 이해하지 못했다. 그저 실용적인 미국식 사고방식이 전부였다. 그들에게 혁명적 분위기는 무질서로 보였다. 이를 바로잡기 위해 일본인이 물러간 자리에 한국인을 채용하며, 식민지 통치 조직을 온존시켰다. 이렇게 채용된 한국인들은 상당수가 일제에 순응 또는 부역을 했던 사람들이다.

바로 이때 국제 정세에도 미묘한 변화가 생겼다. 얼마 전까지 연합국이던 소련을 좀 더 적극적으로 봉쇄해야 한다는 논의가 부상했다. 냉전의 싹이 트기 시작한 것이다. 한반도 정세는 그런 변화로 영향을 받았고, 반대로 그런 변화에 영향을 미쳤다. 급기야 미국의 정책은 한반도 남부가 사회주의 확산을 막는 방파제가 되어야 한다는 쪽으로 기울기 시작했다.

소련도 긴밀하게 움직였다. 특히 그들은 김일성을 지도자로 내세웠다. 당시 그는 대중에게 거의 알려지지 않은 인물이다. 하지만 소련이 후원하고 민족주의자 조만식이 협조함으로써 순식간에 명망을 얻었다. 이것은 남한에서 이승만이 미군에 의해 지도자로 내세워진 것과 유사하다.

북한에서는 소련이 혁명적 정세를 용인하는 가운데 항일인사 중심으로 혁명을 통해 사회주의 국가가 건설되었다. 반면 남한에서는 미국이 혁명적 정세를 억누르고 친일인사 중심으로 반동적 국가가 만들어졌다. 광복 후 5년 동안 혁명과 반혁명이 격돌하다가 폭발한 것이 6·25다. 그래서 "6·25는 (내부 문제로 생긴) 내전"이라는 것이 저자의 파격적 주장이다.

이런 주장은 운동권에 학술적 이론이기보다 도덕적 도그마로 받아들여졌다. 그들은 1980년대를 내전의 연장으로 보았다. 여전히 이어지는 친일-친미-독재 정권을 반일-반미-민주 정권으로 뒤엎어야 한다. 이런 과업을 이미 달성한 북한은 동경의 대상이다. 아울러 그런 과정을 용인하고 후원한 소련과 중국에 대해 우호적 감정을 품었다. 이런 역사 인식이 1980년대 진보 좌파 진영에 풍미했고, 오늘날에도 별로 바뀌지 않고 이어지고 있다.

이런 도덕적 이분법에는 문제가 있다. 그들의 주장대로 '명분 있게' 출발한 북한은 오늘날 1인 독재를 넘어 세습 독재라는 악습과 절대적 빈곤에 빠져 있다. 반면 어렵사리 닻을 올린 대한민국은 온갖 혼란을 극복하고 민주주의와 경제적 번영을 동시에 달성했다. 이처럼 역사는 어느 한순간에 정지된 박제(剝製)가 아니라, 계속해서 움직이는 역동적인 생명체다.

해방 정국에서 우리 자체 역량의 부재로 외세의 개입은 불가피했다. 당시 국제 질서에서 미·소의 힘은 절대적이었다. 북한 지역에 사회주의 정권이 들어선다면, 남한 지역에 자유주의 정권이 들어서는 것은 불가피했다. 그것은 도덕의 문제가 아니라, 현실의 문제다. 그런 냉혹함 속에서 온갖 우여곡절을 이겨내고 오늘날 선진국으로 우뚝 선 것이 대한민국이다.

이 세상에 도덕적으로 지고지순한 역사는 없다. 대한민국의 역사가 위대한 것도 지고지순해서가 아니라, 오히려 온갖 질곡과 상처를 극복하고 민주주의와 번영을 일궈냈기 때문이다. 그래서 역사는 여러 각도에서 종합적으로 고려해야 한다. 6·25에 대해서도 마찬가지다. 실제로 오늘날 학문 세계에서는 전통주의냐 수정주의냐 하는 논란이 사라졌다.

이제는 우리도 편향된 이분법을 탈피할 때다. 보수 우파는 성공을 내세우기보다 자신의 부족함을 성찰해야 한다. 진보 좌파는 도덕적 미몽에서 깨어나 역동적인 현실을 직시해야 한다. 이러한 노력들이 하나로 모아질 때 대한민국은 다시 한번 도약할 수 있다.

35 고려거란전쟁

길승수

고려는 어떻게 동아시아 최강국을 물리쳤나

고려는 거란과 싸우면서도
틈틈이 화친 사절을 보냈다.
동시에 송나라와도 거란을 협공하자며
수시로 사신을 교환했다.
한마디로 활발한 다자외교를 펼쳤다.

대하 역사 드라마 '고려거란전쟁'이 화제다. 그동안 우리는 갑갑할 때 주로 병자호란을 곱씹곤 했다. 물론 반면교사가 주는 교훈도 소중하다. 하지만 더 중요한 것은 성공한 역사에서 배우는 지혜와 기상이다. 과연 우리에게는 성공사례로 당당히 소환할 만한 역사가 없을까.

이런 갈증을 시원하게 풀어주는 흥미진진한 전쟁 연구서가 있다. 바로 길승수의 '고려거란전쟁'(2023)이다. 이 책은 10여 년 동안 이 주제에 천착한 재야사학자의 역작이다. 또한 이번 역사 드라마의 원작이기도 하다. 당시 고려는 거란과 거의 30년에 걸쳐 충돌했다. 저자는 고려가 어떻게 최강국 거란의 침략을 성공적으로 격퇴했는지를 일목요연하게 보여준다.

거란은 10세기 초 부족을 통일했다. 곧바로 발해를 멸망시키고 후진·후주·송을 압박했다. 그 사이에 폭발적으로 팽창했다. 동으로는 소손녕을 앞세워 여진을 복속시키고, 송과 친밀한 고려를 압박했다. 993년 소손녕은 대군을 이끌고 고려를 침략했다. 고려 조정은 서경 이북을 떼어주고 항복하자는 안을 채택했다. 실제로 성종의 명에 따라 서경을 비우기 시작했다.

이때 서희가 반대하고 나섰다. 항복을 서두르기보다 일단 부딪쳐 보자는 것이다. 거란군은 위협만 할 뿐, 본격적 공격은 회피했다. 물론 고려군의 저항도 만만치 않았다. 전선은 교착상태가 이어졌다. 서희는 거란의 속내가 영토 정복이 아님을 간파했다. 그것은 송과의 관계를 끊고 자신들에게 조공하라는 것이었다. 이런 판단 아래 곧바로 강화회담에 나섰다.

역시 예상대로였다. 이런저런 언쟁이 오갔으나 "조공하겠다"는 다소 두루뭉술한(?) 조건으로 소손녕은 물러갔다. 고려는 조공 통로를 확보해야 한다는 명분으로 강동(압록강 동쪽)을 차지했다. 이처럼 서희는 군사적 탐색을 통해 거란의 속내를 읽고, 거기에 맞는 협상안을 제시하여 실리를 이끌어냈다. 전후에는 강동6주를 철통같이 요새화하여, 거란의 재침략에 대비했다. 서희는 단순히 장군이나 외교관이 아니라, 국가전략의 설계자였던 셈이다.

위기를 넘긴 고려에 또 다른 위기가 닥쳐왔다. 왕실에서 권력 다툼이 벌어지는 와중에 이른바 강조정변(1009년)이 일어났다. 강조는 목종을 폐위·살해하고 현종을 세웠다. 현종은 본래 왕실의 삼촌과 조카딸이 사통하여 낳은 자식이다. 출가하여 절에서 지내던 그는 당시 유일한 왕씨 혈육이었다. 강조가 전권을 틀어쥔 상황에서 현종은 꼭두각시에 불과했다.

강조정변은 거란에 그럴듯한 구실이 되었다. 이듬해 역적(강조) 토벌을 명분으로 황제 야율융서는 소손녕을 앞세워 40만 대군으로 친정했다. 고려 장군 양규는 수천의 병력으로 최전선인 흥화진을 사수했다. 거란은 병력의 반을 그 근방에 놔두고, 뛰어난 기동력으로 나머지 병력을 남하시켰다. 강조도 통주성 앞 벌판에 진을 쳤다.

고려 전략의 핵심은 농성(籠城) 및 기습이다. 그러나 강조는 벌판에서 대회전을 택했다. 대회전은 거란의 특기였다. 고려군은 대패하고 강조는 사로잡혀 처형당했다. 패해서 도망가는 고려군은 거란군에게 도륙당했다.

아마 불안한 국내 정세 탓에 강조는 군사력을 자신의 휘하에 집중시킨 것으로 보인다. 그렇듯 전쟁이 정치나 정쟁에 오염되면 절대 이길 수 없다.

이런 와중에도 양규는 결사대를 이끌고 홍화진을 나와 거란군에게 점령당한 곽주성을 탈환했다. 지채문, 조원, 강민첨 등도 서경을 사수했다. 그러나 기동력을 앞세운 거란군은 남하를 재촉했다. 고려 조정은 다시금 항복론으로 들끓었다. 이때 63세인 강감찬은 "서서히 이길 방도를 모색하자"고 주장했다. 현종도 항전에 동의하고, 일단 나주로 피란을 떠났다.

피란길에 오른 현종은 지방관리와 도적의 습격·냉대·조롱을 받았다. 아직 중앙 왕권이 확립되지 않은 가운데 피란 중인 왕은 아무 권위도 없었다. 죽을 고비를 여러 번 넘기고, 외가가 있는 나주에 도착했다. 한편 개경까지 유린한 거란군은 회군을 서둘렀다. 강물이 녹으면 기병의 도하가 어렵다. 더구나 위쪽에 상당수 고려의 성들이 그대로 건재해 있다.

이때 양규와 김숙흥은 회군하는 거란군을 공격하여 막대한 타격을 입혔다. 그러나 적은 병력으로 죽을 각오로 싸우던 양규와 김숙흥은 결국 전사하고 말았다. 그들은 한 달 동안 일곱 번 싸웠고 고려인 포로 3만 명을 구출했다. 역사가들은 고려의 실질적 승리라고 평했다. 현종은 두 사람에게 벽상공신(壁上功臣) 칭호를 내리고 공신각에 그들의 초상화를 걸었다.

현종은 피란길에 자신을 공격하거나 조롱한 사람들 중 극히 일부만 귀양을 보내고 대부분 용서했다. 또한 자신의 경험을 토대로 지방행정제도를 개편하여 중앙통제력을 높였다. 거란의 재침에 대비하면서도 거란에 화의를 구하는 사신을 연달아 파견했다. 하지만 거란은 끈질기게 강동6주 반환을 요구했다. 아예 압록강에 부교까지 설치하며 재침을 노골화했다.

거란은 연이어 군사적 도발을 일으켰다. 현종도 거란의 사신을 억류하는 등 일전을 각오했다. 강감찬을 동북면병마사로 임명하여 전쟁에 대비시켰다. 1018년 거란은 백전노장인 소배압을 앞세워 또다시 침공했다. 현종은 71세의 강감찬을 상원수로, 강민첨을 부원수로 임명하여 거란군에 맞서게 했다. 강감찬은 최전선인 흥화진에서 거란군과 싸울 준비를 했다.

소배압은 고려의 성곽 점령이 어렵다는 점을 잘 알고 있었다. 그는 고려의 병력과 성곽을 우회하여 빠른 속도로 남하했다. 곧바로 개경을 압박했다. 그러나 현종은 불퇴전의 각오로 개경 사수를 결심했다. 기동력을 앞세운 신속전 승리가 여의치 않자, 소배압은 철군을 결심했다. 그동안 전쟁 준비를 해온 강감찬의 고려군과의 정면 대결이 불가피해졌다.

결국 귀주성 근방에서 양군의 대회전이 벌어졌다. 이때 고려군은 과거의 고려군이 아니었다. 이 대회전에서 당당히 승리했다. 이번에는 고려군이 도망가는 거란군을 추격하며 도륙냈다. 거란군은 거의 전멸당했다. 그 뒤로도 거란의 소소한 도발은 이어졌으나 위협이 되지 못했다. 이미 거란의 국세는 서서히 기울었다. 반면 고려는 융성과 평화의 시대를 열었다.

서희는 단지 '세 치의 혀'로 강동6주를 얻은 것이 아니다. 그것은 과감한 군사적 탐색과 정확한 정세 판단의 결과다. 양규는 죽을 각오로 싸우다 산화했다. 수많은 고려인 포로를 해방시키고 거란군에게 악몽을 안겼다. 강감찬은 현종에게 훌륭한 조언을 하며, 착실히 전쟁에 대비했다. 마침내 귀주대첩을 승리로 이끌었다. 한편 수공설(水攻說)은 비현실적이다.

현종은 불우한 탄생과 성장, 불안한 왕위, 위험한 피란 등 온갖 고난을 겪었다. 하지만 그런 역경을 딛고 결국에는 강인하고 현명한 왕이 되었다. 고려 후기 대학자 이제현은 "현종은 무엇 하나 흠을 잡을 수 없는 분"이라고 평했다. 이처럼 당시 최강국 거란의 침략을 물리치고 고려가 융성과 평화의 시대를 연 것은 명군과 수많은 인물들이 만들어낸 대하 드라마다.

한편 고려는 거란과 싸우면서도 틈틈이 화친 사절을 보냈다. 동시에 송나라와도 거란을 협공하자며 수시로 사신을 교환했다. 한마디로 활발한 다자외교를 펼쳤다. 이는 오늘날 우리에게 시사하는 바가 적지 않다. 역시 고려거란전쟁에는 병자호란에 없는 것들이 많다.

36 희생자의식 민족주의

임지현

**미래로
나아가기 위해
희생자의식 민족주의를
'희생'시켜야 한다**

'희생자' 민족의 집단적 기억 속에 각인된
세습적 희생자라는 지위는
비판적 자기 성찰을 방해한다.
희생자의식 민족주의는 가해자를 피해자로 만들고,
그 반대의 경우도 있다.

나라를 되찾은 지 77년이나 흘렀다. 그럼에도 일제의 어두운 그림자는 걷히지 않고 있다. 무엇보다 우리는 일본의 '완벽한' 사과를 종용하고, 일본은 그럴 의향이 없다. 이로 인해 우리의 원한은 도리어 강렬해지고 있다. 과연 우리가 역사의 그림자를 벗어날 방도는 없을까.

이런 난제를 푸는 데 상당한 참고가 될 만한 수준 높은 연구서가 있다. 바로 임지현의 '희생자의식 민족주의'(Victimhood Nationalism·2021)이다. 희생자의식 민족주의란, 후속 세대들이 앞 세대가 겪은 희생자의 경험과 지위를 세습하고, 세습된 희생자의식을 통해 현재 자신들의 민족주의에 도덕적 정당성과 정치적 알리바이를 부여하는 기억 서사를 가리킨다.

이 책은 이런 희생자의식 민족주의가 어떻게 형성·강화되며, 그 폐해는 어떤 것이며, 극복 방안은 무엇인가 등을 지구적 차원에서 규명한다. 특히 홀로코스트, 제노사이드, 전쟁포로, 전쟁 귀환자, 일본군 위안부 문제 등 다양한 반인권적 사건들이 생생하게 소개된다. 이를 통해 우리는 우리의 문제를 좀 더 객관적 차원에서 성찰해 볼 수 있는 기회를 갖게 된다.

냉전은 역사적 기억에도 제약을 가했다. 예를 들어 서방은 나치의 만행보다는 스탈린식 인권 유린에 주목했다. 반면 소련이나 동구는 나치가 자본주의의 필연적 산물이라고 주장하며, 자본주의 타도를 외쳤다. 우리나라도 냉전기에는 일본에 대한 민족적 감정이 일정 부분 유보되었다. 그러나 냉전이 해체되고 인권에 대한 감수성이 높아지면서 각 민족은 자신들이 겪은 역사적 고난, 특히 무명의 희생자들의 고난을 공공연하게 주장하기 시작했다.

과거 한때는 영웅적 민족주의가 창궐했다. 하지만 영웅은 국경을 넘는 순간 악한으로 바뀔 수도 있다. 반면 희생자에 대한 연민은 보편적이다. 한마디로 지구적 차원에서 민족주의의 도덕적 자산은 영웅이 아니라, 희생자다. 그리하여 각 국가는 앞다퉈 "우리가 희생자"라고 목청을 높였다. 이것이 냉전 해체 후 희생자의식 민족주의가 봇물을 이루게 된 배경이다.

문제는 역사 속에서 가해자와 희생자를 선명하게 나누기 어렵다는 점이다. 나치의 최대 희생자인 폴란드인들도 홀로코스트에 협력하거나 유대인을 직접 학대·살해하기도 했다. 심지어 일부 유대인들조차 동포를 배반하고 홀로코스트에 협력하기도 했다. 오늘날 이스라엘은 "다시는 당할 수 없다"는 각오로 팔레스타인을 핍박하고 있다.

특히 심각한 문제는 주축국인 독일·일본·이탈리아 사람들이 가장 먼저 "자신들이 희생자"라고 생각했다는 점이다. 그들은 선량한 국민들이 사악한 나치즘이나 군부, 전후 점령국으로부터 피해를 입었다고 하소연(?)했다. 또한 포로나 귀향자들도 엄청난 고난을 받았다고 주장했다. 이처럼 주축국 국민들은 일찌감치 자신들이 끔찍한 희생자라는 관념에 사로잡혔다.

일본은 그런 관념이 한층 강했다. 자신들이 일으킨 전쟁은 공산주의에 대항한 '붉은 전쟁'이자, 제국주의에 대항한 '하얀 전쟁'이라고 주장했다. 그런 전쟁관은 전후에도 바뀌지 않았다. 여기에 "최초의 피폭 희생자"라는 강렬한 희생자의식이 더해졌다. 더구나 냉전의 발발로 일본은 전쟁 책임을 손쉽게 벗고 자유 진영의 핵심 국가가 되었다. 그 이후로 1당 체제를 앞세워 우경화된 일본에서 희생자의식은 강화되고 가해자의식은 점차 희미해졌다.

이처럼 주축국 국민들은 희생자의식을 고취하면서 패전의 우울을 달랬다. 이런 풍토에서는 자신들의 반인륜적 행태를 진심으로 반성하기 어렵다. 그렇다고 우리는 그들의 희생자의식을 무조건 무시·부정할 수 없다. 그것은 '사실'이기 때문이다. 즉 거짓말이나 역사의 왜곡이 아니다. 다만 탈역사화와 탈맥락화이다. 가해의 역사를 삭제한 채 희생만 일방적으로 강조한 그 기억은 거짓이라서 문제가 아니라, 역사적 맥락을 무시한 것이 문제인 것이다.

우리의 기억 속에서 억울하게 죽은 수동적 피해자가 국가와 민족을 위해 기꺼이 목숨을 바친 숭고한 희생자로 탈바꿈되는 경우가 흔하다. 함께 나누는 고통이 기쁨보다 민족을 더 단결시키고, 민족적 기억을 위해서는 애도가 승리보다 낫다. 그래서 국가는 다양한 추모 의례를 고안해 희생자의식 민족주의를 부추긴다. 최근에 그런 경향이 더욱 노골화되고 있다.

이런 흐름은 지구촌 곳곳에 인권 감수성을 높여주는 효과도 가져왔다. 우리의 일본군 위안부 문제는 유럽 여성의 일본군 위안부 문제를 일깨웠다. 5·18 민주화운동도 다른 나라의 민주화 운동에 영감을 주었다. 심지어 일본의 피폭 희생자들이 홀로코스트 희생자들과 동렬에 놓이기도 한다. 이처럼 다양한 기억 서사들이 지구적 차원에서 상호작용을 일으키고 있다.

이런 흐름은 희생을 더욱 선정적으로 서사화해서 "우리가 최대의 희생자"라는 격렬한 경쟁을 촉발하기도 했다. 그리하여 자국의 희생자 지위를 강화하려는 극단적 움직임도 벌어졌다. 특히 폴란드는 자국민이 홀로코스트에 가담했다는 언급을 아예 하지 못하도록 규정한 '기억법'을 제정했다. 우리의 5·18 민주화운동 왜곡방지법 논란도 이와 유사한 면이 있다.

희생자의식 민족주의의 최대 폐해는 희생자인 내 편은 '집합적 무죄'이고 가해자인 상대편은 '집합적 유죄'라는 고정관념이다. 하지만 구체적 행위자 차원에서는 내 편에도 가해자가 얼마든지 있다. 희생자의식 민족주의에서는 그들도 모두 '집합적 무죄'에 편승하게 된다. 반대로 상대편에도 희생자들이 있다. 그들은 무조건 모두 '집합적 유죄'로 분류된다. 이로써 서로 공감하고 존중할 만한 여지가 사라지고 민족이나 집단끼리 가파르게 대치하게 된다.

희생자의식 민족주의에서 희생자는 희생자다움을 강요받는다. 희생자는 오로지 애국애족의 화신이어야 한다. 일본군 위안부는 우리 민족이 희생자임을 증명하기 위한 존재로 규정된다. 어떤 개인적 욕망이나 꿈을 가져서는 안 된다. 이에 반발하여 여성활동가를 자처한 이용수 할머니의 외침은 별로 반향을 얻지 못했다. 그들은 그냥 위안부로 생을 마감해야 한다.

'희생자' 민족의 집단적 기억 속에 깊이 각인된 세습적 희생자라는 지위는 비판적 자기 성찰을 방해한다. 더구나 희생자의식 민족주의는 가해자를 피해자로 만들고, 그 반대의 경우도 있다. 또한 피해자에게 내재된 잠재적 가해자성을 비판적으로 자각하지 못하게 한다. 그리하여 기회만 되면 식민주의자로 돌변해 폭력을 휘두르기도 한다. 이스라엘이 대표적이다.

우리야말로 강렬한 희생자의식 민족주의에 함몰되어 있다. 일본도 마찬가지다. 무엇보다 양국의 희생자의식 민족주의는 정치적으로 심각하게 오염되어 있다. 독일은 유럽의 지도적 국가가 되기 위해 주변국과 화해가 불가피했지만, 일본은 그렇지 않았다. 더구나 제국주의를 영광스러운 역사로 기억한다. '완벽한' 사과는 국가적 정체성을 부정해야 가능하다.

실제로 이런 갈등은 세계 도처에서 벌어지고 있다. 저자는 이를 해결하기 위해 "희생자의식 민족주의를 '희생'시켜야 한다"고 주장한다. 즉 과도하게 첨예화된 희생자의식 민족주의를 누그러뜨려야 한다는 것이다. 우리야말로 우리가 처한 현실을 냉정히 되돌아볼 때다.

37 남자들은 자꾸 나를 가르치려 든다

Men explain things to me

리베카 솔닛

당신도
자꾸
여자들을
가르치려 드나?

여성의 문제가 여성만의 문제가 아니라
남성의 문제이기도 하고, 결국에는
우리 모두의 문제라는 자각으로 우리를 이끈다.
그동안 우리의 무관심이 결과적으로
크고 작은 괴물이 활보하는 세상을
방조 또는 조장했다고 해도 과언이 아니다.

#MeToo가 봇물을 이루고 있다. 곳곳에서 "나도 (당했다)"라고 절규한다. 당하는 사람은 물론 약자다. 그런데 이 운동에 불을 댕긴 것은 놀랍게도 현직 검사다. 검사는 이 사회의 최고 권력층 아닌가. 그런 사람이 '당했다'고 하니 어안이 벙벙하다.

그러나 이유는 의외로 간단하다. 그는 남자가 아니고 여자다. 이것이 여자는 아무리 권력층일지라도 '당한다'는 사실을 인상적으로 보여준다. 이를 통해 우리는 #MeToo가 본질적으로 젠더(gender)의 문제임을 알 수 있다. 더구나 그녀는 당하고도 인사상 불이익까지 '또' 당했다고 호소한다. 그녀가 겪었을 당혹과 고통은 가늠조차 하기 어렵다. 마침내 그녀는 TV를 통해 지난 8년 동안 그녀를 괴롭혔던 악몽을 세상에 고발했다.

이 불길은 곧바로 문학계로도 번졌다. 그런데 과정이 어처구니없다. 이미 지난해 11월에 유명 여성 시인이 시(詩)를 통해 'En 선생은 괴물'이라고 고발했다. 하지만 이런 충격적 폭로가 전혀 쟁점화되지 않았다. 그 바닥 사람들은 눈과 귀를 꽉 닫은 채 오히려 그녀를 흘겨보았다. 이번에 그 시가 주목을 받으며 비로소 괴물이 세상에 정체를 드러냈다.

어느 경우든 #MeToo는 동일한 패턴을 보인다. 성적 폭력은 당하는 사람에게 끔찍한 트라우마를 남긴다. 고약한 범죄지만 좀처럼 고발되기 어렵다. 가까스로 고발되어도 오히려 피해자인 고발자가 도마에 오른다.

이를 둘러싼 논란이 이토록 유독 불합리한 까닭은 무엇일까? 다행히 이런 의문을 시원하게 풀어줄 책이 우리 곁에 있다. 바로 리베카 솔닛의 '남자들은 자꾸 나를 가르치려 든다'(Men Explain Things To Me·2014)'이다.

언뜻 보면 이 책은 한 페미니스트의 '그저 그런' 에세이집 같다. 하지만 다른 형식으로는 도무지 묘사하기 어려운 주제를 에세이 형식을 빌려 명쾌하게 해부하고 있다. '남자들은 자꾸 나를 가르치려 든다'는 이 책 첫 장(章)의 제목이자, 동시에 이 책의 제목이기도 하다. 그만큼 이 화두(話頭)에는 책 전체를 관통하는 핵심 메시지가 응축되어 있다.

솔닛은 우연히 어떤 모임에서 '돈 많고 당당한' 남자를 만났다. 그녀가 자신이 유명한 사진작가 머이브리지(Muybridge)에 관한 책을 썼다고 소개하자, 그는 그녀의 말을 자르며 "올해 머이브리지에 관해 '아주 중요한' 책이 나왔다"고 치고 들어왔다. 그런데 그가 장광설로 설명하는 것이 바로 그녀가 쓴 책이었다. 동행한 친구가 '그게 바로 이 친구 책'이라고 해도 그는 막무가내로 장광설을 이어갔다. 친구가 그 말을 서너 번 반복하고 나서야 그의 얼굴이 잿빛이 되었다.

곰곰이 생각해 보면 이런 경우가 딱히 특별한 것이 아니다. 남자들은 대부분 의기양양하게 자꾸 여자들에게 무언가를 가르치려고 한다. "알든 모르든." 이런 현상 때문에 여자들은 나서서 말하기를 주저하고, 설사 용감하게 나서서 말하더라도 진지하게 경청되지 않는다. 결국 여자들은 자기불신과 자기절제를 익히게 되는 반면, 남자들은 근거 없는 과잉확신을 키우게 된다. 우리는 이런 현상을 으레 당연한 것처럼 여긴다.

이로 말미암아 여성들은 '이중의 전선'에서 싸워야 한다. 하나는 본래의 주제에 관한 싸움이고, 다른 하나는 이런 왜곡된 편견에 대한 싸움이다. 이것은 말할 권리, 가치를 지닐 권리, 인간이 될 권리를 쟁취하기 위한 싸움이다. 하지만 완벽하게 승리해도 겨우 본전밖에 안 되는 억울하기 짝이 없는 싸움이다. 실제로는 결코 승리할 수도 없다. 이처럼 여성은 애초부터 '기울어진' 운동장에 불안하게 서 있는 것이다.

이런 환경에서 여성의 목소리는 경청되기는커녕 의심받기 일쑤다. 그래서 여성의 처지는 마치 카산드라의 처지와도 같다. 카산드라는 아폴로 신의 호의로 신통한 예언력을 얻지만, 그의 사랑을 거부한 대가로 아무도 그녀의 예언을 믿지 않는 저주를 받는다. 결국 그녀는 진실을 말해도 들어주는 사람이 없는 비극적 존재가 되고 만다. 여기서 남신(男神)인 아폴로의 일방적 행태야말로 불공정한 운동장에서 벌어지는 다양한 부조리를 연상시킨다.

실제로 여성들은 여러 개의 침묵의 동심원에 갇혀 있다. 첫째는 말하기 자체를 어렵게 만드는 내면의 억제, 자기의심, 억압, 혼란, 수치심이다. 또한 행여 처벌이나 추방을 당할지도 모른다는 두려움이다. 그 다음은 기어이 말하고 나선 사람을 침묵시키려는 세력이다. 그들은 창피를 주든 괴롭히든 가해를 하려고 한다. 마지막은 고발 내용과 고발자의 신빙성을 깎아내리려는 세력이다. 그들은 고발자의 말할 권리와 능력을 훼손하려고 대든다.

오늘날 우리 사회에서 #MeToo를 외치는 여성들도 예외 없이 이런 침묵의 동심원을 경험하고 있다. 그 검사는 무려 8년이나 홀로 가슴앓이를 했다. 어렵사리 고발을 하자 '정치를 하려나 보다'라는 핀잔을 들었다. 심지어 '업무능력에 문제가 있다'라는 폄하도 겪었다. 그 시인의 충격적 고발도 썩어문드러진 그 바닥의 외면으로 말미암아 자칫 유야무야될 뻔했다. 그 속에서 그녀가 받았을 수모는 짐작이 가고도 남는다.

물론 모든 남성이 가해자는 아니다. 즉 "남자는 다 그렇지 않다". 그러나 이보다 더욱 중요한 사실이 있다. 모든 여성은 예외 없이 크든 작든 피해자다. 즉 "여자는 다 그렇다". 분명히 가해 남성들은 일부 일탈자다. 그러나 그 일탈의 무대이자 근거가 바로 '기울어진' 운동장이다. 단순히 남성을 가해자와 비(非)가해자로 분류만 해서는 그 운동장은 조금도 바뀌지 않는다.

솔닛은 이 책을 쓰면서 스스로도 놀랐다고 고백한다. "처음에는 재미난 일화로 시작한 글이 결국에는 강간과 살인을 이야기하면서 끝났다. 덕분에 나는 여성이 사회에서 겪는 사소한 괴로움, 폭력으로 강요된 침묵, (다양한 성적 폭력) 그리고 폭력에 의한 죽음이 모두 하나로 이어진 연속 선상의 현상들이라는 사실을 똑똑히 깨달았다."

나는 처음에 이 책을 대충 훑어보려고 서둘렀다. 하지만 결국에는 오랜 시간을 들여 찬찬히 읽고 또 읽어야 했다. 솔닛은 여성의 문제가 여성만의 문제가 아니라 남성의 문제이기도 하고, 결국에는 우리 모두의 문제라는 자각으로 우리를 이끈다. 그동안 우리의 무관심이 결과적으로 크고 작은 괴물이 활보하는 세상을 방조 또는 조장했다고 해도 과언이 아니다.

현직 검사가 TV에 등장해 #MeToo를 외친 것은 가히 충격적이다. 자신의 모든 것을 걸지 않고는 할 수 없는 일이다. 그녀의 용감한 고발에 힘입어 오랫동안 굳게 닫혔던 수많은 봉인(封印)들이 삐걱거리며 해제되고 있다. 그리하여 지금 #MeToo가 거대한 물결을 이루고 있다.

우리는 이 기회를 일회성으로 소비하고 그만둘 것이 아니라, 결코 돌이킬 수 없는 역사적 전진으로 만들어야 한다. 여자는 누구나 각오가 되어 있다. 문제는 남자다.

"여자는 다 그렇다." 이로 말미암아 "남자는 다 그렇지 않다"고 할지라도 남자도 모두 이 문제에 원초적으로 관련되어 있다. 따라서 비(非)가 해자라는 점만으로 완전한 면죄부를 받기 어렵다. 적어도 그보다는 한발 더 앞으로 나서야 한다. 시작은 미미해도 좋다. 우선은 이런 자문(自問)도 진솔한 출발점이다. "나도 자꾸 여자들을 가르치려 들지나 않나?"

38 이미지

The Image

다니엘 부어스틴

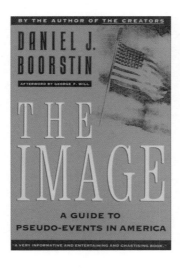

김정은 위원장의 깜짝 변신은 진짜인가, 가짜인가

그중에서도 으뜸은 김정은 위원장의
극적인 이미지 변신이다. 그는 우리 측이
마련해준 정교한 미디어 이벤트를 통해
단 하루 만에 우리 국민의 77.5%로부터
'신뢰'를 받는 인물이 되었다.

지난 4월 27일 김정은 위원장은 판문점에서 12시간 동안 머물다 갔다.(2018년 판문점 남북정상회담) 그의 일거수일투족은 미디어를 통해 생생하게 전달되었다. 무엇보다 예상을 뛰어넘은 그의 거침없는 행보는 우리를 놀라게 했다. 하지만 더욱 놀라운 일은 오히려 그 다음에 벌어졌다.

회담 후에 방송사들이 앞다퉈 여론조사 결과를 발표했다. 그중에 압권은 그의 언행을 '신뢰한다'는 응답이 무려 77.5%에 달한다는 점이다. 회담 전에 조사한 결과가 없어서 수치를 들어 단언하긴 어렵다. 하지만 '위험한 독재자'가 불과 12시간 만에 '믿을 만한 지도자'로 깜짝 변신한 것이다.

비로소 그의 이미지가 바로잡힌 것일까. 반대로, 그의 이미지가 왜곡된 것일까. 이런 상념에 잠기다가 문득 떠오른 고전적 저작이 있다. 바로 미국의 역사학자 다니엘 부어스틴(1914~2004)의 '이미지'(The Image·1962)다. 우리말로는 '이미지와 환상'(2004)으로 번역, 소개되었다. 부제는 '미국에서 벌어지는 가짜사건에 대한 안내서(A Guide to Pseudo-events in America)'다.

'가짜사건(pseudo-event)'은 이 책을 관통하는 핵심 개념이다. 'pseudo'는 본래 '같은 듯하지만 실제로는 다른'이란 뜻이다. 부어스틴은 시종일관 pseudo-event와 genuine event(진짜사건)를 대립적으로 제시한다. 따라서 다소 단정적이긴 해도 pseudo를 부득이 '가짜'로 옮긴다는 점을 밝혀둔다. 이것은 다분히 가치중립적인 개념이다.

가짜사건이란 말 그대로 진짜사건이 아니다. 진짜사건은 저절로 일어나는 자연발생적인 사건이다. 반면 가짜사건이란 의도적으로 만들어진 인공적인 사건이다. 오늘날 우리는 가짜사건을 통해 각종 이미지를 양산하고 있다. 이로 말미암아 현실(reality)을 접할 때마다 현실이 아니라 그 속에 들어 있는 환상을 보게 된다는 것이 부어스틴의 주장이다.

처음에는 신문들도 오로지 진짜사건만 뉴스로 다뤘다. 그러나 차츰 뉴스가 독자의 시선을 끌기 위해 신문에 싣기로 한 사건으로 바뀌면서, '이게 진짜냐'라는 질문보다 '이게 뉴스 가치가 있느냐'는 질문이 중요해졌다. 결국 기자는 진짜사건이 부족하면 가짜사건으로라도 뉴스를 채워야 했다. 뉴스는 더 이상 모으는 것이 아니라, 만드는 것이 되었다.

이런 추세는 그래픽 혁명을 통해 가속화되었다. 그래픽혁명이란 사건이나 풍경을 인쇄된 이미지로 만들고 보관하고 전달하고 배포하는 기술이 획기적으로 발전한 것을 의미한다. 사진, 축음기, 라디오, TV 등이 연달아 등장했다. 이런 변화를 통해 진짜 서부 카우보이보다 가짜 존 웨인이 더 멋있는 카우보이로 여겨지게 되었다.

오늘날에는 이런 가짜현실이 우리를 열광시킨다. 우리는 환상이 현실보다 더 진짜 같은 세상, 그리고 이미지가 실체보다 더 위엄을 갖는 세상을 살고 있다. 가짜사건의 애매모호함을 즐겁고 환상적인 경험으로 여긴다. 오히려 인공적인 가짜현실을 사실로 믿음으로써 위안을 받고 있다. 한마디로 가짜사건이 진짜사건을 압도하는 세상이 도래했다.

이런 환경에서 진정한 영웅은 사라지고 오로지 유명인(celebrity)만 득세한다. 그들은 그저 이름을 알리는 일에 골몰한다. 오늘날 유명인은 대개 연예인이나 스포츠 스타로 메워진다. 예술과 문학도 기술 발전과 더불어 대중화되면서 진품보다는 모조품이 인기를 끌게 되었다. 소설보다 그것을 각색한 영화가 더 각광받는다. 아예 영화를 소설로 만들기까지 한다.

리얼리티를 경험하고 모험을 즐기는 여행도 사라졌다. 상업적으로 '만들어진' 관광이 그 자리를 대신했다. 심지어 유명 관광지도 상업적으로 '만들어진다'. 사실 박물관이나 미술관도 가짜현실이다. 그것은 다양한 유물이나 작품을 한곳에서 편리하게 보여준다. 하지만 전시물들은 본래 자리에서 분리되어 진짜현실을 상실하고 말았다.

"미국인들은 다른 곳에서는 불가능한 것이, 미국에서는 얻는 데 약간 힘들기는 해도 결코 불가능한 것이 아니라는 사실을 굳게 믿었다." 그러나 오늘날 이런 꿈은 허황된 환상으로 바뀌었다. 꿈은 이루어져도 환상은 그냥 소비되고 만다. 그럼에도 "우리는 환상을 실제보다 더 생생하고… 더 '진짜'같이 만들어서 어리석게도 그 속에서 살려고 하는 역사상 최초의 인간들이 되려고 한다."

이처럼 부어스틴은 가짜사건이 만연한 20세기 미국의 현실을 신랄하게 비판했다. 하지만 현대사회는 더 이상 그의 비판을 그대로 받아들이기 어려운 시대가 되고 말았다. 오히려 가짜사건이 시대의 대세가 되었다. 이제 가짜사건은 또 다른 가짜사건을 낳으며 진짜와 가짜의 구분조차 어렵게 만들고 있다.

요즘 우리나라 TV도 온통 리얼리티 프로 천지다. 이런저런 유명인들이 수많은 스태프와 카메라에 둘러싸여 떠들고 먹고 마신다. 심지어 침실에 설치된 카메라를 통해 자는 모습까지 보여준다. 실은 모두 가짜사건이다. 이런 가짜사건은 아예 알릴 것을 전제로 만들어진다. 따라서 더욱 극적이고 논리적이고 이해하기 쉽고 보기에 친근하고 두고두고 얘깃거리가 되도록 꾸며진다. 또한 그것은 손쉽게 유명인을 만들기도 한다. 더구나 돈이 된다.

그리하여 언론학자들은 가짜사건(pseudo-event)을 아예 미디어 이벤트(media event)라는 개념으로 중립화시켰다. 이제 사건을 미리 기획하고 만들어 미디어에 보도되도록 하는 것은 아주 자연스러운 일이 되었다. 오히려 반드시 필요한 일로 권장된다. 심지어 뉴스도 인터뷰, 보도자료(press release), 뉴스 흘리기(leak) 등을 활용해 다양하게 만들어지고 있다. 그런 '만들어진' 뉴스가 진짜사건과 가짜사건을 넘나들며 우리의 호기심을 한껏 자극한다.

이런 측면에서 보면 이번 남북 정상회담이야말로 잘 '만들어진' 한 편의 미디어 이벤트였다. 주요 의제는 이미 사전에 막후에서 완전하게 조율되었다. 회담 당일, 두 정상은 그저 미디어를 상대로 한껏 화기애애한 모습을 연출했다. 언론은 그 모습을 멋지게 '만들어' 내보냈다. 그것은 현장에 있던 사람들도 미처 깨닫지 못한 가짜사건인 것이다.

이번 회담은 풍성한 결과를 도출했다. 그중에서도 으뜸은 김정은 위원장의 극적인 이미지 변신이다. 그는 우리 측이 마련해준 정교한 미디어 이벤트를 통해 단 하루 만에 우리 국민의 77.5%로부터 '신뢰'를 받는 인물이 되었다. 깜짝 놀랄 일이다. 하지만 상대가 진정으로 신뢰할 만하다면 그보다 좋은 일은 없다. 부디 이런 믿음이 허물어지지 않기를 바란다.

'이미지'를 통해 부어스틴은 가짜사건이 미국병이라고 비판하며, 그 환상을 벗어나 아메리칸 드림을 회복하자고 호소했다. 하지만 대중사회는 가짜사건을 미디어 이벤트로 바꿔 놓고 오히려 그것을 권장하고 있다. 오늘날 우리는 그것을 찬양도 외면도 하기 어려운 시대를 살고 있다. 이런 와중에 그의 경고가 다소 무뎌진 것 같으나 그 가치는 변함없다고 보아야 옳다.

39 일자리의 미래

The Job

엘렌 러펠 셸

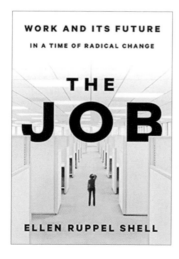

나쁜 일자리에서
열심히 일하는
사람들이
늘고 있다

이제는 경제만 돌아가면 일자리가
저절로 나오는 시대가 아니다.
정부, 기업, 사회 등 모든 주체가 나서서
상호신뢰 속에서 바닥부터
일자리 전략을 다시 짜야 한다.

요즘 화두는 단연 챗(Chat)GPT다. 이런 대화형 인공지능(AI) 서비스는 이미 변호사자격시험이나 의사자격시험을 거뜬히 통과할 정도다. 더구나 그 능력은 이제부터 가속적으로 향상될 전망이다. 이처럼 인공지능 서비스나 이를 장착한 로봇이 다방면으로 확산한다면, 과연 우리 인간이 일할 자리는 남아나기나 할까.

이 심각한 물음에 천착하여 우리에게 상당한 실마리를 제공하는 인상적인 탐사보고서가 있다. 바로 엘렌 러펠 셸의 '일자리'(The Job · 2018년)이다. 부제는 '근본적 변동기의 노동과 그 미래'다. 제목과 부제가 시사하듯이 이 책은 사회가 뿌리째 바뀌는 21세기에 일자리는 어떻게 변화하며, 우리는 어떻게 대응해야 하느냐는 문제를 다루고 있다. 그것은 곧 "우리는 어떻게 살아가야 하느냐"의 문제이기도 한다. 우리말로는 '일자리의 미래'(2019년)로 소개되었다.

'좋은 일자리'란 연봉 4만달러 · 건강보험 · 퇴직연금이 보장되는 일자리라는 것이 우리의 통념이다. 그러나 미국의 전체 일자리 중에 그런 일자리는 25%도 못 된다. 대략 절반의 사람들이 세 가지 중 하나도 갖지 못하고 있다. 오늘날 디지털 시대의 자본주의는 상층부에 소수의 일자리, 하층부에 상당수의 일자리를 추가하는 반면, 두꺼웠던 중간 수준의 일자리를 없애고 있다.

우리는 로봇이 단순한 일부터 대신한다고 생각한다. 하지만 사람들에게는 아주 단순해도 로봇이 하기는 어려운 일이 있다. 그래서 사람들은 로봇이 하기 어려운 '더 단순한' 일로 내몰린다. 그렇다고 전문직이 안전한 것도 아니다. 인공지능의 급속한 발달로 인해 도리어 전문직의 소멸이 더 빨라질 수도 있다. 챗GPT가 전문직의 미래를 상징적으로 보여준다.

산업화 시대에는 기계의 도입으로 일자리가 사라져도 곧이어 더 좋은 일자리가 더 많이 창출되었다. 그것이 우리에게 놀라운 번영과 진보를 안겨주었다. 물론 자동화와 인공지능의 확산으로 일자리가 없어져도 새로운 일자리가 생겨나고는 있다. 문제는 그것이 하위 3분의1 구간에 집중되고 있다는 점이다. 한마디로 '좋지 않은' 일자리가 대부분이다. 이로 인해 사회의 견고한 허리였던 중산층이 붕괴하고 있다. 이러한 추세는 점점 가팔라지고 있다.

오늘날 디지털 빅테크 기업이 경제를 주름잡고 있다. 하지만 그런 기업이 아무리 많이 생겨도 다수의 좋은 일자리를 기대하기는 어렵다. 미국 내 직원을 모두 합쳐 40만명도 채 안 되는 아마존, 애플, 페이스북, 구글의 시가 총액은 무려 1.8조달러(2016년)다. 이 금액은 인구 13억명의 인도 국내총생산(GDP)과 비슷한 수준이다. 그런 기업의 일자리 창출 능력은 매우 미흡한 실정이다.

이렇듯 '성장-좋은 일자리 창출'이라는 선순환이 파괴되고 있다. 오히려 자동화·인공지능의 발전이 일자리 양극화·중산층 붕괴를 불러오고 있다. 설사 운좋게 고급 일자리를 가진 사람들도 극심한 경쟁 속에서 스스로를 착취한다. 그래서 오늘날 일 또는 일자리는 누구에게나 불만스럽다. 이런 격변기를 맞아, 우리는 일자리에 대한 고정관념을 재고해 보아야 한다.

흔히 일에 대한 열정이나 소명의식이 중요하다는 통념이 있다. 그러나 그런 것들 없이도 자부심을 가지고 일하는 사람들이 많다. 열정이나 소명의식은 지나친 몰입으로 오히려 일을 그르치거나, 주변을 불편하게 만들기도 한다. 아울러 그런 사람들은 실직했을 때 절망감이 더욱 크다. 또한 열정이나 소명은 다분히 사용자의 의도가 반영된 구호다.

실제로 오늘날 노동 조건은 철저히 사용자의 효율성 중심으로 짜여 있다. CCTV 등 감시 체계가 대표적이다. 그것은 노동자들에게 스트레스를 주며, 일의 질보다 외양에 치중하게 한다. 한편 생산성 증가로 창출된 부는 노동자보다 주주에게 더 많이 돌아간다. 전반적으로 노동 조건이 점점 악화되고 있다. 당연히 일자리에 대한 만족도도 가파르게 하락하고 있다.

교육에 대한 통념도 재고해 보아야 한다. 오늘날 교육은 오로지 '일할 준비'를 시키는 일로 인식된다. 그러나 이미 양적으로 과잉 상태다. 대학 졸업자가 넘쳐나는 오늘날에는 오히려 대학 졸업이 소득 수준에 부정적으로 작용하기도 한다. 미국 노동자의 35%가 대학 졸업자인데, 정작 대학 학위가 필요한 일자리는 20%도 안 된다.(한국의 학력 인플레이션 문제는 더 심각하다.)

흔히 학생들은 기업이 원하는 스킬이 부족하다는 이야기를 듣는다. 그러나 실제로 기업들은 스킬이 필요한 부분을 아웃소싱이나 자동화로 메우고 있다. 남는 부분에는 높은 스킬이 요구되지 않는다. 대체로 중학생 수준의 스킬만 있으면 된다. 문제는 사용자가 낮은 임금을 받으며 가장 기본적인 스킬만을 필요로 하는 일자리에 가려는 노동자를 구하기 어렵다는 점이다.

그럼에도 교육에 대해 끊임없이 더 높은 스킬을 준비시켜야 한다고 요구하는 것은 비현실적이다. 실제로 정부의 대대적인 직업 훈련이 특정 스킬의 공급 과잉을 초래한 나머지, 훈련 이수자가 그런 훈련을 받지 않은 사람보다 오히려 소득이 낮아지는 경우도 있다. 더구나 디지털 시대에는 스킬이 짧은 주기로 수시로 바뀐다. 그것이 특정 스킬만 고집해서도 곤란한 이유다.

어느 직업학교의 성공 사례가 주목된다. 거기서는 학업, 일, 사회봉사를 병행시킨다. 하지만 스킬 교육을 하지 않는다. 대신에 복잡한 현실에 유연하게 대응할 능력을 길러준다. 학교를 다니면서 전통적 빗자루에 흥미를 느껴, 그것을 만들다가 졸업 후 아예 조그마한 빗자루 공방을 차린 사람도 있다. 당연히 그의 직업만족도는 대단히 높다. 이런 교육 방침은 미래 교육의 방향에 시사점을 던져준다. 또한 그것은 좋은 일자리에 대한 새로운 전망도 보여준다.

핀란드 교육 역시 특정한 일자리에 맞춰 개인을 준비시키지 않는다. 그보다는 사람들이 예측불가능한 세계 경제 속에서 스스로 자신들이 갈 길을 그려나가는 데 필요한 능력을 얻도록 돕는다. 그것이 노키아 같은 거대기업이 무너져도 더욱 강하게 재기한 바탕이다. 특히 그들은 높은 사회적 신뢰를 바탕으로 기업과 정부가 민첩하게 변화에 대처하고 있다. 사회적 신뢰가 낮으면 기업은 계약 절충과 소송에 휩싸이고, 정부는 이념

논쟁의 아수라장으로 빠져들게 된다.

1980년대 이후 전통적인 제조업 분야의 일자리는 약 35% 줄었으나, 제조업의 실질 생산액은 무려 71%나 상승했다. 이런 '고용 없는 성장'은 자동화·인공지능 시대에 더욱 극단적으로 나타날 전망이다. 더구나 없어지지 않고 남거나, 새로 만들어지는 일자리는 오히려 좋지 않은 것들이 대부분이다. 한마디로 나쁜 일자리에서 열심히 일하는 사람들만 점점 늘어나고 있다.

이상은 미국의 이야기다. 하지만 우리에게도 이미 닥쳤거나, 머지않아 닥칠 문제다. 이제는 경제만 돌아가면 일자리가 저절로 나오는 시대가 아니다. 정부, 기업, 사회 등 모든 주체가 나서서 상호신뢰 속에서 바닥부터 일자리 전략을 다시 짜야 한다. 교육도 바꾸고 좋은 일자리에 대한 고정관념도 바꿔야 한다. 무엇보다 좋은 일자리가 자리 자체보다 일하는 사람 중심으로 재정의되어야 한다.

요즘 정년 연장이 뜨거운 이슈다. 하지만 일자리의 미래를 상상해 보면 지엽적인 문제다. 산업사회 패러다임 자체가 흔들리고 있다. 바야흐로 일자리에 관해서도 산업사회와 헤어질 결심을 해야 할 때다.

40 혐오사회

Gegen Den Hass

카롤린 엠케

신천지를 향한

혐오와

분노는

적절한 것인가

고의로 감염된 사람은 아무도 없다.

만약 '그들'에게 조직적인 과실이 있다면,

그 책임은 교단 책임자들의 몫이다.

아울러 우리는 많은 사람들이 그런 교단에

이끌리게 된 사회적 근원에 대해 성찰해야 한다.

코로나19가 신천지 교단을 통해 대량 전파되었다. 당연히 그 교단을 향한 사회적 시선이 고울 리가 없다. 더구나 교단의 불투명한 운영 방식은 여러 의혹과 비판을 자아낸다. 이로 인해 많은 사람들이 공공연하게 분노와 원망을 드러내고 있다.

일부 정치인과 그 주변인들은 재빠르게 이런 대중적 정서에 편승하고 있다. 이번 감염 확산을 아예 '신천지 사태'라고 규정하고 연일 강제수사를 재촉한다. 심지어 그 지도부를 '살인죄'로 고발하기도 한다. 이처럼 여과 없이 분출되는 혐오나 분노는 과연 적절한 것인가.

이런 질문은 우리에게 아직은 낯설고 곤혹스럽다. 그런데 다행히 우리 사고의 지평을 넓혀주는 마땅한 안내서가 하나 있다. 바로 카롤린 엠케의 '혐오에 저항하자'(Gegen Den Hass·2016)이다. 영어로 옮기자면 'Against Hate'다. 우리말로는 '혐오사회'(2017)로 소개되어 있다. 저자는 독일의 여성 저널리스트이자 저술가다. 또한 성소수자다. 따라서 이 책에는 저자 자신의 직접적인 체험이 진하게 녹아 있다.

모두(冒頭)에 난민 이주자 버스를 가로막는 시위대의 모습이 소개된다. 시위대는 "우리가 이 나라의 국민이다"라고 외친다. 그 이면에는 난민은 '더럽고' '위험한' 존재라는 고정된 관념이 자리 잡고 있다. 이처럼 혐오나 증오는 우리와 타자, 정상과 비정상, 순수와 타락 등과 같은 이분법적 확신에 기반한다. 이런 근거 없는 확신이 사회 곳곳에 널려 있다.

존경과 인정은 타인에 대한 올바른 인식을 전제로 한다. 반면 멸시와 증오는 타인에 대한 오해에서 비롯된다. 오해가 자꾸 쌓이다 보면 특정한 패턴을 만들어낸다. 그런 패턴의 핵심은 단순화와 협소화다. 즉 상대를 '있는 그대로' 바라보지 않고 '괴상한' 존재로 단순화·협소화하는 것이다. 거기서 개개인의 독특한 서사(敍事)는 철저히 무시된다.

이처럼 개개인의 문화적·사회적·정치적 다양성이 모조리 제거되면 사람은 어떤 특정한 한 가지 역할·지위·특징만 지닌 파편적인 존재로밖에 보이지 않는다. 그는 오로지 그가 속한 집단을 투영하는 단편(斷片)에 불과하다. 이런 협소한 시각은 우리의 상상력을 훼손시킨다. 이로 인해 감정이입이 불가능해지고 결국 사람을 하나의 정해진 틀에 끼워 맞추게 된다.

그런 고정된 이미지는 타인(난민·무슬림·유대인·성소수자 등)에게 위해를 가하는 일을 정당화하는 '근거'로 활용된다. 이를 통해 자신은 '정상적인' 범주로 개념화하고, 타인은 거기서 배제하여 '비정상적인' 존재로 규정한다. 그런 세계에는 유희적인 것이나 우연적인 것이 존재하지 않는다. 우연적인 사건도 모종의 의미와 의심스러운 배후가 있다고 여긴다.

어느 경우든 '우리'와 '타자'를 구분하는 밑바탕에는 동질성·본연성·순수성이 자리 잡고 있다. 무엇보다 사람들은 동질성을 신봉하고 그 안에서 안도를 느낀다. 특히 민족이나 국가를 말할 때 동질성은 중시된다. 자신들이 표준이라고 생각하는 다수로부터 조금만 벗어나도 그 사람은 순식간에 '다른' 사람이 아니라 '틀린' 사람이 되어 배제의 대상으로 내몰린다.

본연성(本然性)은 본래부터 그래야 마땅하다는 관념이다. 특히 성(性) 담론에 빠짐없이 등장한다. 태초에 그랬듯이 성별 구분은 확실해야 한다. 당연히 성소수자들은 '비정상'이다. 흔치 않다는 것은 곧 기이하거나 기괴한 것으로 단정된다. 오늘날 장애인에 대한 사회적 인식은 상당히 개선되고 있지만, 성소수자는 여전히 배제와 혐오의 대상이 되고 있다.

순수성은 광신주의와 관계가 깊다. 광신적인 사람들은 깨끗하지 않거나 순수하지 않다고 지목된 사람들을 잡초처럼 골라내어 처벌해야 마땅하다고 생각한다. 심지어 '더러운' 사람은 적이며, 적은 죽여도 좋다고까지 세뇌된다. 그것은 절대적인 악과 절대적인 선만 존재하는 이분법적 세계관이다. 그런 곳에서 혐오와 증오가 일상화되는 것은 당연한 노릇이다.

그러나 동질성·본연성·순수성은 결코 절대적인 것이 아니다. 그것들은 현실적인 이유로 만들어져 반복적으로 교육되고 계승된 이데올로기일 뿐이다. 예를 들어 민족은 동질적이고 순수하다고 믿어지지만, 태초부터 그런 민족은 결코 없다. 그럼에도 증오하는 자들은 그런 이데올로기를 확신한다. 설사 허구일지라도 그런 확신이 없으면 결코 증오도 할 수 없다.

반면 그들에게 미움받는 존재는 '모호해야' 한다. 개개인이 구별되지 않고 오로지 '모호한' 집합체로 존재해야 한다. 그래야 비방과 혐오가 거리낌없이 활개를 칠 수 있다. 실제로 미움받는 자들은 개인으로 호명되지 않고 '○○들'(난민들·무슬림들·유대인들·성소수자들 등)이라고 불린다. 그들은 그들이 속한 집단의 단순한 파편으로 간주될 뿐이다.

당연히 혐오와 증오는 극단화에 뿌리를 박고 있다. 하지만 현실에서는 양극단 사이에 길고 긴 회색지대가 있다. 거기에 더 많은 사람들이 있고, 거기서 창의와 혁신이 나온다. 따라서 무엇보다 절실한 것은 우리가 순수하지 않은 것, 극단적이지 않은 것을 옹호하는 일이다. 물론 사회가 좀 더 다원적이어야 한다는 도덕적 당위론만 되풀이해서는 곤란하다.

증오와 혐오는 느닷없이 폭발하는 것이 아니라 훈련되고 양성된 것이다. 그것은 오랫동안 이데올로기에 따라 집단적으로 형성된 감정이다. 따라서 서로 힘을 모으고 연대하여 혐오의 사회경제적 근원을 찾아내고, 거기에 적극적으로 개입해야 한다. 이때 증오로써 증오에 맞서면 증오하는 자와 같아진다. 따라서 "증오하는 자에게는 부족한 것, 즉 정확한 관찰과 엄밀한 구별과 자기회의(自己懷疑)로써 대응해야 한다"는 것이 저자의 주장이다.

요즘 코로나19 감염 사태에서 신천지 교단이 여론의 표적이 되고 있다. '그들'의 불투명한 신앙 행태로 인해 감염이 확산되었으니 '그들'은 지탄받아야 할 '반사회적' 존재라는 것이다. 이러한 인식은 '그들'을 그저 '모호한' 집단으로만 바라본 결과다. 하지만 저자는 그들을 무조건 '그들'로만 속단하지 말고 개개인을 '구별'하여 바라보라고 제안한다.

사실 그 안에는 교단 책임자부터 말단 신도에 이르기까지 다양한 사람들이 있다. 더구나 그들 중 상당수는 '우리'와 마찬가지로 이번 감염증의 피해자다. 고의로 감염된 사람은 아무도 없다. 만약 '그들'에게 조직적인 과실이 있다면, 그 책임은 교단 책임자들의 몫이다. 아울러 우리는 많은 사람들이 그런 교단에 이끌리게 된 사회적 근원에 대해 성찰해야 한다.

오늘날 서구사회는 혐오 문제로 몸살을 앓고 있다. 최근에는 우리 사회에도 다양한 혐오 이슈가 제기되고 있다. 이번 신천지 논란도 하나의 중요한 시험대다. 그것이 이단이냐 아니냐는 시민사회의 어젠다가 아니다. 우리의 관심은 사회에 대한 구체적인 위해 여부에 모아져야 한다. 감염 자체는 아무 죄가 아니다. 이번에 그 핵심은 '고의로' 방역을 방해했느냐다.

　우리는 저자의 호소대로 "정확한 관찰과 엄밀한 구별과 자기회의로써 대응해야 한다". 섣부른 기피나 혐오는 되레 방역에 장애가 된다. 나아가 그것은 시민적 품성을 타락시키고, 거기에 편승하려는 극단적 정치를 부추긴다. 최대한 자제력이 필요한 때다.

41 능력주의의 폭정

The Tyranny of Merit

마이클 샌델

THE TYRANNY
OF MERIT
———★———
WHAT'S BECOME OF
THE COMMON GOOD?
———
MICHAEL J.
SANDEL   AUTHOR
OF
JUSTICE

능력주의는
과연
공정한 경쟁을
보장하는가

공정은 능력주의 논란을 뛰어넘는
매우 포괄적인 개념이다.
오로지 선의만 앞세우는 섣부른 공정론은
또 다른 혼란을 야기할 수 있다.
이제 대선 주자들이 어떤 기발한(?) 공정론을
들고나올지 궁금하다.

"기회는 평등하고 과정은 공정하고 결과는 정의로울 것이다."(문재인 대통령 취임사) 이런 다짐을 하고도 문재인 정권은 곳곳에서 과정의 공정을 훼손했다. 사회적 분노가 들끓었고, 공정이 시대적 화두로 떠올랐다. 그래서 차기 대선 후보들도 앞다퉈 공정을 외치고 있다.

이런 와중에 정작 우리의 눈길을 사로잡은 것은 이준석 국민의힘 대표의 파격적 실험이다. 그는 일방적 지명이 아니라, 토론 배틀을 통한 당 대변인단(4명) 선발 방침을 밀어붙였다. 이에 호응하여 무려 500여명의 지원자가 몰렸다. 이처럼 오로지 능력만 보고 사람을 뽑아 쓰겠다는 것이 능력주의다. 우리는 오랫동안 이런 평가 방식을 심정적으로 지지해 왔다.

그런데 이에 관한 우리의 상식을 뒤흔들며, 그 부작용을 예리하게 지적하는 문제작이 있다. 바로 마이클 샌델의 '능력주의의 폭정'(The Tyranny of Merit·2020)이다. 저자는 과도한 능력주의는 공감, 연대, 시민의식 등 공동선(common good)을 파괴하여 공동체 전반을 황폐화시킬 수도 있다고 경고한다. 우리말 제목은 '공정하다는 착각'(2021)이다. 조금 엉뚱하긴 해도 '능력주의가 실제로는 공정하지도 않다'라는 다소 부정적 함의를 반영하고 있다.

능력주의는 '나의 성공은 내 스스로 해낸 것'이라는 인식을 심어준다. 반면 실패하면 '누구의 잘못도 아닌, 내 자신의 잘못'이다. 정상에 오른 사람은 자신의 운명에 대해 떳떳한 자격이 있다. 바닥에 있는 사람 역시 자신의 운명을 당연히 감수해야 한다. 그들 사이에 어떤 공동체 의식도 없다. 그렇게 능력주의는 현실을 정당화하며 사회적 연대를 약화시킨다.

성공에는 노력 이외에도 우연이나 운이 작용한다. 출신 계층은 물론, 재능도 우연이다. 하지만 능력주의는 성공한 엘리트에게 겸손을 제거해 버린다. 반면 패자들에게는 상처를 주고 존엄까지 잃게 만든다. 즉 능력주의는 승자에게 오만을 심어주고, 패자에게 굴욕을 안겨준다. 사회적 상승을 허용하는 사회, 더구나 그런 상승을 찬양하는 사회일수록 더욱 그러하다.

능력주의는 그 속성상 더 많은 평등을 지향하는 것이 아니라, 더 많고 더 공정한 사회적 이동 가능성을 약속한다. 그것은 서로 먼저 사다리를 오르려고 경쟁하는 과정에서 공정함을 추구한다. 그 사다리의 단과 단이 얼마나 멀리 벌어져 있는지는 문제되지 않는다. 능력주의의 이상은 불평등을 치유하지 않은 채, 도리어 사다리의 단과 단을 더욱 넓히기조차 한다.

미국의 경우 상위 1%가 하위 50%보다 더 많은 소득을 올리고 있다. 또한 중위소득이 40년 동안 제자리걸음만 하고 있다. 이런 상황에서 '노력하고 열심히 일하기만 하면 성공한다'는 말이 공감을 받을 리가 없다. 그럼에도 '우리 스스로가 우리 운명의 주인'이라는 믿음이 여전히 강요된다. 그런 능력주의적 오만의 가장 고약한 측면이 바로 학력주의다.

오늘날 대학들은 현대사회의 기회 배분 시스템을 주도하고 있다. 그래서 특히 명문대 입시는 극도로 과열되고 있다. 실제로 대학 졸업 여부가 가장 커다란 사회적 균열선을 만들어 내고 있다. 심지어 학력은 정당의 계급성까지 대체한 나머지, 고학력자는 좌파 정당에 투표하고 저학력자는 우파 정당에 투표하는 경향이 굳어졌다.(주간조선 제2580호 본란 참조)

실제로 대학은 사회적 상승 기회를 마련해 주지 못한다. 특히 명문대는 거의 특권층 출신으로 채워진다. 그래서 대학은 특권층 부모가 자녀에게 특권을 물려주기 좋은 기회만 제공한다. 이런 와중에 입시경쟁은 물론, 입학 후에도 성적 경쟁이 치열하다. 이로 인해 패자도 상심이 깊지만, 승자도 스트레스에 시달린다. 대학생 자살률은 점점 증가 추세다.

저자는 최고의 성적과 스펙을 요구하는 현행 대학 선발 방식은 바람직하지 않다고 주장한다. 이런 무한경쟁은 현실적으로 특권층에 유리하여, 대학을 그들의 전유물로 전락시킨다. 그 대안으로 일정한 자격을 갖춘 학생들을 상대로 추첨으로 신입생을 선발할 것을 제안한다. 이런 방식이 과도한 경쟁을 막으며 대학을 좀 더 폭넓은 계층에 개방하게 한다.

한편 미국에서 40년 전보다 1인당 국민소득은 85% 늘어났지만, 비대졸자 백인 남성의 실질소득은 오히려 낮아졌다. 그들이 불행감에 빠지는 것은 당연하다. 능력주의 시대는 수많은 중하층 노동자에게 소득 감소뿐만 아니라, 그들이 하는 일의 존엄성마저 깎아내렸다. 최근 이들 사이에 마약, 약물 과용, 알코올 중독 등이 늘어나는 것은 결코 우연이 아니다.

일은 단순히 소비를 위한 생존의 수단이 아니다. 그것은 그 자체로 사회적 통합 활동이며, 인정의 장이다. 나아가 우리는 일을 통해 공동선에 기여한다는 자부심을 가져야 한다. 특히 코로나19 팬데믹은 잡화상 계산원, 배달원, 의료 보조원, 청소원, 그 밖에 매우 중요한 역할을 맡고 있으면서도 박봉에 시달리는 사람들의 일이 얼마나 소중한지 새삼 깨닫게 해준다.

이제는 '효율성 중심'에서 '일의 존엄과 사회적 응집에 친화적인 노동시장 조성'으로 정책적 초점을 옮길 때다. 예를 들어 실업 보험금보다 일자리 유지 보조금을 주는 것이 더 낫다. 또한 근로소득세를 줄이거나 없애는 대신에, 금융관련세를 대폭 강화해야 한다. 카지노처럼 사회적 기여는 적고 수익이 많은 분야에 '죄악세'를 부과하는 것도 고려할 만하다.

"대학에 가세요! 재무장을 하고 글로벌 경제전쟁에서 승리하세요! 당신이 얻을 수 있는 것은 당신이 배운 것에 달려 있습니다! 하면 됩니다!" 이것이 신자유주의, 세계화, 능력주의가 엮어낸 관념론이다. 그 환상이 깨진 것이 2016년 트럼프의 당선이다. 그가 재선에 실패했어도 트럼피즘은 여전히 견고하다. 그것이 능력주의가 이대로 유지되기 어렵다는 방증이다.

사회적 상승에만 집중하는 것은 민주주의가 요구하는 사회적 연대와 시민의식의 강화에 거의 기여하지 못한다. 그보다는 성공하지 못한 사람들도 고상하고 존엄한 삶을 살 수 있도록 하는 '조건의 평등'이 중요하다. 그것은 각자의 일을 서로 존중하고, 널리 보급된 학습 문화를 공유하고, 동료 시민들과 함께 공적 문제를 숙의하는 것 등으로 이루어진다.

능력주의는 '누구나 자기 운명의 주인이 되어 자수성가할 수 있다'고 속삭인다. 그러나 이미 기울어진 사회구조 자체가 그 원칙을 뒤흔들고 있다. 또한 과정이 아무리 공정하다고 해도 능력주의는 성패를 오로지 개인의 몫으로 돌려, 사회적 연대와 시민적 덕성을 해친다. 이처럼 능력주의는 그 선의에도 불구하고 실제로는 사회 전반에 '폭정'을 휘두른다.

이 책은 미국 사회에 관한 비판적 분석이다. 그러나 우리에게도 시사점이 적지 않다. 현 정권이 공정을 훼손한 나머지, 요즘 청년들 사이에 '과정에 공정하게 끼워라도 달라'는 열망이 크다. 그것이 이준석 국민의힘 대표의 능력주의가 주목받는 이유다. 하지만 저자가 우려하듯이 능력 만능주의로 흐르는 것도 문제다. 그렇다고 능력주의를 배척하는 것은 더 큰 문제다.

이처럼 정책은 일도양단이 아니라 유기적 결합이 핵심이다. 더구나 공정은 능력주의 논란을 뛰어넘는 매우 포괄적인 개념이다. 오로지 선의만 앞세우는 섣부른 공정론은 또 다른 혼란을 야기할 수 있다. 이제 대선 주자들이 어떤 기발한(?) 공정론을 들고나올지 궁금하다.

42 그런 세대는 없다

신진욱

그 요란하던 청년 담론은 어디로 사라졌나

겉으로 '희생자인 청년의 편'이라고 주장하지만, 속으로는 이를 통해 자신의 이익을 도모한다. 이것이 여야를 막론하고 지난 대통령선거에서 '청년'에 목을 맨 이유다. 반면 이번 지방선거에서는 별로 이익이 없다고 판단한 나머지, 그 요란하던 청년 담론은 아예 실종되어 버렸다.

지난 대통령선거(2022년 3월)에서는 여야가 요란한 청년 담론을 앞세워 청년세대 쟁탈전을 벌였다. 그런데 이번 지방선거에서는 그런 풍조가 자취를 싹 감췄다. 석 달도 채 안 되어 청년 문제가 모조리 해결된 것은 아닐 터다. 그렇다면 요즘 범람하는 청년 담론은 허구란 말인가.

　　이런 의문에 상당한 실마리를 제공하는 인상적인 세대 담론이 있다. 바로 중앙대 신진욱 교수의 '그런 세대는 없다'(2022)이다. 우리는 흔히 "○○세대는 이러이러하다"라는 식으로 각 세대를 어떤 특정 집단의 이미지로 형상화하곤 한다. 그러나 같은 세대 안에서도 다양성이 존재하는가 하면, 동시에 공통적인 문제가 여러 세대를 관통하기도 한다. 결론적으로 말해 "그런(즉 특정 이미지로 형상화되는) 세대는 (실제로는) 없다"는 것이 저자의 주장이다.

　　바야흐로 불평등 시대다. 이런 시대일수록 세대는 더욱더 계급·계층적으로 갈라지며, 그만큼 더 동질적 집단으로 보기 어렵다. 따라서 어떤 세대가 불평등 시대를 '함께 겪는다'는 공동체주의적 서사는 도리어 정확한 현실 인식과 올바른 대안 도출을 가로막는다. 그럼에도 우리는 아무 거리낌없이 어떤 특정 집단이 그 세대 전체를 대표하는 것처럼 묘사하곤 한다.

　　흔히 세대 담론은 비교·대비를 선호한다. 대표적인 것이 '기득권 기성

세대 대 희생자 청년세대'다. 그러나 각 세대 내에서도 구성원들은 천차만별이다. 희생자 중년도 적지 않고 기득권 청년도 상당하다. 동시에, 세대내의 차이와 다양성, 갈등의 양상은 세대마다 다르다. 따라서 동질적 집단으로 단순화하지 말고 각 세대의 특징과 세대 간의 차이, 그리고 그것을 유발하는 공통적인 사회·경제·정치적 원인 등을 두루 이해하려는 노력이 필요하다.

특히 최근에는 청년을 무조건적인 희생자로 묘사하는 서사가 넘쳐난다. 그만큼 곤경에 빠진 청년들이 많다는 방증이다. 반면 부모 찬스를 이용하여 위풍당당한 청년들도 적지 않다. 저소득 서비스업 종사자 청년들이 많다. 반면 고소득 전문직 종사자 청년들도 적지 않다. 이처럼 오늘날 청년은 단일한 거대 주체도 아니고, 동질적 사회집단도 아니다. 그럼에도 특별한 서사를 부여하고 독특한 청년상을 그려내려는 정치적·상업적 시도가 끊이지 않고 있다.

이렇게 탄생한 '청년'은 누군가를 포함하거나 배제시키고, 현실의 어떤 면을 과장하거나 은폐하고, 존재하지 않는 현실의 모습을 만들어내는 권력을 휘두른다. 이런 문제는 단순히 청년에 관해 잘못된 인식 때문에 생기는 것이 아니다. 청년이라는 범주 자체가 계급, 학력, 성별, 지역에 따른 불평등과 차별에 의해 여러 결로 찢기고 갈라져 있기 때문이다. 그래서 정치나 상업은 자신들의 입맛에 맞는 '청년'을 만들어 그것을 자기 이익 추구에 이용한다.

기성세대에 관한 담론도 마찬가지다. 기성세대는 '기득권' 세대로 묘사되지만, 내부적으로는 각양각색이다. 과거 대학진학률은 지금보다 매우 낮았고, 대다수는 고졸 정도의 육체노동자나 하급 사무원이다. 특히 1990년대부터 2000년대 초에 걸려 진행된 자산과 교육의 격차는 오늘날 모든 세대의 불평등 문제이자, 동시에 부의 대물림 문제의 뿌리가 되었다. 그리하여 특권을 가진 기성세대는 극히 일부이고, 대다수는 여전히 힘겨운 삶을 살고 있다.

실제로 화이트칼라 직업군의 압도적 다수가 20~40대다. 반면 서비스·판매직과 생산직·단순노무직은 50대 중년과 60대 이상 노인층이 다수다. '50대 꼰대'는 전체 취업자의 1%도 안 되는 규모다. 다만 조직의 위계상 그들 아래 위치한 다수의 20~30대 화이트칼라 직업 종사자들이 자신들의 경험 속에서 '50대 꼰대론'이라는 통속적인 세대 담론을 만들었다. 한마디로 대부분의 기성세대는 '50대 꼰대론'과는 전혀 무관한 노릇이다.

이처럼 세대별 직업 구성을 살펴보더라도, 정작 노조의 보호 속에 안정된 정규직 일자리를 향유하는 것은 오히려 비교적 젊은 세대다. 또한 요즘에는 젊은 부동산 부자도 적지 않다. 요즘 사람들이 분노하는 집값 폭등이나 자산 격차는 세대 간 불평등이 아니라, 세대와 세대를 잇는 계층 간 불평등 문제다. 그럼에도 오늘날 세대론은 주로 세대 간 불평등만 강조한다. 이런 담론은 현실 문제를 은폐시키고, 계층 간 불평등을 공고하게 만들어 줄 뿐이다.

이런 허구적 세대 담론이 끊이지 않는 이유는 무엇일까. 답은 누가 그것을 생산하느냐에 있다. 그들은 정치·경제·문화 등 여러 분야에서 거대 권력을 쥔 사람들이다. 이들은 겉으로 '희생자인 청년의 편'이라고 주장하지만, 속으로는 이를 통해 자신의 이익을 도모한다. 이것이 여야를 막론하고 지난 대통령선거에서 '청년'에 목을 맨 이유다. 반면 이번 지방선거에서는 별로 이익이 없다고 판단한 나머지, 그 요란하던 청년 담론은 아예 실종되어 버렸다.

어떤 세대 담론을 어떤 의도로 말하든 간에, 현실적으로 그것은 강력한 정치·경제 권력에 의해 장악된 담론의 장을 벗어나기 어렵다. 이런 와중에 청년 담론은 정작 핵심을 비켜가게 된다. 조국 전 법무부 장관 사태와 인천공항 비정규직의 정규직화 사태를 둘러싸고 청년들 사이에 공정 논쟁이 벌어졌다. 결론은 '시험=공정'이었다. 지위의 대물림 문제, 20대의 비정규직 문제, 고용 불안정 문제 등은 '시험을 통해' 해결해야 하는 것이 되어 버렸다.

86세대 담론도 독특하다. 이미 2000년대부터 86세대는 기득권에 취했고 무능하고, 청년세대를 착취한다는 비판을 받았다. 그들이 온전한 집권세력이 되고, 특히 조국 사태를 겪으며 그런 비판이 더욱 증폭되었다. 이처럼 86세대 담론은 출발부터 거의 혐오론에 가깝다. 그만큼 그것은 정치적이다. 86세대론이야말로 세대 담론이 정치도구화한 대표적 사례다.

한편 오랫동안 청년세대는 진보 성향의 정당을 지지했다. 그런데 최근에는 보수 성향의 정당에 투표하는 경향을 보인다. 이런 경향을 보수화라고 단정할 수는 없다. 지속적 충성을 보이지 않고 단기적인 정치 상황에 따라 지지 정당을 선택한다는 것이 오늘날 청년층의 두드러진 특징이다. 이것이 요즘에 정치권이 청년층을 둘러싸고 치열하게 경쟁하는 이유다.

오늘날에는 청년층도 더욱 다양하게 분화되고 있다. 예를 들어 페미니스트 청년은 안티 페미니스트 청년과 '청년'이라는 세대적 동류 의식으로 하나가 되기 어렵고, 같은 청년으로서 '기성세대'에 맞서 뭉치기도 어렵다. 이런 다양한 균열이 '왜곡된' 정체성 정치의 표적이 되고 있다. 정체성 정치는 그들의 분노를 이용할 뿐, 정작 실질적 해법에는 무관심하다.

지난 대통령선거에서는 여야가 '청년'을 앞세워 "청년 문제 해결이 가장 중요하다"고 외쳤다. 그런데 이번 지방선거에서 '청년'은 사라졌다. 두 선거의 성격이 다르다는 이유가 이런 현상을 모두 설명할 순 없다. 이를 통해 세대 담론이 상당히 허구적이며, 또한 얼마든지 정치적·상업적으로 이용당할 수 있다는 점을 알 수 있다.

요즘 범람하는 세대 담론은 세대 간 차이만 강조하여 세대를 아주 특별한 동질적 집단으로 형상화한다. 하지만 "그런 세대는 없다". 그런 세대론은 과학적이기보다 정치적·상업적이다. 어떤 경우에도 구체적 인간들이 만들어내는 근원적 다양성과 차이를 지워버려서는 안 된다.

43 행복한 나라의 불행한 사람들

박지우

복지도
결국
자부담이다

우리처럼 면세자가 거의 절반에
육박하는 가운데 부자 증세나 예산 절약으로
복지를 확대하겠다는 것은 혹세무민이다.
북유럽식 복지는 결코 '천국'이 아니다.
단지 '고부담-고복지'의 전형적 사례일 뿐이다.

야당 대표가 내년도 정부 예산안을 '비정한 예산'이라고 비판했다. 물론 우리도 복지를 크게 늘려야 한다는 목소리가 적지 않다. 그럴 때마다 어김없이 소환되는 것이 북유럽 복지제도. 실제로 언론이나 전문가들이 전하는 북유럽 이야기는 늘 우리를 감동시킨다.

그런데 북유럽 복지에 대한 우리의 동경을 사정없이 뒤흔드는 생생한 현장 보고서가 있다. 바로 박지우의 '행복한 나라의 불행한 사람들' (2022)이다. 저자는 스웨덴 현지에서 직장을 다니며 생활한 경험을 바탕으로 스웨덴 복지제도의 실상을 다각도로 분석한다. 그것이 풍성한 혜택을 제공하지만, 거기에는 막대한 부담과 부작용도 뒤따른다. 그럼에도 우리는 혜택에만 열광하고, 부담이나 부작용에는 눈을 감아 왔다는 것이 저자의 주장이다.

스웨덴에서 의료는 거의 무상이다. 중병이 걸려도 치료비를 걱정할 필요가 없다. 이런 면만 보면 '천국'이다. 반면 웬만한 병으로는 진료 예약조차 잡기 어렵다. 상담을 거쳐야 하고 대기 시간이 무척 길다. 사실상 병원에 가기 어렵다. 당국의 엄격한 통제로 의사들은 적극적인 치료를 꺼린다. 중병 위주로 대응하다 보니 코로나19 같은 대규모 감염병에는 속수무책이다. 이런 가운데 부유층은 값비싼 사보험을 통해 신속하고 질 좋은 의료 서비스를 받는다.

학비도 대부분 무상이다. 학생들은 치열하게 경쟁하지 않는다. 국민 정서상 함께 어울려 살아가야 한다는 믿음이 강하다. 또한 학력이나 학벌이 소득수준에 별로 영향을 미치지 않는다. 그러니 교육을 통해 신분을 뛰어넘을 수도 없다. 이런 현실이 경쟁을 억제하는 역할을 한다. 반면 부유층의 교육열은 뜨겁다. 그들이 다니는 특수학교는 학비도 상당히 비싸다. 이처럼 표면적으로는 경쟁이 별로 없고 평등을 지향하지만, 실질적으로는 양극화되어 있다.

연금 및 고용보험 등 사회안전망은 탄탄한 편이다. 연금의 소득대체율은 50% 정도다. 하지만 주거비나 물가가 비싸다. 그래서 연금으로 여유로운 노후생활을 하기는 어렵다. 한편 고용보험은 사보험이다. 스웨덴 경제는 상당히 기업친화적이다. 이에 대응하기 위해 고용보험은 필수적이다. 또한 노동조합비도 선택적이다. 조합비 수준에 따라 조합이 제공하는 서비스도 달라진다. 이렇듯 안전망은 잘 구비되어 있지만, 부담은 본인이하는 구조다.

징세는 철저하게 국민개세(國民皆稅)의 원칙을 취한다. 그래서 면세자 비율이 6.6%에 불과하다.(우리나라의 면세자 비율은 거의 절반에 육박한다.) 아무리 소액 소득이라도 예외 없이 과세된다. 소득세 최저 세율이 32%다. 평균소득의 1.5배가 넘으면 최고 세율(52%)이 적용된다. 근로자의 3분의1이 이에 해당한다. 또한 부가가치세가 무려 25%다.(단 식료품·외식비에는 12%, 도서·공연 등에는 6% 적용) 부가가치세는 실질적으로역진세나 마찬가지다.

반면 법인세는 단일세율로 20.6%다. 전체 세원 중 법인세 비중이

6%(우리나라는 16%)다. 과거에는 자산 관련 세금이 상당히 높았다. 하지만 기업이나 부유층은 공익법인을 통해 세금을 회피하거나, 아예 해외로 탈출했다. 세계적 가구기업인 이케아가 네덜란드로 옮긴 것이 대표적이다. 결국 정부는 2004년 상속세·증여세 폐지를 선언했다. 그러자 해외로 탈출했던 부유층 4000명이 돌아왔다. 자본소득세(30%)는 소득세 최저 세율(32%)보다도 낮다.

이처럼 스웨덴은 소득에 대한 중과세로 소득평준화는 어느 정도 실현했다. 월급을 더 받아도 가처분소득은 별로 늘어나지 않는다. 그래서 대부분의 월급쟁이들은 고물가 속에서 아주 빠듯한 생활을 한다. 탈출구라고는 부동산 투자나 도박뿐이다. 실제로 많은 사람들이 부동산 투자나 도박에 열중한다. 반면 자산가와 자본가는 일반인에 비해 세금이 가볍다. 더구나 최근에는 상속세·증여세·보유세마저 아예 폐지되어, 부의 대물림도 한층 용이해졌다.

부유층과 대기업에 대한 증세는 정치적으로 인기를 끌지 모른다. 하지만 그런 방식을 통한 재정 확보는 제한적이다. 더구나 자본 탈출 등의 부작용도 따른다. 실제로는 넓고 보편적인 증세가 세원 확보에 도움이 된다. 그래서 스웨덴 정부도 전 국민을 광범위한 세원으로 삼되, 이동성이 강한 자본보다는 일반인들의 유리지갑에 높은 세금을 매기고 있다. 단적으로 말해 스웨덴의 복지는 부의 재분배라기보다 '내 돈 내서 내가 받는' 구조에 가깝다.

스웨덴은 양성 평등이 잘 실현되어 있다. 여성도 군대에 간다. 직장 문화도 수평적이고 연공서열도 없다. 실질적인 소득도 비교적 평등하다.

학력에 따른 소득차도 크지 않다. 그래서 굳이 대학에 가려고 경쟁하지도 않는다. 정부가 아무리 노력해도 대학진학률이 제자리다. 이렇듯 표면적으로 이상적인 평등 사회다.

그러나 속을 들여다보면 또 다른 모습이 도사리고 있다. 무엇보다 자산불평등이 심각하다. 스웨덴에서 10억달러 이상 부자는 31명이다. 인구가 5배인 한국(28명)보다 더 많다. 그들이 소유한 자산 규모는 이 나라 연간 GDP(국내총생산)의 4분의1에 해당한다. 최상위 계층이 부를 독점하고 상속세·증여세·부유세 등이 폐지된 탓에, 부의 집중과 대물림이 심화되고 있다. 이렇듯 소득세 중과로 소득 평준화는 어느 정도 이루어지는 반면, 자산 격차는 오히려 확대되고 있다.

또한 스웨덴은 기업친화적인 나라다. 대표적인 것이 차등의결권을 통한 경영권 보장이다. 1주당 최대 1000배의 차등의결권이 허용된다. 또한 공익재단을 통한 세금 회피와 승계가 용인되어 왔다. 이제는 상속세·증여세마저 폐지되고 경영권까지 확실하게 보장된 상태다. 승계를 위해 굳이 불법을 저지르거나 편법을 사용하지 않아도 된다. 이런 기업친화적 정책을 통한 경제 활력 유지 및 완전 고용 달성이 북유럽식 복지의 절박한 전제조건인 것이다.

한편 대부분의 국민들은 현역이든 은퇴자든 빠듯하게 살아간다. 실질적 가처분소득이 넉넉지 않은 가운데, 주거비와 물가는 비싸다. 그나마 청교도적인 생활태도가 이런 빡빡한 삶을 감내하게 해준다. 그들은 검소하고, 과시적 소비를 하지 않는다. 그럼에도 한편으로 주택 투기와 도박이 유행한다. 이렇듯 국가는 튼실해 보여도 대부분의 국민들은 쪼들리며 산다. 이것이 바로 저자가 이 책에 '행복한 국가의 불행한 사람들'이라는 제목을 붙인 이유다.

일각에서는 복지가 성장을 견인한다고 주장한다. 그러나 스웨덴의 경우를 보더라도 성장의 과실을 이용하여 복지를 구축했다. 지금도 시장친화적인 정책으로 얻는 경제적 활력으로 복지를 유지하고 그 부작용을 상쇄하고 있다. 이를 위해 부자나 기업에 대한 과세는 비교적 가벼운 편이다. 반면 일반 국민에게는 예외 없는 과세를 원칙으로 하고 있다. 이런 보편적 중과세를 통해 막대한 복지 재원을 조달하고 있다.

부자 증세는 세수 증대 효과가 미미하다. 따라서 보편적 증세 없는 복지 확대는 비현실적이다. 그럼에도 우리처럼 면세자가 거의 절반에 육박하는 가운데 부자 증세나 예산 절약으로 복지를 확대하겠다는 것은 혹세무민이다. 북유럽식 복지는 결코 '천국'이 아니다. 단지 '고부담–고복지'의 전형적 사례일 뿐이다. '따뜻한 예산'을 만들려면 세금을 더 거둬야 한다. 우리도 우리 형편에 적합한 부담 수준과 복지 수준을 솔직하게 공론화해야 할 때다.

44 나는 공감에 반대한다

Against Empathy

폴 블룸

**공감은
도덕적 ·
정책적 판단을
망가뜨린다**

공감은 특정한 공간에만 빛을 비추고
나머지는 어둠 속에 방치한다.
그래서 1000명의 고통보다
1명의 고통을 더 중요하게 생각하는
그릇된 상황을 만들어낸다.

얼마전 김부겸 전 총리는 한 강연에서 "보수는 덜 뻔뻔해져야 한다"고 일갈했다. 그것은 보수가 탐욕에 사로잡혀 타인의 고통을 외면한다는 비판이다. 동시에 타인에 대한 공감이 진보의 특기라는 자랑(?)이기도 하다. 전통적으로 진보 세력에게 공감은 전가의 보도다.

진보뿐만이 아니다. 사실 오늘날 좌우를 막론하고 공감을 거의 절대선으로 받아들이고 있다. 그래서 우리는 모든 문제가 공감이 부족해서 생긴다고 믿는다. 해법은 간단하다. 공감을 늘리자는 것이다. 이런 풍토에서 그런 상투적 해법에 과감하게 반기를 들며, 공감이 이로울 때보다 해로울 때가 많다고 주장하는 도발적 문제작이 있다. 바로 폴 블룸의 '나는 공감에 반대한다'(Against Empathy·2016)이다. 우리말 제목은 '공감의 배신'(2019)이다.

공감이란 타인의 입장에서 세상을 경험하는 행위다. 그래서 '타인이 느끼는 바를 (똑같이) 느끼는 것'이다. 흔히 우리는 공감만 잘해도 모든 갈등이 해소되리라고 과신한다. 하지만 공감은 불가피하게 편애를 유발해, 도덕적 판단을 그르치기 쉽다. 우리가 내 민족, 내 집단, 내 가족을 편애하는 것이 자연스러운 행동이긴 해도 그것이 부당하고 부도덕한 경우가 부지기수다. 이로 말미암아 공감이 오히려 사회를 망가뜨리게 된다는 것이 저자의 경고다.

공감은 사람들을 감정적으로 자극해 타인의 고통을 없애기 위해 행동에 나서도록 유도한다. 한마디로 공감은 관심과 도움이 필요한 곳을 환히 비추는 스포트라이트다. 그러나 스포트라이트는 빛을 비추는 면적이 좁다. 그것은 자기가 관심 있는 곳에만 빛을 비춘다. 나머지 부분은 오히려 더 어둡게 만든다. 따라서 공감은 불가피하게 편견을 반영한다. 우리와 비슷한 사람들, 더 매력 있어 보이거나 더 취약해 보이는 사람들에게 공감하기가 훨씬 쉽다.

이렇듯 우리가 공감할 수 있는 대상은 제한적이다. 공감은 불가피하게 중요도보다는 친밀도에 의해 좌우된다. 근시안적이고, 객관적 사실을 무시한다. 그것은 우리의 행동이 수많은 집단에 미치는 영향을 제대로 가늠하지도 못하고, 통계 자료와 예상 비용 및 편익에도 둔감하다. 공감에 바탕을 둔 의사결정이나 정책은 당장에는 반짝 효과를 가져온다. 그러나 장기적으로 보면 사회에 이익을 주기보다 해를 끼치는 경우가 더 많다.

다행히 우리에게 공감 능력만 있는 것이 아니다. 연민, 친절, 합리적 추론, 통계적 분석, 이성 등 다양한 능력이 있다. 그래서 공감에 의존하기보다 상대방과 조금 거리를 두는 연민과 친절을 토대로 합리적 추론과 비용·편익 분석을 활용하는 편이 훨씬 낫다. 즉 공감이라는 감정에 휘둘리기보다 자제력과 사고력을 발휘해야 비로소 올바른 의사결정에 이를 수 있다.

물론 모든 강렬한 감정에는 긍정적 효과가 있다. 공감뿐만 아니라 분노, 두려움, 복수심, 종교적 열정도 마찬가지다. 다만 거기에는 엄격한 조건이 있다. 우리가 어떤 판단이나 행동에 관해 차분히 추론할 때, 그것들이 도덕적으로 고결한 판단이나 행동을 지지하는 역할을 할 수 있다. 하지만 그것들이 이성적 추론을 밀어내고 판단이나 행동을 좌우해서는 곤란하다. 한편 공감은 "내 편이냐 아니냐"에 따라 크게 다르게 표출된다. 또한 우리의 편견이나 선호에도 영향받는다. 이는 공감이 도덕적 판단의 기준이 될 수 없다는 점을 거듭 확인해 준다.

선을 행하기 위해 공감이 필요할까. 공감은 특정한 공간에만 빛을 비추고 나머지는 어둠 속에 방치한다. 그래서 1000명의 고통보다 1명의 고통을 더 중요하게 생각하는 그릇된 상황을 만들어낸다. 문맥은 달라도 "한 사람의 죽음은 비극이지만, 100만명의 죽음은 통계일 뿐"이라는 스탈린의 섬뜩한 주장은 반면교사로서 음미해 볼 만하다. 실제로 소수의 고통에 예민하게 반응하는 우리의 감정이 다수에게 비참한 결과를 초래하는 사례는 차고 넘친다.

그럼에도 끊임없이 사람들은 타인의 마음을 헤아리려고 우리가 더욱 노력해야 한다고 말한다. 하지만 그것은 내가 전혀 모르는 다수가 관련되어 있는 경우에는 공허한 충고가 되고 만다. 그때는 차라리 모두를 높이기보다 모두를 낮춤으로써 대상을 객관화시킬 필요가 있다. 현명한 공공 정책의 핵심에는 이런 몰개성화가 필요하다. 이런 바탕 위에서 객관적 수치와 이성적 추론을 통해 대안을 모색하는 것이 사회에 더욱 풍성한 선을 가져온다.

친밀한 사적 관계에서는 공감이 무조건 유익할까. 결론부터 말하면 "아니다"이다. 여기서도 공감은 여전히 편향성을 띤다. 아울러 공감하는 사람이 공감 때문에 정신적으로 '소진'되어, 상대를 적절히 돕기 어려워진다. 그래서 불교에서는 자비를 '감정적 자비'와 '대자비'로 구분한다. 감정적 자비는 공감에 해당한다. 대자비는 연민의 대상과 일정 거리를 유지하며 지속적으로 관심을 보이는 가운데 그를 구제하는 것이다. 우리에게 필요한 것은 대자비다.

외과의사가 환자의 고통에 공감한다면 제대로 집도하기 어렵다. 훌륭한 의사에게 필요한 것은 공감 능력이 아니라, 일정한 거리와 객관성을 유지한 채 이해력과 상냥함을 발휘하는 것이다. 친구 관계도 공감보다는 긴밀한 상호 이해로 유지된다. 자식을 양육할 때도 지나친 공감은 훈육을 방해한다. 물론 인간이 내 식구나 내 편을 편애하는 것은 진화의 자연스러운 산물이다. 그렇다고 거기에 의사결정이나 도덕적 판단을 맡겨야 하는 것은 결코 아니다.

살인, 강간, 고문, 전쟁 등 폭력이나 잔혹 행위가 공감 부족에서 비롯될까. 물론 공감이 부족한 악인이 악행을 저지른다. 하지만 스스로 선하다고 믿는 사람들이 저지르는 악행이 더욱 잔혹하다. 이때 공감은 브레이크 역할을 하기보다 액셀러레이터 역할을 한다. 사람들은 내 식구, 내 집단, 내 민족에 공감한 나머지, 상대를 악마화한다. 악마는 박멸 대상이다.

만행을 저지르는 사람들도 삶의 다른 부분에서는 공감과 배려를 잘하는 경우가 적지 않다. 히틀러는 개를 좋아하고 사냥을 싫어한 것으로 유명하다. 피의자를 고문하는 와중에도 딸과 다정하게 통화한 어느 경관의 일화도 있다. 공감 부족으로 일어나는 폭력과 잔혹 행위는 단발적이고 일회적이다. 반면 공감으로 인한 폭력과 잔혹 행위는 구조적이고 고질적이다.

인간에게 공감 능력만 있는 것이 아니다. 뛰어난 이성, 사고력, 자제력 등이 있다. 공감은 동기를 부여하는 정도로 족하다. 실제로 도덕적 판단이나 정책적 결정을 하기 위해 우리는 이성적 추론, 사고력, 자제력 등을 동원해야 한다. 최근에 인간의 이성이나 합리성을 의심하는 연구가 활발하지만, 그런 연구에 우리의 이성적 추론이 동원된다는 것은 아이러니다. 인간의 이성이 완전한 것은 아니지만, 그래도 우리가 의지해야 할 것은 우리의 이성이다.

우리들이 병든 떠돌이 개 한 마리에게는 눈을 떼지 못하면서 기후변화에는 무관심한 것은 공감 때문이다. 종종 잔혹한 행동도 서슴지 않고 끔찍한 전쟁에 뛰어드는 것도 공감 때문이다. 공감은 우리의 판단을 왜곡시키기도 하고, 우리를 비참한 처지로 몰아넣기도 한다. 거듭컨대 앞날을 계획할 때 공감이라는 직관에 의존하는 것보다 도덕상의 의무와 예상 결과에 대한 이성적 추론에 따르는 것이 낫다. 이것은 당파적 주장이 아니라 합리적 주장이다.

45 페스트

La Peste

알베르 카뮈

누구나
어느 정도는
환자다

페스트 환자가 되는 것은 피곤한 일이지만,
페스트 환자가 되지 않으려는 것은
더욱 피곤한 일이에요. 그래서 모든 사람이
피곤해 보이는 거예요. 오늘날에는
누구나 어느 정도는 페스트 환자예요."

'곧 종식될 것'이라던 코로나19가 다시 기승을 부린다. 이미 전국 각지에 소규모 봉쇄(이른바 코호트 격리)는 상당한 수에 이른다. 이번 감염병의 진원지인 중국의 우한은 도시 전체가 아예 통째로 봉쇄되고 있다. 크든 작든 봉쇄된 공간은 과연 어떤 모습일까.

 마침 페스트의 창궐로 봉쇄된 도시의 실상을 생생하게 그려낸 이색적인 소설이 있다. 바로 알베르 카뮈의 '페스트'(La Peste·1947)다. 이 소설은 '갇힌' 사람들이 그 엄청난 비극에 대해 다양하게 반응하지만, 결국에는 역병 퇴치를 위해 힘을 모은다는 이야기다. 거기에는 비극적 운명에 저항하는 주체는 다름 아닌 인간 자신이라는 강렬한 작가 정신이 깔려 있다.

 소설의 무대는 인구 20만의 오랑시(市). 194×년 4월 16일 죽은 쥐들이 발견되기 시작한다. 4월 말에 사람들도 죽기 시작한다. 하루 수십 명에 달하던 사망자가 다소 줄면서 도시는 이내 활기를 찾는다. 그러나 다시 사망자 수가 치솟자, 순식간에 페스트는 '우리들 전체의 문제'가 된다. 비상사태가 선포되고 도시는 봉쇄된다. 모두가 '독 안에 든 쥐'가 된다.

 감염자와 사망자가 폭증한다. 일단 의사의 진단이 내려지면 환자는 강제입원되고 가족은 강제격리된다. 종종 경찰이 출동하여 무력으로 환자를 탈취하는 일도 벌어진다. 도시는 구급차의 요란한 사이렌 소리, 화장터에서 내뿜는 연기, 도시의 관문(關門)에서 들리는 총성 등이 뒤엉키는 '생지옥'이다. 식량보급 제한, 휘발유 배급, 절전, 등화관제 등은 물론이다.

이 재앙에 대한 사람들의 반응은 대충 세 가지로 나뉜다. 첫째, 도피적 태도다. 기자 랑베르는 이 도시에 취재차 우연히 들렀다가 발이 묶인다. 그는 파리에 두고 온 젊은 아내를 그리워한다. 그는 어떤 수를 써서라도 도시를 빠져나가려고 한다.

둘째, 초월적 태도다. 신부 파늘루는 이 재앙이 '사악한 인간에 대한 신의 징벌'이라고 규정하며, '아무리 잔인한 시련조차도 우리들에게는 유익할 것'이라고 역설한다. 전통적인 기독교적 입장이다.

셋째, 반항적 태도다. 의사 리유는 최선을 다해 이 역병에 맞서 싸워야 한다고 생각한다. 즉 체념하거나 신에게 기대지 말고 인간 스스로 운명에 도전, 즉 반항해야 한다는 것이다. 리유는 소설의 서술자(주인공)이다. 그는 최선을 다해 소임을 완수하는 성실한 의사다. 따라서 소설은 그의 반항적 도전을 통한 역병 퇴치에 초점을 맞추고 있다.

페스트가 걷잡을 수 없이 확산되자, 현장 인력이 절대적으로 부족해진다. 마침 사회활동가 타루가 리유를 찾아온다. 리유는 파늘루 신부의 신학적 해석을 겨냥하여 "그 병고의 유익을 증명하기 전에 우선 치료부터 해야 한다"고 역설한다. 의기 투합한 두 사람은 민간보건대를 결성한다. 그때부터 리유는 의사로, 타루는 보건대 책임자로 역병 퇴치에 헌신한다.

상황은 점점 악화된다. 리유와 타루는 "어떤 방법으로든 싸워서, 많은 사람들로 하여금 죽는다든가, 결정적인 이별을 겪는 아픔을 막아주자"고 더욱 굳게 다짐한다. 그런 생각은 그저 당연한 것이어서 별로 칭찬을 받을 만한 것도 못 된다. 그런 일에는 어떠한 영웅도 필요 없다. 그저 소박한 시민들이 서로 힘을 합치면 된다는 것이 그들의 생각이다.

실제로 영웅적인 면모라고는 전혀 없는 그랑도 보건대에 들어온다. 그랑은 당장 지위조차 불안정한 말단 공무원이다. 그는 이혼하고 떠나간 아내를 그리워하며, 엉터리 소설이나 끄적인다. 그런 '보잘것없는' 인물이 퇴근 후 매일 저녁 보건대에 들러, 통계 작성 업무를 맡는다. 그의 성실성으로 인해 보건대의 활동은 행정적으로 탄탄한 기반에 올라선다.

기자 랑베르는 갖은 수단을 동원해 도시를 빠져나갈 궁리를 한다. 그는 리유를 찾아와 무감염 증명서 발급을 요구한다. 리유가 거부하자, 랑베르는 "나는 이 고장 사람이 아니다"라고 항변한다. 리유는 "이제는 (당신도) 이 고장 사람이다"라고 대꾸한다. 차츰 랑베르는 '혼자만 행복하면 부끄러운 일'이라고 자책하게 된다. 그는 탈출을 단념하고 보건대에 합류한다.

파늘루 신부는 신자들을 상대로 설교를 하면서도 보건대에 들어온다. 그리고는 병원과 페스트가 들끓는 장소를 떠나지 않다가, 안타깝게도 11월에 죽고 만다. 또한 예심판사 오통은 아들을 잃고 자신은 격리된다. 하지만 격리가 해제되고도 그곳을 떠나지 않고 봉사 활동을 한다. 그는 소설에 등장하는 최고위직 인물이지만, 재난 앞에서 헌신적인 면모를 보인다.

한편 어디에나 파괴적인 인물이 있게 마련이다. 코타르는 어떤 범죄를 저질러 수사망이 좁혀오자 자살을 시도하다 미수에 그친다. 다행히(?) 페스트의 창궐로 수사망이 느슨해지자 암거래, 불법 알선 등으로 돈을 벌어흥청망청한다. 그는 "나는 훨씬 지내기가 좋아졌다.… 페스트 안에 있는 게 더 편하다"라고 지껄인다. 그는 재앙을 즐기는 '유일한' 인물이다.

그해 연말에 노(老)의사 카스텔이 혈청 개발에 성공한다. 이로 인해 사태가 극적으로 호전된다. 그랑도 감염되었다가 살아난다. 하지만 혈청도 안 듣는 예외적인 경우도 있다. 오통은 감염으로 끝내 죽고 만다. 그는 희망에 들뜬 시기에 희생된 사람 가운데 한 명이다. 이듬해 1월 말 페스트는 거의 종식된다. 그런데 정작 타루는 혈청주사를 맞지 않아 감염사한다.

이 소설에는 '위대한' 인물이 단 한 명도 등장하지 않는다. 모두 소시민이다. 그랑이 대표적이다. 그는 리유를 찾아와 보건대에 합류 의사를 밝히며, "페스트가 생겼으니 막아야 한다는 건 뻔한 이치입니다. 아! 만사가 이렇게 단순했으면 좋으련만!"이라고 말한다. 작가는 영웅주의를 배격하며, 소시민들의 소박한 헌신이 운명에 저항하는 인간의 원동력임을 강조한다.

리유가 "모든 일은 영웅주의와 관계가 없다. 그것은 단지 성실성의 문제다"라고 말하자, 랑베르는 "성실성이 무엇이냐?"고 되묻는다. 리유는 "그것은 직분을 완수하는 것이다"라고 답한다. 세상은 신적인 계시나 영웅적인 서사가 아니라, 각자에게 맡겨진 직분을 성실히 완수하는 소시민들의 분투에 의해 개선된다는 것이 작가의 강력한 문제 의식이다.

작가가 처음에 구상한 제목은 '페스트'가 아니라 '수인(囚人)들'이다. 한마디로, 이 소설은 '갇힌' 사람들이 고통 속에서도 그 감금을 주도적으로 풀어 나가는 이야기다. 여기서 페스트는 전쟁이나 부조리한 세상을 가리킨다는 주장도 있다. 하지만 코로나19에 시달리는 우리에게 '페스트'는 그냥 '페스트'다. 그렇게 읽어야 감동과 교훈이 더 생생하다.

소설 속에서 누군가의 푸념이 요즘 우리가 겪는 현실의 정곡을 찌른다. "페스트 환자가 되는 것은 피곤한 일이지만, 페스트 환자가 되지 않으려는 것은 더욱 피곤한 일이에요. 그래서 모든 사람이 피곤해 보이는 거예요. 오늘날에는 누구나 어느 정도는 페스트 환자예요."

지금 우리는 엄중한 사태에 처해 있다. 외신에 따르면, 봉쇄된 우한시는 '생지옥'이라고 한다. 무엇보다 이런 재앙을 극복해 나가는 주역은 '주어진 직분'을 성실히 완수하는 전문가와 시민들이어야 한다. 정치지도자들의 섣부른 공명심은 되레 일을 그르치기 쉽다. 직분은 누구에게나 있다. 자신의 침방울이 튀어나가지 않도록 마스크를 쓰는 것도 어엿한 직분이다.

46 장미의 이름

The Name of the Rose

움베르토 에코

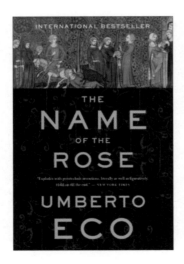

과거 독점하려던 욕망이 비극적 파탄을 부르다

과거는 미래를 위해 과감하게 불살라야 할
땔감이다. 그럼에도 많은 사람들이
여전히 과거를 절대화하고 독점하려고 한다.
이런 악습은 사라져야 하는데,
요즘 되레 극성을 부린다.

그동안 우리는 휴가도 분주하게 보내고 녹초가 되어 돌아와야 직성이 풀렸다. 다행히 최근에는 조용하고 느긋한 휴가를 즐기는 사람들이 제법 생겼다. 그런 휴가에 소설만 한 동반자도 드물다. 호젓한 곳에서 소설이 이끄는 몽상에 빠져 보는 것만큼 멋진 일도 드물다.

이런 용도에 아주 제격인 소설이 있다. 바로 움베르토 에코(1932~2016)의 '장미의 이름'(The Name of the Rose·1980)이다. 이 소설은 추리소설이자 역사소설이자 종교소설이다. 작가는 철학자이자 기호학자이자 소설가다. 소설도 작가도 팔색조(八色鳥)다. 심지어 '장미'의 뜻을 두고도 의견이 분분하다. 저자는 "소설은 수많은 해석을 창조해야 한다"며 논란에 되레 기름을 붓는다. 이래저래 이 소설은 우리의 상상력을 끊임없이 자극한다.

1327년 11월 말 어느 월요일 아침, 프란체스코회 수도사인 윌리엄은 이탈리아 북부의 유명한 베네딕토회 수도원을 찾는다. 그동안 청빈론으로 인해 교황과 프란체스코회는 날카롭게 대치 중이었다. 청빈론이란 예수나 사도들이 개인적으로 재물을 소유하지 않았다는 주장이다. 이에 따르면 교황이나 교회도 재물을 소유하지 말고 속권(俗權)에서 손을 떼야 한다.

하지만 세속적 탐욕에 빠진 교황과 주류 교회가 이 주장을 순순히 받아들일 리가 없다. 이를 둘러싸고 갖가지 이단논쟁이 벌어지고 끔찍한 살육이 자행된다. 프란체스코회는 이단재판으로 상당한 타격을 받았으나, 여전히 건재하다. 교황은 프란체스코회의 수장을 교황청으로 부른다. 프란체스코회가 무조건 그 소환에 응하기는 어려운 노릇이다.

그래서 교황 측과 프란체스코회는 중립지대 격인 베네딕토 수도원에서 만나, 그간의 갈등을 사전에 조율하기로 한다. 윌리엄은 이를 준비하기 위해 미리 수도원을 찾은 것이다. 특히 거기에는 프란체스코회 출신의 유명한 노수도사가 은신해 있다. 소설은 윌리엄이 수도원을 방문한 월요일부터 7일간 수도원에서 벌어진 엽기적 사건들을 다룬다.

수도원 원장은 고명한 학승(學僧)인 윌리엄을 만나자, 우선 그에게 어떤 변사 사건의 규명을 부탁한다. 얼마 전에 장서관 소속의 채식장(彩飾匠) 수도사인 아델모가 죽은 채 발견되었다. 원장은 교황 측 대표단이 도착하기 전에 사건을 마무리짓고 싶었다. 원장은 윌리엄에게 어디든 조사할 수 있지만, "본관 맨 위층의 장서관은 안 된다"고 단서를 단다.

이 수도원은 유서 깊은 장서관으로 유명하다. 사서 수도사가 장차 원장이 되는 자리일 정도로 장서관은 수도원의 핵(核)이다. 원장은 장서관이 '거짓을 기록한 서책까지 고루 실은 방주'라고 자랑한다. 따라서 아무나 드나들지 못하고 오로지 사서계(司書係) 수도사만 출입할 수 있다. 학승들이 서책을 신청하면, 열람의 가부는 사서가 결정한다.

윌리엄은 죽은 아델모가 일했던 사자실(寫字室)을 찾는다. 거기서 학승들은 연구도 하고 필사본도 만든다. 그곳은 장서관 바로 아래층에 위치해 있다. 사서 수도사 말라키아는 윌리엄에게 학승들을 소개한다. 그중에는 그리스어와 아랍어를 번역하는 베난티오도 있었다. 그는 특히 아리스토텔레스 신봉자다. 하지만 그 역시 마음대로 고전을 열람할 수 없다.

어떤 화제로 좌중에 웃음이 일자, 갑자기 맹인인 노수도사가 나타나 호통을 친다. 호르헤다. "웃음을 유발하는 언사를 입에 올리지 마라!" 그는 웃음이 인간을 타락시키고 신앙을 훼손한다고 강변한다. 사서였던 호르헤는 젊어서 시력을 잃었다. 이로 인해 원장은 되지 못했으나, 장서관의 막후 인물로 여전히 수도원 전체에 커다란 권위를 행사하고 있다.

그런데 이튿날 아침에 베난티오가 시체로 발견된다. 그는 평소에 아리스토텔레스의 '시학'의 후속편, 즉 제2권의 존재를 확신했다. 그는 현존하는 '시학'이 비극을 다뤘으니, 어딘가에 존재할 제2권은 희극과 웃음을 다뤘을 것이라고 생각했다. 윌리엄은 잇단 죽음들이 장서관과 관계가 있다는 심증을 가지고, 장서관에 잠입해 단서를 찾아본다.

그러는 사이에 보조사서 베링가리오, 약초 담당 세베리노, 사서 말라키아가 연달아 의문사한다. 타살당한 세베리노 이외의 망자들은 모두 혀와 손가락이 까맣게 변색된 채 죽었다. 이 와중에 교황 측과 프란체스코회 대표단이 도착하여 어수선한 교리논쟁을 벌인다. 그러나 교황 측은 어떤 단순 사건을 이단으로 몰아, 당사자들을 끌고 떠남으로써 회담은 결렬된다.

윌리엄의 끈질긴 추적으로 연쇄사건의 전모는 드러난다. 아델모는 베링가리오와 남색을 벌이다가 죄책감으로 자결했다. 그리고 나머지 죽음들은 모두 '시학' 제2권과 직접적으로 관련된다. 그 책이 실제로 장서관 밀실에 감춰져 있었는데, 호르헤가 거기에 독극물을 발라놓았던 것이다.

그것을 몰래 훔쳐서 읽던 베난티오가 중독사한다.

베링가리오도 그 책을 한적한 약초 공방으로 가지고 가서 읽다가 죽는다. 호르헤는 말라키아에게 그것을 '읽지는 말고' 회수해 오라고 지시한다. 말라키아는 약초 공방에서 '십자가가 달린 천구의'로 세베리노를 타살하고 책을 회수하지만, 그 역시 혀와 손끝이 까맣게 변색된 채 죽는다. 아델모와 베링가리오의 남색에도 서책열람 편의가 개재되었을 개연성이 없지 않다. 결국 모든 죽음은 진리에 대한 억압과 갈망이 부딪쳐 빚어낸 참극인 셈이다.

윌리엄은 천신만고 끝에 장서관 밀실 잠입에 성공한다. 호르헤는 '시학' 제2권을 놓고 윌리엄을 기다린다. 그는 윌리엄에게 그 책을 내민다. 이미 사정을 파악하고 있는 윌리엄은 장갑을 끼고 책장을 넘긴다. 자신의 계획이 무산된 것을 안 호르헤는 갑자기 책을 빼앗아 책장을 뜯어 입에 우겨넣는다. 그는 죽음으로써 진실을 어둠 속에 묻고자 했다. 이를 말리려다 호롱불이 넘어져 불이 난다. 불은 순식간에 대화재가 되어 수도원을 폐허로 만든다.

호르헤에게 지식이란 이미 확정되어 있는 것이다. 그것은 '탐구'의 대상이 아니라, '보존'의 대상이다. 그는 모든 진리를 봉인한 채 자신의 기준으로 재단하려고 했다. 그것이 바로 그의 권력의 원천이었다. 윌리엄은 적(敵)그리스도는 외부에 있는 것이 아니라 내부에 있다고 탄식한다. 호르헤처럼 과도하게 신실한 자, 즉 광신자가 바로 적그리스도인 것이다.

'장미'라는 말은 900쪽 내내 언급조차 없다가, 대미(大尾)를 장식하는 뜬금없는(?) 독백에 슬쩍 등장한다. "지난날의 장미는 이제 그 이름뿐, 우리에게 남은 것은 그 덧없는 이름뿐." 장미는 어떤 특정 대상을 가리키기보다 무엇을 대입해도 무방한 보편적 상징이라고 보여진다. 실제로 소설 속의 모든 것들도 형애만 남긴 채 모조리 불길 속으로 사라지지 않았나.

이 소설은 스릴 넘치는 추리소설이다. 동시에 시대상을 묘사한 역사소설이자, 종교의 속살을 헤집은 종교소설이다. 재밌고 지적이고 교훈적이다. 이런 다채로움으로 인해 일단 손에 들면 쉽사리 내려놓지를 못한다. 호젓한 휴가지에서 사나흘은 후딱 지난다.

과거는 미래를 위해 과감하게 불살라야 할 땔감이다. 그럼에도 많은 사람이 여전히 과거를 절대화하고 독점하려고 한다. 이런 악습은 사라져야 하는데, 요즘 되레 극성을 부린다. 우리는 스스로는 신실하다고 믿지만 '눈먼' 호르헤가 적(敵)그리스도인 이유를 직시해야 한다.

47 완장

윤흥길

완장 찬 사람이 문제인가 채워준 사람이 문제인가

흔히 멀쩡한 사람도 완장을 차면
돌변한다고 한다. 그러니 '흠결 있는' 사람이
완장을 차면 위험하기 짝이 없는 노릇이다.
아마 수많은 사회적 직책 가운데
공직이야말로 가장 확실한 완장일 것이다.

다수결로 운용되는 민주주의는 '다수의 폭정'으로 흐르기 쉽다. 그래서 다수결의 굴레를 벗어나 정의(justice)를 수호하는 사법 시스템을 민주주의의 '최후의 보루'라고 한다. 그런데 요즘 법무부(Ministry of Justice)가 앞장서서 그 보루를 뒤흔들고 있다. 특히 책임자들의 기고만장한 모습이 가관이다. 그들은 자리가 주는 마력에 흠뻑 취해 있다.

이럴 때 저절로 눈길이 가는 고색창연한 소설이 있다. 바로 윤흥길의 '완장'(1983)이다. 이 소설은 완장이 사람을 어떻게 타락시키는지를 흥미진진하게 묘사한다. 특히 '흠결 있는' 사람일수록 완장을 차면 더욱 열정적이다. 악역도 서슴지 않는다. 그래서 권력자는 의도적으로 그런 사람을 중용하기도 한다. 하지만 완장의 과도한 열정은 가끔 역풍을 불러온다. 작가는 이런 인간의 복잡한 욕망을 한바탕 에피소드 속에 질펀하게 녹여낸다.

무대는 어느 시골 마을의 커다란 저수지다. 농사꾼이던 최 사장은 공단이 들어서는 바람에 농토를 처분하여 한밑천을 잡는다. 그 돈으로 집장사, 운수업 등을 벌여 졸부가 된다. 그는 관청에 줄을 대어 마을의 저수지 사용권을 따낸다. 마을의 이장 익삼은 최 사장의 조카다. 최 사장은 저수지 감시인을 세우기 위해 조카를 찾아와 한껏 거드름을 피운다.

그동안 저수지는 마을 사람들의 공동 재산과도 같았다. 그런데 최 사장이 사용권을 확보하면서 사정이 바뀌었다. 그는 사람들의 접근을 막고 치어를 풀어 넣었다. 곧 유료 낚시터를 개장할 계획이다. 지금까지는 익삼에게 관리를 맡겼지만, 마음이 무르고 마을 이장인 그가 감시 역할을 제대로 하기는 버거운 노릇이다. 이제야말로 깐깐한 감시인이 필요한 것이다.

마침 마을에는 종술이라는 서른쯤 되는 망나니가 있다. 그는 객지를 떠돌다 마을로 돌아와 주변에 갖은 행패를 부리며 살고 있다. 특히 아무리 말려도 저수지에서 막무가내로 낚시질을 하며 익삼과 충돌한다. 최 사장은 익삼으로부터 종술의 내력과 행태를 듣고 나서는 무릎을 쳤다. "내가 찾던 놈이 바로 그런 놈이다. 가서 당장에 그놈을 데려오라."

종술은 처음에는 시큰둥한 척하다가, 완장을 채워준다는 말에 흥분한다. 그는 월급 5만원의 감시원 자리를 넙죽 수락하고 "하얀 바탕에 '감시'라고 붉은 글씨가 박힌 비닐 완장"을 받는다. 하지만 그는 더욱 강렬한 완장을 원한다. 그래서 면소재지에 나가 "노랑 바탕에 파란 글씨로 새긴 '감독'을 세 개의 빨간 가로줄이 좌우에서 받들고 있는 비닐 완장"을 맞춘다.

그는 새로 만든 완장을 차고 으스댄다. 특히 옷핀으로 왼팔에 고정해 놓은 완장을 습관적으로 괜히 한번 추스르는 동작을 하곤 한다. 면소재지 실비집 작부 부월이와 주모를 찾아가서도 완장을 들이민다. 부월이는 화류계를 전전하다가 급기야 이런 외진 시골까지 흘러들어왔다. 종술과 부월은 티격태격하면서도 서로의 삶에 대해 애잔한 연민을 품는다.

종술은 그동안 익삼을 들이받았으나, 이제는 몸을 최대한 굽힌다. 그에게 완장을 부여한 두 최씨에게는 철저하게 복종해야 한다는 점을 잘 안다. 반면 두 최씨만 제외하고는 "내 저수지에 얼씬거리는 놈은 누구든지 가만 안 둔다"고 다짐한다. 어느 틈엔가 저수지는 '내 저수지'가 되었다. 그로서는 난생처음 가져 보는 내 것이다. 그것은 그의 작은 왕국인 셈이다.

그는 번쩍거리는 비닐 완장을 차고 저수지 둘레를 순찰한다. 마을 사람들은 저수지에 얼씬도 못 하게 막는다. 또한 사정을 모른 채 낚시를 온 외지 사람들에게는 다짜고짜 매타작을 안긴다. 심지어 밤에 몰래 고기를 잡다 들킨 동창생을 그의 아들이 보는 앞에서 사정없이 두들겨 팬다. 그는 객지를 떠돌며 익힌 주먹 솜씨를 유감없이 발휘하며 콧노래를 부른다.

종술의 모친은 이런 아들을 바라보며 불안하기 짝이 없다. 남편도 6·25전쟁 때 완장을 찼다가 비참하게 생을 마감했다. 아들에게서 남편의 그림자를 본다. 모친은 종술을 타일러도 보지만, 종술은 "이제 겨우 주변에서 사람 대접을 받기 시작했다"며 모친을 윽박지른다. 한편 그는 부월의 환심을 사기 위해 완장을 번뜩이면서 실비집을 부쩍 자주 드나든다.

어느 날 밤에 부월이는 저수지로 종술을 찾아온다. "우리 어디로 멀찌가니 떠나가서 살 수는 없을까?" 부월은 얼마간 모아둔 돈이 있고 또한 실비집 주모의 패물이 어디 있는지 안다고 말한다. 펄쩍 뛰는 종술에게 부월은 "완장이 밥 멕여 주냐?"고 핀잔을 준다. 둘은 자연스럽게 합체가 된다. 갈등을 겪으면서도 그들은 점점 공동운명체로 묶여간다.

한편 완장에 대한 종술의 집착은 어처구니없는 사고를 치고 만다. 그는 젊은 계집들을 데리고 저수지로 낚시질을 하러 놀러온 최 사장 일행을 가로막는다. 최 사장이 아무리 호통을 쳐도 종술은 "사장님이 본을 보여야 한다"며 막무가내다. 급기야 최 사장은 그를 해고하고 다른 사람을 감시인으로 세운다. 하지만 종술의 협박으로 모두들 꽁무니를 뺀다. 그는 여전히 완장을 차고 동네를 어슬렁거린다. 그에게 '완장 없는' 삶은 상상조차 하기 어렵다.

그해 최악의 가뭄이 닥치자, 급기야 관청에서는 저수지의 완전 방류를 결정한다. 이로써 최 사장의 유료 낚시터 계획도 무산되고 만다. 그럼에도 종술은 완장을 찬 채 여전히 저수지 주변을 떠나지 않는다. 방류 전날, 경찰이 익삼을 앞세우고 종술을 찾아온다. 모친은 부월이를 찾아가 아들과 함께 달아나라고 간청한다. 그날 밤 부월은 저수지 모퉁이 은신처에 숨어 있던 종술을 찾아와 완장을 빼앗아 물에 던진다. 그 길로 둘은 줄행랑을 친다.

이튿날 저수지 수문이 열리자 물이 쏟아져 나간다. 갑자기 사람들이 소리를 지른다. "완장이다!" 알록달록 빛깔도 요란한 완장이 물 위에 둥둥 떠 있다가, 수문의 소용돌이 속으로 사라진다. 종술의 모친도 그 광경을 바라본다. 그녀는 손가락질을 받으면서도 저수지 바닥으로 들어가 물고기를 건져내는 일꾼 패거리에 낀다. 그래야 입에 풀칠을 할 수 있다.

이 소설은 완장을 둘러싼 인간의 욕망을 풍자하고 조롱한다. 흔히 멀쩡한 사람도 완장을 차면 돌변한다고 한다. 그러니 '흠결 있는' 사람이 완장을 차면 위험하기 짝이 없는 노릇이다. 아마 수많은 사회적 직책 가운데 공직이야말로 가장 확실한 완장일 것이다. 그래서 공직의 임용절차는 민간직보다 까다롭다. 장관직 이상은 국회 인사청문까지 거쳐야 한다.

특히 사법 관련 공직만큼 확실한 완장도 없다. 그 위력을 적나라하게 보여준 사람이 추미애 법무장관이다. 여권 지지층 내에서 그의 정치적 아킬레스건은 노무현 전 대통령 탄핵 가담이다. 그는 재임 중에 완장을 활용하며 극렬지지층에는 어필했지만, 정작 법치는 후퇴시켰다. 그의 과한 욕심은 역풍도 초래했다. 택시운전사 멱살을 잡은 차관은 양념이다.

소설에서 표면적 주인공은 종술이지만 막후 주인공은 최 사장이다. 작가는 완장을 찬 종술을 별도로 징벌하지 않는다. 이미 심적 충격을 받은 그에게 되레 따뜻하게 숨통을 틔워준다. 반면 그에게 완장을 채워준 졸부에게는 이권 상실이라는 물적 타격을 안겨준다. 이처럼 작가는 죄는 미워해도 사람 자체를 파괴하지는 않는다. 그것이 풍자의 금도(襟度)다.

48 맥베스

Macbeth

요 네스뵈

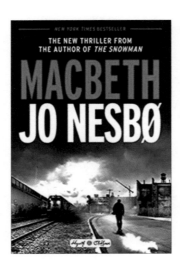

권력 농단은

결코

한 번으로

멈추지 않는다

단체장이나 대통령은 능력만 있다고
아무나 맡아도 되는 영업관리직이 아니다.
능력은 주변의 도움으로 메울 수도 있지만,
도덕성은 오롯이 본인만의 몫이다.

지방자치단체장의 비리 의혹이 유난히 잦은 지역이 있다. 대표적인 곳이 경기도 성남시다. 이번에 은수미 시장이 또다시 기소되었다. 자신의 정치자금법 위반 혐의를 수사하는 경찰에게서 수사 정보를 얻고, 그 대가로 이권과 특혜를 제공했다는 혐의다.

　　아직 법원 판단이 남아 있긴 하지만, 여기에 연루된 혐의로 이미 6명이나 구속되었다. 그러니 혐의 내용만으로도 불길한 상상을 막기 어렵다. 권력은 권력자의 의지를 실현시켜 주는 매력이 있다. 그래서 권력자는 자신의 흠을 덮기 위해 자신의 권력을 이용하려는 유혹을 받는다. 더구나 발각만 되지 않으면 그런 권력 농단은 한 번에 멈추지 않고 확대되기 일쑤다.

　　이처럼 권력에 내재한 충동적 유혹을 흥미진진하게 그려낸 스릴러 소설이 있다. 바로 노르웨이 소설가 요 네스뵈(Jo Nesbø)의 '맥베스'(Macbeth·2018)이다. 이 작품은 작가가 비범한 상상력을 발휘해 셰익스피어 '맥베스'의 모티브를 현대적으로 재해석한 장편소설이다. 원작과 마찬가지로 소설에서도 권력의 광기가 자행하는 무참한 살육이 꼬리를 물고 벌어진다. 저자는 타락하기 시작하면 걷잡을 수 없는 권력의 악마적 속성을 집요하게 추적한다.

　　원작 '맥베스'의 무대는 11세기 스코틀랜드다. 장군 맥베스는 개선 중에 "왕이 된다"는 마녀의 예언을 듣는다. 이를 전해 들은 아내 레이디는 망설이는 남편을 충동질하여 던컨 왕을 살해하게 한다. 그리고는 경비병 들에게 죄를 뒤집어씌운다. 이렇게 왕위에 오른 맥베스는 죄책감과 불안 에 시달린다. 자신의 비밀을 알 만한 주변 사람들을 잇따라 살해하며, 폭 정을 일삼는다. 결국에는 반란군에게 죽임을 당하고, 던컨 왕의 아들 맬 컴이 왕위에 옹립된다.

소설 '맥베스'는 원작의 모티브와 등장인물을 고스란히 1970년대의 어느 쇠락한 도시로 옮겨온다. 이 도시는 한때 전국 제2의 도시이자, 번창 한 산업도시였다. 하지만 지금은 실업·부패·마약·범죄가 만연한 곳으로 추락했다. 무능한 시장은 장기 집권을 하고, 경찰청장은 막강한 권력을 향유한다. 마약 조직은 도처에 촉수를 뻗치고, 정치권력까지 마음대로 주 무른다.

그 한복판에서 지난 25년간 철권을 휘둘렀던 경찰청장 케네스가 돌 연사한다. 그 자리에 개혁 성향의 던컨이 취임한다. 신임 청장은 커다란 기대를 모은다. 그는 자기 측근이자 개혁안의 설계자인 맬컴을 부청장에 앉힌다. 그리고 사람들의 예상을 깨고 특공대장 맥베스를 조직범죄수사 반 반장으로 기용한다. 이 부서는 그가 도시의 질서를 바로잡기 위해 의 욕적으로 새로 만든 핵심 조직이다. 반장은 청장, 부청장에 이어, 서열 3위 자리다.

맥베스는 고아원에서 불우한 유소년기를 보냈다. 거기서 더프를 만 나 한 방을 쓰게 되었다. 고아원을 뛰쳐나와 방황하며 마약까지 했다. 경 찰관 뱅쿼는 길거리에서 우연히 마주친 맥베스를 집으로 데려다 키워 경찰대학에 보냈다. 경찰 간부가 된 맥베스는 아버지 격인 뱅쿼를 부하로 둔다. 또한 더프도 경찰대학에서 재회하여, 지금은 동료 경찰로 근무하고 있다.

이처럼 맥베스는 계층적으로 아웃사이더 출신이다. 던컨은 바로 그런 점이 시민들에게 호소력을 갖는다고 생각하여 그를 발탁했다. 한편 맥베스의 연인이자, 실질적 아내인 레이디는 이 도시의 최고 카지노의 경영자다. 그녀는 열세 살에 강간을 당해 아이를 낳았지만, 아이를 내동댕이쳐 죽이고는 매춘업에 뛰어들었다. 거기서 종잣돈을 만들어, 거대한 카지노 사업을 일구고 사교계의 거물 행세를 한다. 하지만 그녀의 탐욕은 그칠 줄 모른다.

한편 마약왕 헤카테의 메신저가 맥베스 앞에 나타나, 그가 반장 임명을 통보받기도 전에 그 사실을 알려주며, "장차 경찰청장이 된다"고 예언한다. 이를 전해 들은 레이디는 흥분한다. 헤카테의 힘을 잘 아는 그녀는 헤카테가 이미 강직한 신임 청장을 비토하고 후임으로 맥베스를 점찍은 것이라고 눈치챈다. 그녀는 맥베스를 충동질한다. 결국 마약으로 긴장을 억누른 맥베스는 술에 취한 청장을 살해하고, 그 배후로 범죄조직을 지목한다.

청장이 죽자, 부청장인 맬컴 중심으로 경찰청 지도부가 꾸려진다. 그러자 맥베스는 뱅쿼를 찾아가 맬컴을 죽이라고 강요한다. 뱅쿼의 외아들 플로렌스도 현재 경찰대학에 재학 중이다. 맥베스는 "우리와 같은 서민 출신이 사회 정의를 바로 세우고, 장차 플로렌스에게 청장 자리를 물려주자"고 제안한다. 갈등하던 뱅쿼가 맬컴을 납치해 가짜 유서에 서명을 하게 한다. 그러나 마음이 약한 뱅쿼는 맬컴을 차마 죽이지 못하고 협박만 하여 그를 빼돌린다.

맬컴도 자신과 가족이 위험하다는 사실을 알고 일단은 피신한다. 그가 유서를 남기고 사라지자, 서열 3위인 맥베스가 자연스럽게 청장 대행이 된다. 처음에 맥베스는 일일이 레이디의 코치를 받았으나, 곧바로 자리에 적응해 누구보다 과감한 모습을 보인다. 거기에는 마약의 힘도 컸다. 그는 기자회견 등을 앞두고는 늘 마약으로 마음을 가라앉혔다. 그는 점점 마약에 깊이 빠져들면서, 헤카테의 사슬에 더욱 깊이 묶이게 된다.

뱅쿼는 그에게 아버지와도 같은 존재다. 하지만 그는 맬컴을 죽이지도 못하고 자신의 비밀만 알게 된 뱅쿼마저 죽이기로 한다. 범죄조직에 살인을 청탁하며, 확실한 실행의 증표로 뱅쿼의 목을 베어 보내라고 한다. 맥베스의 초대로 저녁을 먹으러 오던 뱅쿼 부자는 범죄조직의 공격을 받는다. 뱅쿼는 죽어서 목이 잘렸고, 아들 플로렌스는 행방불명이 된다.

그러는 사이에 맥베스의 만행은 점점 더 도를 더해 간다. 아울러 그의 음모를 눈치채는 사람들도 늘어간다. 그는 무지한 충견인 시턴을 특공대장에 앉히고 기관총까지 구입한다. 그를 앞세워 자신의 음모에 방해가 되는 사람들을 제거한다. 심지어 오랜 친구 더프의 집을 공격해 그의 가족을 몰살시킨다. 더프는 구사일생으로 살아남지만, 지명수배자가 된다.

그는 헤카테를 죽이고 시장을 암살한 다음, 자신이 시장 선거에 나서려고 한다. 하지만 그는 헤카테의 적수가 되지 못한다. 그의 계획은 어처구니없이 빗나간다. 레이디마저 몽유병에 시달리다 죽고 만다. 한편 절망에 빠진 더프는 뱅쿼의 압수된 유품 쪽지에 적힌 주소지를 무작정 찾아간다. 거기서 뜻밖에도 맬컴과 플로렌스를 만난다. 그들은 함께 도시로 돌아와 맥베스의 음모를 폭로한다. 결국 맥베스는 파멸하고, 맬컴이 청장 자리에 앉는다.

이 소설은 권력이 일단 탈선하기 시작하면 자신의 흠을 덮기 위해 권력을 악용하는 일이 꼬리를 물고 일어나서, 머지않아 거악이 된다는 점을 경고한다. 물론 민주국가에서 권력에는 여러 견제 장치가 있다. 하지만 권력이란 그 속성상 "타인의 의사를 거슬러서도 나의 의사를 관철하는 힘"이다. 실제로 공직자는 크든 작든 권력을 합법적으로 위임받는다. 그래서 소설 속 맥베스처럼 본래는 충직했던 사람도 권력을 잡으면 탈선할 위험성이 있다.

실제로 공직자가 자신의 이익을 위해 권력을 악용하는 사례는 적지 않다. 더구나 권력 농단은 한 번으로 멈추지 않고 끝없이 확대되기 일쑤다. 그래서 공직자에게는 일반인보다 높은 도덕성이 요구된다. 특히 단체장이나 대통령은 능력만 있다고 아무나 맡아도 되는 영업관리직이 아니다. 능력은 주변의 도움으로 메울 수도 있지만, 도덕성은 오롯이 본인만의 몫이다.

49 금관의 예수

이동진

우리가 믿는
예수는
진짜
예수일까

어느 종교든 "내가 지금 믿고 있는 신은
진짜 신일까"라는 질문은 고통스럽다.
하지만 이런 질문을 잊으면
종교가 도그마로 변질되기 쉽다.

성탄절이 다가온다. 하지만 실제 예수의 탄생일은 불분명하다. 오늘날 성탄절은 후대의 사람들이 성탄의 의미와 기쁨을 되새기기로 약속한 날일 뿐이다. 이렇듯 예수는 거룩한 구세주임에도 불구하고 생일조차 알려지지 않을 만큼 비천한 신분으로 이 세상에 오셨다고 한다. 그래서 성탄절은 진짜 생일이 아니기 때문에 오히려 더욱 뜻깊은 명절이 된 것이다.

많은 학자들은 예수가 조금 작은 체구에, 피부는 약간 가무잡잡하지 않았을까 추정한다. 물론 예수의 정확한 모습은 알 수 없다. 그래도 오늘날 우리 머릿속에 그려져 있듯이 금발의 훤칠한 서구인의 풍모는 결코 아니었을 것이다. 하지만 종교적 관점에서 겉모습은 전혀 중요하지 않다. 문제는 속모습, 즉 본질이다. 과연 그때나 지금이나 예수의 본질이 동일할까. 좀 더 직설적으로 표현해 보면 이렇다. 과연 오늘날 우리가 믿는 예수는 진짜 예수일까.

일찍이 이런 심각한 질문에 과감하게 도전한 기념비적 희곡이 있다. 바로 이동진의 '금관의 예수'(1972)다. 이 작품은 기성 교회의 민낯을 풍자하며 신앙적 갱신을 촉구하는 내용을 담고 있다. 당시 시대 상황으로 인해 작품의 저항정신은 정치적으로도 파장을 일으켰다. 그래서인지 저항 시인 김지하의 작품으로 잘못 알려지기도 했다. 다만 김지하는 공연을 주선하면서 김민기에게 주제곡을 부탁했다고 한다.(그렇게 탄생한 것이 주제곡 '금관의 예수'다.)

올해 초연(初演) 50주년을 맞아, 이 희곡은 작가에 의해 단행본으로 새롭게 출간되었다. 분량도 단출하다. 작품성이 뛰어나다는 평가도 없다. 그러나 치열한 작가 정신만큼은 최고로 꼽힌다. 그것이 다른 모든 흠(?)을 덮고도 남을 정도다. 희곡은 3장으로 구성되어 있다. 제1장은 어느 신부의 응접실이다. 신부는 혼자 있을 때는 주간지를 뒤적이며 대중음악을 흥얼거린다. 그러다가 누가 노크를 하면, 재빨리 성경을 꺼내들고 고전음악을 듣는 척한다.

마침 수녀가 들어와서 어느 술집여인이 갑자기 고해성사를 청한다고 알린다. 신부는 정해진 시간에 오라고 타일러 돌려보내라고 말한다. 수녀가 난감해 하며 나갔다가 다시 돌아오자, 신부는 언짢아한다. 그러나 이번에는 수녀가 어느 사장집이 오늘 저녁 막내아들 생일잔치에 신부를 초대한다고 알린다. 그 사장은 교회에 많은 헌금을 하는 신도다. 정해진 시간에나 오라고 술집여자를 내친 신부는 사장집의 갑작스러운 초대에는 기꺼이 응한다.

제2장의 배경은 성당 입구 길거리다. 거지와 문둥이가 허기와 추위에 떨고 있다. 이때 신부가 사장집 생일잔치에 가면서 혼잣말로 중얼거린다. "내가 부자들하고만 친하게 지내는 게 아닐까. (중략) 아냐, 그래야 일이 되는 걸. 가난한 신자들만 가지고 교회 운영이 될 턱이 없지." 거지와 문둥이가 신부에게 구걸을 한다. 신부는 그들의 냄새를 역겨워하며 외면한다.

신부가 서둘러 떠나가자, 한때 신자였던 문둥이는 "예수는 예수, 예수쟁이는 예수쟁이"라고 한탄한다. 자신은 진짜 예수는 미워하지 않지만, 저런 예수쟁이들 때문에 교회에 가지 않는다고 투덜댄다. 수녀가 지나가지만, 그녀도 그들을 외면한다. 반면 호객하러 나온 포주와 창녀는 짜증을 내면서도 그들에게 지폐 한 장씩을 내민다.

성당 마당 청동 예수상 앞에서 벌어지는 제3장이 압권이다. 문둥이가 술에 취해 예수상에 대고 이런저런 주정을 부린다. 동상 받침대를 발로 차고 주먹으로 동상을 때린다. "야, 허수아비 예수! 한잔 할래? 쳇! 구리덩어리가 술은 무슨 술? (중략) 진짜 예수는 너처럼 구경만 하진 않아. 부자들에게만 귀여움을 받는 장난감이 아니란 말이다."

그러자 예수가 미소를 머금으며 응답한다. "당신 말이 맞소." 문둥이가 소스라치게 놀란다. 예수는 "이런 쓸데없는 장식품"에 갇혀서 답답해 죽을 지경이라면서, 자신에게서 "번쩍번쩍 금칠한 이 구리관(금관), 구리 지팡이, 구리 신발"을 벗겨다가 팔아, 배불리 먹으라고 말한다. 문둥이가 진짜 예수가 맞느냐고 묻는다. 예수는 "나를 사랑하느냐"고 되묻는다. "그… 그것은… 당신이 더 잘 알고 계십니다."(이것은 복음서에 나오는 예수와 베드로의 문답이다.)

순간, 문둥이의 병은 씻은 듯이 낫는다. 문둥이는 예수의 뜻에 따르겠다고 서약한다. 예수는 "나한텐 가시관이라야 어울리는데 부자들이 제멋대로 날 변장시켰다"고 한탄하며, 거듭해서 쓸데없는 장식품을 벗겨 달라고 부탁한다. 문둥이는 머뭇거리다가 그것들을 벗겨내고 예수의 맨몸에 자신의 누더기를 걸쳐 드린다. 그는 구리 덩어리들을 모아 가지고 나간다.

사장집 생일잔치에서 돌아오던 신부는 예수상의 청동 장식품들이 없어진 것을 보고 깜짝 놀란다. 수녀도 "세상에 이런 도둑이 다 있느냐"고 개탄한다. 이때 경찰이 금관을 든 문둥이를 끌고 들어온다. 문둥이는 "훔친 게 아니라, 예수님이 직접 주신 것"이라고 항변한다. 경찰이 문둥이를 발로 걸어찬다. 신부는 수고했다며 경찰에게 돈을 찔러준다.

그때 예수가 받침대에서 내려서며 신부와 수녀를 꾸짖는다. "당신들 같은 껍데기 신자들은 나의 수치요, 내 목에 걸린 멍에란 말이오." 그러자 신부가 항의하듯 대든다. "예수님! 이런 속세의 일은 당신이 참견할 게 못 됩니다." 예수가 청동상의 장식품은 자신이 문둥이에게 준 것이라고 하자, 신부는 다시 거칠게 항변한다. "누가 주라고 했습니까. 이 물건은 신자들 헌금으로 만든 것이고…. 예수님께서는 그저 가만히 계십시오."

예수는 "나에게 이따위 구리 껍데기나 씌우고 그 앞에서 기도하는 사람은 필요 없다. 내 양떼를 치러 가겠다"라고 말하며 성당 밖으로 걸어나간다. 신부, 수녀, 경찰은 혼란에 빠지고, 금관을 높이 받쳐든 문둥이가 예수 뒤를 경건하게 따른다. 등장인물들이 모두 앞으로 나오면서 김민기 작사·작곡의 '금관의 예수'를 합창하는 가운데 극은 막을 내리게 된다.

이와 유사한 에피소드가 도스토옙스키의 '카라마조프가의 형제들'에도 나온다. 종교재판이 혹독하던 중세의 어느 날, 홀연히 예수(라고 여겨지는 사람)가 나타나 사람들을 감동시킨다. 사람들은 그가 틀림없이 '그분'이라고 믿는다. 급기야 대심문관(大審問官)은 이 질서문란자(?)를 체포하여 거칠게 다그친다. "네가 정말로 그 자인 것이냐? (중략) 너는 네가 이전에 이미 말한 것에 아무것도 덧붙일 권리가 없어. 도대체 뭣 하러 우리를 방해하러 온 거냐?"

이처럼 불의한 자들은 예수의 활동하심을 거북하게 생각한다. 그래서 그에게 무거운 금관을 씌우고 화려한 옷을 입혀 그 안에 그를 가둔다. 예수가 조금이라도 움직일까봐 노심초사한다. 그들이 자신들의 입맛대로 덧씌운 껍데기를 떠받들며 사람들 위에 군림하는 가운데, 정작 예수는 그 속에 갇혀 깊은 신음을 토하고 있다는 것이 이 희곡의 문제 의식이다.

어느 종교든 "내가 지금 믿고 있는 신은 진짜 신일까"라는 질문은 고통스럽다. 하지만 이런 질문을 잊으면 종교가 도그마로 변질되기 쉽다. 들리는 소문에 의하면, 최근에는 아예 성탄절 예배를 보지 않고 신자들에게 각자 계획에 따라 교회 밖에서 선행을 행하라고 권면하는 교회가 하나둘 늘고 있다고 한다. 이것도 신의 진짜 뜻이 무엇인지를 되새겨보려는 조그마한 몸부림이라고 볼 수 있다. 이런 간절한 시도는 다다익선이다.

50 성

Das Schloss

프란츠 카프카

Franz Kafka

Das Schloss

LUNATA

나는
성 안에 사나,
성 밖에 사나

소설에서 성은 가부장적 권위나
절대적 권력을 표상한다. 개인을 억압하는
거대한 사회제도 일반이라고
넓게 해석해 볼 만하다. 오늘날 우리 사회가
10 대 90 또는 20 대 80으로
갈라졌다는 주장이 심심치 않게 나온다.
그만큼 성이 "너무 높다"는 것이다.

고령화 시대를 맞아 법정 정년을 늘려야 한다는 말은 그럴 듯하다. 그러나 현재 정년을 채우는 사람들은 8.5%에 불과하다. 달랑 정년만 늘린다면 혜택은 단지 그들 몫이다. 다른 정책의 혜택도 마찬가지다. 그래서 그들과 나머지 사람들 사이에는 커다란 성벽이 존재한다는 목소리가 적지 않다. 성벽이 높으면 그림자 또한 짙게 마련이다.

이미 100년 전에 극단적 성벽으로 갈라진 사회 속에서 인간이 겪는 좌절과 소외를 실감나게 묘사한 소설이 등장했다. 바로 프란츠 카프카의 '성'(Das Schloβ · 1922년 집필, 1926년 출판)이다. 이 소설은 성으로 들어가려는 주인공의 일주일간의 안쓰러운 시도를 묘사하다가, 작가의 발병과 사망으로 결말 없이 중단된 미완성 유작이다. 하지만 그 이후의 이야기는 별로 궁금하지 않다. 아마 그의 시도는 되풀이될 것이고, 번번이 실패로 끝나고 말 것이다.

주인공 K가 늦은 밤 어느 궁벽진 마을에 도착한다. 그는 토지측량사로 초빙받아 성으로 가는 길이다. 그곳은 마침 성에 딸린 마을이다. 이튿날 면식도 없는 조수 두 명이 찾아온다. 또한 성과 마을 사이의 사자(使者)라는 청년(바르나바스)이 성의 고관인 클람의 편지를 가져온다. 거기에는 K의 초빙을 확인해 주며, K의 직속 상관이 마을 촌장이라고 쓰여 있다. 성으로 들어가 중요한 일을 하는 줄 알았던 K는 낙담하고 만다.

성으로 들어가 담판을 보고 싶은 K는 귀환하는 바르나바스를 뒤쫓는다. 하지만 그는 마을 한편의 오막살이에 살고 있다. 병약한 부모와 누나(올가), 여동생(아말리아)이 가족이다. K는 그가 아주 미천한 지위임을 알고 실망한다. 올가는 성에서 관리들이 나오면 묵는 여관의 주점에서 일한다. 숙소를 새로 찾아보겠다며 K는 여관으로 향하는 올가를 따라나선다.

여관 주인은 K에게 오늘 클람이 묵고 있다고 알려준다. 바로 K에게 편지를 보낸 고관이다. 또한 주점에서 만난 프리다라는 여성이 클람의 애인이라는 사실도 안다. 그것은 그녀에게 엄청난 권력이다. 또한 K에게도 커다란 매력이다. K와 프리다는 수작을 벌이다가, 곧바로 연인 관계를 맺는다. 이를 알차챈 여관 주인은 K가 그녀의 행복을 앗아갔다고 한탄한다.

K가 촌장을 찾아가자, 그는 마을에서 토지 측량은 필요없다고 말한다. 예전에 그런 보고서를 성으로 보낸 적이 있다. 그런데 그것이 다른 부서로 잘못 전달되어 오해와 혼선을 빚다가, 어떤 착오를 일으켜 K를 초빙하게 된 것 같다는 것이다. 물론 성에서 일어난 일은 그도 모른다. 다만 초빙된 것은 엄연한 사실이니까, 자신이 생계를 마련해 보겠다고 생색을 낸다.

여관 주인은 K에게 그녀도 한때 클람의 애인이었다고 고백한다. 그녀는 지금도 클람이 준 숄과 모자를 소중히 간직하고 있다. 그때를 회상하며 자랑스러워한다. 이 마을의 어떤 여성이라도 성의 고관의 애인이라는 사실은 권력이요, 자랑이다. 그녀는 클람이 더 이상 부르지 않아 관계가 끝났다. 반면 프리다는 K와 바람이 나서 스스로 클람를 떠난 것이다.

마을 학교의 선생이 "촌장의 위임을 받아" K를 찾아왔다. 촌장이 학교의 급사 자리를 알선한 것이다. 선생은 급사가 필요없지만 촌장의 지시를 따를 뿐이라고 투덜댄다. 학교라야 교실 하나, 체육실 하나가 전부다. 당장 대책이 없는 K는 프리다를 데리고 체육실 한편에서 살림을 꾸린다. 조수 두 명도 쫓아와 귀찮게 군다. K는 선생 두 명으로부터 구박을 받는다.

그때 바르나바스가 클람의 두 번째 편지를 가져온다. 거기에는 엉뚱한 내용이 쓰여 있다. "귀하의 측량 작업에 만족한다. 조수들의 근무 태도도 칭찬한다." 바르나바스 역시 아무것도 모른다. K는 어떻게든 클람을 만나 담판을 보려고 한다. 클람이 여관에 온 것을 알고 잠복을 하지만 실패한다. 자신에게 호의적인 어린 학생을 이용해 볼까 하는 생각도 서슴지 않는다.

프리다는 여기를 떠나 멀리 다른 곳으로 가서 살자고 한다. 그러나 K의 머릿속은 온통 클람뿐이다. K는 답답한 마음에 바르나바스의 집에 간다. 누나 올가를 만나, 그 집의 내력을 듣는다. 여동생 아말리아가 예전에 성의 어떤 고관의 소환장을 받았다. 그것은 애인이 되어 달라는 뜻이다. 그런데 동생은 소환장을 가지고 온 사자에게 그것을 갈기갈기 찢어던졌다.

그 일이 알려지자, 아버지는 소방대 조합에서 쫓겨나고 생업이던 구둣가게도 망한다. 그의 집은 마을에서 따돌림을 당하고 곤궁에 빠진다. 성에서 어떤 지시를 내렸는지는 불분명하다. 다만 고관의 뜻을 거역하고 사자를 모욕한 것은 이 마을에서 용서받을 수 없는 일이다. 반면 여관 주인이나 프리다처럼 소환에 응하면 고관의 애인이 되는 권력을 얻게 된다.

올가는 주점에 나가 성으로부터 오는 사람들을 접대하며, 심지어 잠자리까지 함께하며 집안의 생계를 꾸린다. 그러면서 바르나바스에게 어렵사리 사자 자리를 얻어 주었다. 물론 무급직이다. 다만 그것을 발판으로 집안의 명예를 회복해 볼 심산이다. 그러나 바르나바스가 지난 몇 년 동안 성으로부터 마을로 가져온 것은 클람이 K에게 보낸 편지 두 통이 전부다.

K가 어떻게든 성으로 들어가 클람을 만날 궁리만 하자, 여기를 벗어나기를 원했던 프리다는 실망한다. K의 사랑은 클람 때문이라고 의심한다. K는 귀찮게 굴기만 하는 조수들을 내친다. 한 여급이 프리다의 후임으로 정해졌으나, 클람이 여관에 묵는 이틀 동안 대면을 해주지 않았다. 프리다는 K와 결별하고 여관으로 돌아가 클람의 애인 자리(?)에 복귀한다.

이 와중에 K에 의해 해고된 조수들이 성에서 보낸 사람들임이 밝혀진다. 특히 그중 한 명은 프리다의 소꿉친구다. 그와 프리다가 여관 쪽방에서 살림을 차린다. 그런 결합이 프리다가 클람의 애인이 되는 것과는 상관이 없다. 클람과의 관계는 공적인 사랑이고, 연인이나 남편과의 관계는 사적인 사랑인 것이다.

마침내(?) K는 클람의 수석 비서 중 한 명인 에르랑게의 호출을 받는다. 마치 큰 기회가 올 것만 같다. 그러나 에르랑게는 K의 사정에는 관심이 없다. 다만 클람에게 어떠한 변화도 주어서는 안 된다며, "클람의 맥주 심부름을 하는 프리다와 관계를 끊으라"고 명한다. 전날 이미 그렇게 정리된 일이다. 이처럼 성 안으로 들어가려는 K의 시도는 번번이 무산되는 가운데 소설은 미완성으로 끝난다. 아마 그 후로도 비슷한 일들이 계속 반복될 것이다.

K는 고향도 없고 가족도 없다. 어떻게 살아 왔는지도 없다. 한마디로 돌아갈 곳이 없다. 다만 앞으로 나아갈 수밖에 없는 곤궁한 처지다. 그런데 알 수 없는 이유로 그를 초빙한 성에는 들어갈 수 없다. 불과 며칠 만에 측량사라는 정체성을 잃고 궁벽진 마을의 학교 급사가 된다. 그렇다고 마을의 일원이 된 것도 아니다. 그가 바로 현대인의 전형적 모습인 것이다.

소설에서 성은 가부장적 권위나 절대적 권력을 표상한다. 개인을 억압하는 거대한 사회제도 일반이라고 넓게 해석해 볼 만하다. 동서고금을 막론하고 성이 없는 사회는 없다. 관건은 그 정도다. 그런데 오늘날 우리 사회가 10 대 90 또는 20 대 80으로 갈라졌다는 주장이 심심치 않게 나온다. 그만큼 성이 "너무 높다"는 것이다.

51 육식의 종말

Beyond Beef

제러미 리프킨

쇠고기는 식품이자, 동시에 문화다

지난 150년 동안 지구상에는
인위적인 단백질 사다리가 구축되었다.
그 최상층에는 곡물사료로 생산된
쇠고기가 자리 잡았다. 오늘날 쇠고기는 단순히
음식이 아니다. 그것은 '최고'를 의미하는 문화적
기호가 되었다.

휴가철이다. 누구나 한 번쯤은 가족과 함께 시원한 야외에 나가서 지글거리며 고기를 구워 먹는 로망을 떠올려본다. 상상만 해도 즐겁다. 비단 우리만이 아니다. 오늘날 지구촌의 모든 사람들은 예외 없이 누구나 기름진 육식을 간절히 선망한다.

이때 고기는 단순히 맛있는 에너지원이 아니다. 거기에는 그 이상의 미묘한 문화적 상징이 담겨 있다. 바로 이런 문제의식을 가지고 육식문화의 역사와 본질을 날카롭게 해부한 것이 제러미 리프킨(73)의 '육식의 종말'(Beyond Beef·1992)이다. 이 책은 한마디로 쇠고기에 대한 모든 것이다. 서양에서 쇠고기는 고기와 거의 동의어다.

리프킨은 수천 년에 걸쳐 인류와 소 사이에 공고하게 다져진 특별한 관계를 추적한다. 아울러 그 과정에서 형성된 육식문화의 어두운 이면을 고발한다. 결론적으로 그 어둠을 걷어내려면 육식을 끊는 수밖에 없다고 주장한다. 이에 비추어 우리말 제목 '육식의 종말'은 다소 미진한 느낌을 준다. 리프킨은 단순한 종말이 아니라, 적극적인 극복을 역설하고 있다. 실제로 그는 환경단체들과 더불어 '쇠고기 소비 50% 절감 캠페인'을 주도하기도 했다.

고대에는 소가 숭배의 대상이었다. 그리하여 인류 초창기의 의식(儀式)의 많은 부분은 소와 직접적으로 관련되어 있었다. 고대 인류는 소를 신성한 제물로 바치고 그것을 나눠 먹었다. 이로써 그들은 소의 신성과 일체가 되며, 동시에 '귀한' 고기로 허기를 채웠다. 이처럼 인간에게 소는 신성하면서도 세속적이고, 정신적이면서도 실용적인 존재였다.

시간이 흐름에 따라 소의 신성한 가치보다 실용적 가치가 점점 우세해졌다. 이런 과정을 거치며 차츰 유럽에 육식문화가 정착되었다. 그들은 부패한 고기의 역겨운 냄새를 없애기 위해 동양의 향신료가 절실했다. 육류소비가 폭발적으로 늘어난 15세기에 대탐험이 이루어진 것은 결코 우연이 아니다. 이런 흐름의 대표주자가 바로 콜럼버스였다.

잘 알려진 대로 그는 향신료 항로 개척에는 실패했다. 하지만 그의 실패는 더 큰 결과를 가져왔다. 그는 한마디로 무한히 광활한 목초지를 발견한 것이다. 그 이후 몇백 년 동안 스페인의 정복자와 사제들은 신대륙에서 소 사육을 통해 엄청난 부를 거머쥐었다. 그들은 중앙아메리카에서 시작하여 남북아메리카로 목축 영역을 게걸스럽게 넓혀갔다.

한편, 영국인들은 유럽에서도 가장 육식을 탐닉한 민족이다. 귀족들은 매일 화려한 쇠고기 만찬을 즐겼다. 그 소비가 너무 엄청나서 칙령으로 요릿수를 제한하기까지 했다. 무엇보다 영국인들은 쇠고기가 '활력'을 준다고 믿었다. 그리하여 웬만한 영국인이라면 고기 없는 식사는 상상할 수 없었다. 18세기에 수병(水兵) 1인당 1년에 거의 100kg에 가까운 쇠고기가 제공되기도 했다. 영국이야말로 세계 최초로 '쇠고기 상징 국가'가 되었다.

그들은 스코틀랜드와 아일랜드의 초지에서 쇠고기를 충당했다. 하지만 갈수록 늘어가는 수요를 채우기에는 역부족이었다. 마침 청교도들이 본격적으로 북아메리카대륙에 진출하여 서부개척을 개시했다. 그것은 또한 소 사육의 확대과정이기도 했다. 여기에 영국 자본이 가세하여 인디언과 버 팔로를 절멸시키며 광대한 미국 서부를 소 사육장으로 탈바꿈시켰다.

해외자본과 더불어 철도 부설, 냉동기술 등이 한데 어우러져 소 산업 은 순식간에 최신의 거대산업이 되었다. 처음에는 소몰이꾼들이 소를 동 부 대도시 인근의 도축장까지 몰고 갔다. 그러나 이제는 서부 목축지 근 방에 대규모 정육시설을 갖추고 부위별로 손질된 신선한 쇠고기를 동부 대도시뿐만 아니라, 영국이나 유럽대륙에까지 직접 보내게 되었다.

영국인들은 기름이 적당히 끼어 '지글거리는' 고기를 선호했다. 그것 은 곧 높은 지위를 상징했다. 영국 출신의 식민지 사람들도 마찬가지였 다. 이때 업자들이 주목한 것은 남아도는 옥수수였다. 곡물을 먹인 소는 근육에 부드러운 지방을 축적한다. 그리하여 1900년 이후로는 곡물사육 이 일반화되었다. 급기야 곡물을 두고 인간과 소가 다투는 시대가 도래한 것이다.

운송수단, 냉동기술, 해체기술 등은 날로 개량되었다. 이를 기반으로 축산단지가 거대화되어 생산, 도축, 포장, 운송 등이 대량 일관 작업으로 이뤄졌다. 특히 작업 효율화를 위해 고안된 컨베이어벨트 시스템은 분업, 연속생산, 대량생산 등 근대 제조업의 토대가 되었다. 포드 시스템도 여기 에 그 뿌리를 두고 있다.

소 산업은 남북 및 중앙아메리카뿐만 아니라 호주, 뉴질랜드, 아프리 카로 확산되었다. 그리하여 오늘날 지구상의 소는 14억마리나 되었다. 전 세계 토지의 4분의 1이 소를 사육하기 위해 사용된다. 소를 비롯한 가축이 미국에서 생산되는 곡물의 70%, 전 세계 곡물의 3분의 1을 먹어치운다. 수많은 사람들이 고기 섭취로 인해 혈관질환, 암, 당뇨병 등을 앓는다. 반면 또 다른 수많은 사람들은 먹을 곡물도 부족해 극심한 기아에 시달리고 있다.

과거에는 쇠고기 섭취가 귀족의 상징이자 선망의 대상이었다. 하지만 이제는 누구나 '귀족'이 될 수 있는 길이 열렸다. 이런 열망을 반영하여 지난 150년 동안 지구상에는 인위적인 단백질 사다리가 구축되었다. 그 최상층에는 곡물사료로 생산된 쇠고기가 자리 잡았다. 오늘날 쇠고기는 단순히 음식이 아니다. 그것은 '최고'를 의미하는 문화적 기호가 되었다.

하지만 소 사육은 자연파괴와 환경오염을 야기한다. 소는 뿔이 잘리고 거세를 당한다. 호르몬제와 항생제가 남용된다. 쇠고기는 더 이상 자연식품이 아니라, 공산품이나 다름없다. 또한 소의 사료 단백질 전환율은 고작 6%에 불과하다. 가축 중에서도 가장 낮다. 그만큼 고기를 얻기 위해 엄청난 곡물이 소비된다. 더구나 첨단화된 도축산업은 생명에 대한 인간의 감각을 무디게 만든다. 이처럼 육식문화는 현대의 온갖 병폐를 고스란히 담고 있다.

그럼에도 육식문화는 여전히 확산일로에 있다. 미국의 분주한 생활양식에 맞춰 탄생한 햄버거는 미국뿐만 아니라 전 세계로 퍼져나갔다. 아직도 많은 사람들이 육식에 굶주려 있다. 그들은 인위적인 단백질 사다리의 최상층, 즉 기름진 쇠고기를 열망하고 있다. 그러나 이러한 열망은 결코 충족되기 어렵다. 그것은 환경파괴를 비롯해 지구를 파국으로 몰고 갈 뿐이다.

처음에 인간은 소를 신성(神性)으로 대하다가 차츰 조작가능한 자원으로 탈바꿈시켰다. 그 결과로 탄생한 오늘날의 육식문화는 더 이상 지속가능하지 않다. 따라서 우리는 새로운 선택을 해야 한다. 그것은 쇠고기를 먹지 않는 것이다. 만약 우리가 식품 사슬에서 보다 아래쪽에 위치한 음식을 먹는다면 오늘날 인류가 직면한 병폐와 모순은 대부분 해결될 수 있다.

우리(한국인)는 얼마 전만 해도 육식을 상상하지도 못하다가 이제는 일상적으로 즐기고 있다. 그중에서도 곡물을 먹여 기름이 적당히 낀 부드러운 쇠고기를 으뜸으로 친다. 그리하여 그것을 섭취함으로써 '최고'가 된다는 문화를 자연스럽게 내면화했다. 어느덧 우리도 서양식 육식문화의 포로가 되고 말았다. 포로라면 당연히 탈출하는 방법을 고민해야 한다.

52 과식의 종말

The End of Overeating

데이비드 케슬러

왜 우리는
배가
불러도
먹을까

어떤 음식을 먹을 때 기분이 좋아지는
경험을 반복하면 그 인지 기억이 점점 명확하고
지배적인 기억이 된다. 이렇게 해서
갈망, 만족감, 그리고 더 큰 갈망의 사이클이
만들어진다. 이것이 조건반사 과잉섭취가
자체적인 동력을 갖게 되는 과정이다.

여기도 '먹방', 저기도 '먹방'이다. 먹방은 우리 발음 그대로 'mukbang'으로 영어 신조어 사전에도 올랐다. 이것은 먹방이 그만큼 우리나라에 고유한 현상이라는 뜻이다. 먹방은 단순한 오락으로 그치지 않고 우리의 일상생활 특히 식생활에 상당한 영향을 미친다. 심지어 점심 번호표를 받기 위해 깜깜한 새벽부터 대박집으로 달려가는 사람들도 적지 않다.

이처럼 먹방의 가장 직접적인 영향은 탐식(貪食)일 것이다. 탐식은 대체로 과식과 비만으로 이어질 가능성이 높다. 실제로 다소 '통통한' 연예인들이 먹방에서 맹활약 중이다. 사회적으로도 최근에 비만이 부쩍 늘고 있다. 동서양을 막론하고 지금까지 과식이나 비만은 주로 '의지'의 문제로 논의되었다. 하지만 그동안 의지만을 문제 삼는 방법으로는 사정이 조금도 개선되지 않았다.

따라서 이제는 전혀 '새로운' 대응방법을 모색해야 한다는 주장을 펼치는 흥미진진한 책이 있다. 바로 데이비드 케슬러 박사의 '과식의 종말'(The End of Overeating · 2009)이다. 저자는 미국 FDA 국장을 지낸 의료 전문가다. 그는 과식과 비만을 한마디로 '조건반사 과잉섭취'라는 '생물학적' 증상으로 진단한다. 처방도 당연히 그런 진단에 근거해 제시된다.

"많은 사람들이 치료가 필요한 정도의 섭식장애 증상을 가지고 있지는 않지만 늘 음식 생각을 하면서 산다. 그리고 일단 먹기 시작하면 멈추지를 못한다. 포만감을 느끼고 한참이 지나서도 여전히 먹는다.… 그리고는 후회를 한다." 그들에게 도대체 무슨 일이 일어나고 있는지, 그들이 어떻게 음식 섭취를 조절할 수 있는지를 알려주려는 것이 이 책의 목적이다.

오랫동안 사람들의 몸무게는 별로 변하지 않았다. 그러다가 미국에서는 1980년대부터 비만인구가 폭발적으로 증가했다. 평균 몸무게도 늘었지만 특히 비만이 더욱 비만화하는 경향이 두드러졌다. 무엇보다 1970~1980년대에 이르러 식품산업이 발전하고 외식이 일반화되었다. 그리하여 언제 어디서나 '맛있는' 음식을 먹을 수 있는 조건이 갖추어졌다.

이런 '새로운' 환경에 대해 아주 심각한 시사점을 던져주는 실험이 하나 있다. 한쪽의 쥐들은 맘껏 먹게 하고, 다른 쪽의 쥐들은 먹이를 제한했다. 그리고 두 그룹에 평범한 '보통' 먹이를 제공했다. 당연히 배고픈 쥐들이 배부른 쥐들보다 더 빨리 먹이를 향해 달려갔다. 다음에는 설탕과 지방이 듬뿍 들어 있고 초콜릿향이 가미된 고소한 '특별' 먹이를 제공했다. 그러자 배고프든 배부르든 관계없이 모든 쥐들이 똑같은 속도로 먹이를 향해 달려갔다.

자연상태에서 동물은 일정량을 먹고 나면 일반적으로 만족하고 더는 먹지 않는다. 사람도 마찬가지였다. 그래서 한때 배고프지 않은 상황에서는 음식이 효과적인 보상 역할을 하지 못한다고 여겨졌다. 하지만 위의 실험을 통해 그런 생각이 '낡은' 것임을 알 수 있다. 그 실험은 강렬한 인공적 맛이 본래의 보상체계를 교란시킨다는 점을 시사한다.

이미 우리는 있는 그대로의 '자연적' 맛을 잃어버렸다. 그 대신에 설탕, 소금, 지방을 다양한 방식으로 혼합한 자극적인 맛에 길들여져 있다. 이런 인공적인 감칠맛에 입각하여 새롭게 구축된 보상체계는 허기나 포만과는 관계없이 오로지 보상 자극 자체만을 위해 작동한다. 한마디로 인공적 맛이 우리 뇌의 회로를 바꾼 것이다.

이렇게 된 데에는 무엇보다 식품업계와 외식업계의 영향이 크다. 그들은 설탕, 소금, 지방을 적절히 혼합하여 되도록 자극적 맛과 색다른 식감을 만들어 내려고 한다. 또한 재료는 잘게 부수고 부드럽게 가공하여 먹기도 쉽고 포만감도 덜 느끼게 만든다. 무엇이든 1인분은 대체로 한 끼 칼로리를 훨씬 초과한다. 또한 첨단 광고기법을 활용해 음식에 화려한 감각적 가치와 단서를 부여한다. 음식은 도처에 있고 언제 어디서나 먹는 것이 용인된다.

이런 환경에서 먹는 행동으로부터 자유로운 사람은 거의 없다. 실제로 오늘날 우리는 배가 고파서가 아니라 어떤 단서에 노출되면 반사적으로 음식을 찾는다. 더구나 발달된 식품산업 덕분에 우리는 손쉽게 음식을 구해 곧바로 섭취할 수 있다. 어느 틈엔가 우리 몸 안에 '자극-반응-습관'이라는 통제불능의 사이클이 만들어지고 만다.

이런 현상은 파블로프의 '조건반사' 이론으로 설명될 수 있다. 그의 실험에 따르면, 종소리를 들으며 음식을 먹는 데 익숙해진 개는 나중에 종소리만 들어도 침을 흘린다. 실험실의 개는 침만 흘리지만 우리는 침이 고이면 곧바로 음식을 구해 욕망을 풀 수 있다. 저자는 이로 인한 오늘날의 과식 현상을 '조건반사 과잉섭취'라는 생물학적 증상으로 진단한다.

어떤 음식을 먹을 때 기분이 좋아지는 경험을 반복하면 그 인지 기억이 점점 명확하고 지배적인 기억이 된다. 이렇게 해서 갈망, 만족감, 그리고 더 큰 갈망의 사이클이 만들어진다. 이것이 조건반사 과잉섭취가 자체적인 동력을 갖게 되는 과정이다. 이때 뭔가를 먹으면 안 된다고 생각할수록 결국에는 그것을 더 먹게 된다. 욕망은 억누를수록 더욱 강렬해진다. 우리는 과식이 '의지'로 해결되기 어렵다는 점을 경험적으로 잘 안다.

과식이 '조건반사 과잉섭취'라는 생물학적 증상이라면 해법도 그에 근거해야 한다. 음식에 관한 다양한 단서들은 한마디로 '뇌에 보내는 초대장'이다. 그 초대에 응하는 행동이 반복되어 습관이 형성된다. 따라서 치료의 토대는 "단서가 뇌에 보내는 초대를 거절하는 능력을 키우는 것"이다. 이런 노력을 통해 차츰 조건반사의 사이클을 끊어나가야 한다.

가장 좋은 방법은 '규칙'을 세우는 것이다. 규칙이란 유혹적인 자극이나 단서를 만날 경우에 대비하여 '미리 정해 놓는' 대응행동이다. 예를 들어, 자주 들르던 가게를 우회하는 따위다. 이런 규칙은 우리로 하여금 평소 하던 행동을 하지 말아야 하는 이유를 자꾸 숙고하게 만든다. 우리가 조건반사에 갇혀 있을 때에는 뇌의 극히 일부만 쓴다. 하지만 규칙을 세워 실천하면 저절로 뇌의 좀 더 많은 부분, 좀 더 의지적인 부분을 활용하게 된다.

'과식의 종말'은 우리가 오늘날 얼마나 과식을 하기 쉬운 조건 속에 살고 있는지를 새삼 일깨워준다. 실제로 비만이 아닌 사람들조차 상당수가 '조건반사 과잉섭취'에 시달리고 있다. 이제 과식의 문제는 단순히 개인의 문제로만 맡겨두기 어려울 정도다. 따라서 국가, 사회, 식품업계가 나서서 사회적인 기구와 대책을 만들어야 한다. 무엇보다 식품 마케팅이 좀 더 엄격한 감시와 비판 아래 놓여야 한다는 것이 저자의 주장이다.

최근에 우리나라도 먹는 산업이 폭발적으로 성장하고 있다. 더구나 우리는 달고 짜고 고소한 맛 이외에 매운맛까지 가지고 있다. 현란한 식품 광고도 모자라 '먹방' 광풍까지 무차별적으로 몰아치고 있다. 요식업자, 요리사, '통통한' 연예인이 이 시대의 최고 엔터테이너다. 거기에 배달 서비스는 세계 최고 수준이다. 오늘날 우리는 언제 어디서나 음식을 생각하며 산다. 아마 우리만큼 '과식의 조건'을 완벽하게 구비한 사회도 없을 것이다.

1980년대 미국에서 비만이 폭발적으로 증가한 것이 결코 강 건너 불이 아니다. 그것이 머지않아 우리의 현실이 될지도 모른다. 개인의 현명한 대처는 물론 사회적 대비도 절실하다.

53 아버지란 무엇인가

The Father: Historical, Psychological and Cultural Perspectives

루이지 조야

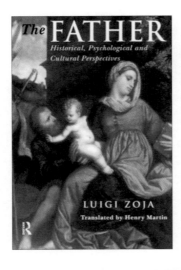

왜
문제 엄마보다
문제 아빠가
더 많을까

청소년들은 강한 또래에게 이끌려
범죄에 휘말린다. 또한 '대부'를 비롯해
수많은 깡패 영화들이 열광적으로 소비된다.
거기에는 한결같이 부성의 패러독스를
강렬하게 자극하는 서사가 장치되어 있다.

가정의 달이다. 가정은 부모와 자식으로 이루어진다. 이 중에 가장 문제적인 존재가 아버지다. 과연 이상적인 아버지는 어떤 모습일까. 우리는 은연중에 영화 '대부'의 주인공을 떠올린다. 그는 가족이나 조직원에 대해서는 한없이 자애롭고 공정하다. 반면 외부인이나 적대자에게는 가차 없이 냉혹하고 무자비하다. 이것이야말로 온갖 깡패 영화의 전형적인 스토리다.

우리는 왜 이런 깡패 영화를 끊임없이 소비할까. 왜 이런 깡패 아빠를 은근히 갈망할까. 이 심각하고도 흥미로운 질문에 명쾌한 답을 내놓는 명저가 있다. 바로 이탈리아 정신분석학자 루이지 조야의 '아버지란 무엇인가'(The Father: Historical, Psychological and Cultural Perspectives·2001)이다. 이 책은 부제가 말해주듯이 인류사적·심리적·문화적 측면에서 아버지 또는 부성(父性)의 탄생과 변화를 거시적으로 추적해본다.

무엇보다 저자는 아버지에 대한 자식의 양면적 감정에 주목한다. "나와 함께 있을 때는 친절하고 공평하고 또 정의로워야 해. 그리고 나를 사랑해야 해. 하지만 다른 사람들하고 있을 때에는 제일 강한 사람이어야 해. 폭력이나 나쁜 방식을 사용해서라도." 이것이 이 책의 핵심 개념인 '부성의 패러독스'다. 여기에 부성의 탄생 비밀도 담겨 있다.

거의 모든 포유류는 암컷의 발정기 동안 경쟁에서 승리한 극히 일부의 수컷만 교미의 특권을 누린다. 대부분의 수컷은 자신의 넘쳐흐르는 정액처럼 쓸모없는 존재로 생을 마감한다. 한편 교미에 성공한 수컷도 교미이후에는 아무 관심이 없다. 따라서 자식에 대한 개념조차 없으며, 아비라는 인식 자체가 존재하지도 않는다. 임신과 출산과 양육은 오로지 어미의 몫이다.

그런데 구석기시대 언젠가 인류에게 대사건이 벌어졌다. 인류는 경쟁보다 협력의 중요성을 깨닫고 일부일처제를 확립하기 시작했다. 이를 통해 자연선택의 법칙은 최초로 문명적 규칙에 역전당했다. 남성은 더 이상생식을 위해 경쟁하지 않아도 되었다. 이에 맞춰 여성의 발정기도 사라졌다. 마침내 남녀가 언제나 평화롭게 성적 결합을 향유하게 되었다.

이런 변화는 단순한 성적 결합을 넘어 자연스럽게 정신적 유대감을 발전시켰다. 그리하여 남성은 성적 관계 이후에도 여성과 함께하며 자식을 책임지는 존재로 변모했다. 마침내 '아버지'가 탄생한 것이다. 이제는 멀리 나가 사냥을 한 다음 사냥감을 가지고 집으로 돌아오기 시작했다. 이로부터 귀가나 귀향은 남성의 내면에 강렬한 원초적 감정으로 자리 잡았다.

이처럼 부성은 자연적 본능이 아니라 문명적인 산물이다. 하지만 원초적 남성성이 완전히 소멸되기는 어렵다. '남성들의 영혼 저 깊은 곳에는' 본능적 충동과 문화적으로 훈련된 의지가 여전히 격렬하게 충돌하고 있다. 이처럼 부성 또는 아버지는 내면적으로 갈등적인 존재다. 바로 그것이 '부성의 패러독스'의 내재적 근거가 되고 있다.

언제부터 일부일처제와 부권사회가 확립되었는지는 불분명하다. 하지만 신화를 통해 보면 그리스 시대는 이미 확고한 부권사회였다. 그리스 신화에는 남신과 여신이 함께 등장한다. 하지만 여신들도 겉만 여성이지, 실제로는 모두 강인한 남성성을 가지고 있다. 이미 여성이나 어머니는 서사(敍事)에서 제외되고 있다.

'일리아스'와 '오디세이아'는 이런 남성 중심의 서사를 더욱 강화한다. '일리아스'에서 아킬레우스는 오로지 자신의 명예만을 위해 싸우는 영웅이다. 그는 아내도 자식도 없다. 반면 또 다른 영웅 헥토르는 가장이다. 그는 자신의 명예뿐만 아니라 가정과 국가의 보전을 위해 싸운다. 이런 문명적 아버지가 원시적 남성인 아킬레우스에 의해 무참히 패배하고 만다.

오디세우스는 진일보한 아버지상이다. 그는 충동적인 남성성을 가지고 있으나 동시에 자제력을 발휘하여 일을 도모할 줄 안다. 결국 그는 외부의 적들을 완벽하게 물리치고 가족과 가정을 무사히 탈환한다. 한마디로 그는 원시성과 문명성을 겸비한 영웅이다. 그리하여 부성의 패러독스를 완벽하게 충족시킨다. 이것이 그가 아버지의 전형으로 여겨지는 이유다.

이런 서사는 그 이후 문학작품은 물론 철학에까지 깊은 영향을 미쳤다. 특히 아리스토텔레스는 종자가 아버지에게 있다고 주장했다. 그런 생각이 1000년 이상 이어졌다. 한편 로마 건국 서사시인 '아이네이스'의 주인공은 국가의 존속과 계승을 위해 충동을 철저히 억제하고 고도의 책임감을 발휘한다. 로마 시대에는 그리스 시대보다 한층 더 엄격한 부성이 확립되었다.

중세사회는 기독교가 지배한 사회였다. 무엇보다 기독교는 하늘의 아버지를 절대시하고 피붙이 형제애보다 신앙의 형제애를 중시한다. 이리하여 중세의 부성은 로마의 엄격한 부성보다는 약화되었다. 그럼에도 부권은 여전히 확고했다. 바로 신분제 때문이었다. 아버지의 삶과 직업은 고스란히 자식에게 계승되었다. 거기서 아버지는 당연히 스승이자 모델이었다.

근대로 진입하면서 아버지의 위상은 결정적으로 흔들렸다. 르네상스를 거치며 인간의 자유와 평등이 고무되었다. 무엇보다 계몽사상과 정치 혁명의 여파로 일체의 권위가 부정당했다. 부권도 역사상 최초로 '부정적' 평가를 받기 시작했다. 또한 산업혁명으로 말미암아 아버지는 일터로 나가야 했다. 아버지는 자식의 시야에서 사라졌고 교육은 국가가 맡았다.

오늘날의 현상은 우리가 익히 알고 있는 바다. 아버지는 가정의 중심적 지위를 상실했고 자식들에게 모델이 되기도 어렵다. 오직 돈을 벌어다가 가족을 부양하는 존재일 뿐이다. 이런 부권의 몰락을 통해 억압적인 가부장제가 철폐된다고 환영할 수도 있다. 그러나 부성이 문명의 확립에 결정적으로 기여한 순기능도 결코 무시하기 어렵다는 것이 저자의 주장이다.

실제로 오늘날 부성의 부재 시대를 맞아 사람들은 왜곡된 형태로 부성을 갈망한다. 청소년들은 강한 또래에게 이끌려 범죄에 휘말린다. 또한 '대부'를 비롯해 수많은 깡패 영화들이 열광적으로 소비된다. 거기에는 한결같이 부성의 패러독스를 강렬하게 자극하는 서사가 장치되어 있다. 이처럼 부성을 파괴하면서도 또한 그것을 갈망하는 것이 현대인의 모순적 초상이다.

'아버지란 무엇인가'는 부성이 문명 형성에 결정적 역할을 했다고 역설한다. 모성이 본능인 측면이 강한 반면 부성은 본능을 억누르고 문명적으로 학습된 결과다. 하지만 남성의 영혼 심층에서는 본능적 야만과 훈련된 문명이 여전히 충돌하고 있다. 따라서 남성은 생물학적으로 자식이 생긴다고 해서 저절로 아버지가 되는 것이 결코 아니다. 문화적으로 훈련이 필요하다. 실제로 이 세상에는 '무자격' 어머니보다 '무자격' 아버지가 압도적으로 많다.

저자는 부성의 순기능을 적극적으로 인정하며 각자 의지를 가지고 부성을 추구하라고 촉구한다. 그러나 부성도 과거처럼 획일적 모습을 띠기는 어렵다. 당연히 일률적으로 뾰족한 대안을 제시하기도 마땅치 않다. 더구나 현대사회는 부성의 부재를 넘어 가족의 부재로 치닫고 있다. 지금 우리는 '또 다른' 부성과 '또 다른' 가족이라는 과제를 동시에 안고 있다. 이래저래 인류 문명은 대격변을 향해 거침없이 나아가고 있다.

54 남자로 산다는 것

Under Saturn's Shadow

제임스 홀리스

남성도 남성적 굴레에서 해방되어야 한다

이제 남성은 더 이상 자신을 기만하지 말고,
자신의 허약한 내면을 솔직히 직시해야 한다.
나아가 그것에 대해 스스로 책임지려고 노력할 때
왜곡된 내면의 질곡에서 풀려난다.
해방이 필요한 것은 여성뿐만이 아니다.
남성도 마찬가지다.

가을이다. 코로나19로 인해 예전만은 못해도 어디를 가나 사람들로 북적인다. 그중에 친밀하게 어울려 정담을 나누는 여성들의 모습은 흔하다. 반면 남성들은 가족이나 왁자지껄한 단체를 제외하고는 대개 외톨이다. 왜 남성은 여성처럼 다른 동성과 잘 어울리지 못할까.

이처럼 고독한 남성의 내면적 상처를 날카롭게 파헤치며, 그 치유책을 제시한 것이 바로 융(Jung) 심리학 전문가인 제임스 홀리스의 '새턴의 그림자 속에서'(Under Saturn's Shadow · 1994)이다. 이 제목은 "오늘날에도 남성들이 여전히 '새턴의 그림자 속에서' 살아가고 있다"는 뜻을 담고 있다. 그래서 우리말로는 '남자로 산다는 것'(2019)으로 소개되었다.

새턴은 로마 신화의 농업신인 사투르누스(Saturnus)를 가리킨다. 더 거슬러 올라가면, 그리스의 크로누스(Cronus)에 해당한다. 그는 자신을 제거하려는 아버지를 살해하고 자신의 자식들을 모조리 잡아먹는다. 그중에 유일하게 살아남은 자식이 제우스다. 그 역시 아버지를 제거하고 또 다른 폭군이 되어, 모든 신들 위에서 난폭하게 권력을 휘두른다. 거기서는 그뿐만 아니라 모든 신들이 권력 콤플렉스에 사로잡혀 자신의 권능을 과시하기에 급급하다.

이처럼 새턴의 그림자는 권력, 질투, 불안으로 얼룩진 세계를 은유한다. 물론 권력 자체는 중립적이다. 하지만 대부분은 에로스와 함께하지 않으면서 공포와 보상욕구에 사로잡혀 폭력을 불러일으키고 만다. 융의 지적대로 "권력이 있는 곳에 사랑은 없다". 그런데 남성들이 여전히 이런 새턴의 폭력적 서사에서 벗어나지 못하고 있다는 것이 저자의 주장이다.

여성의 삶은 '여성'이라는 성역할에 대한 기대에 얽매여 있다. 마찬가지로 남성의 삶 역시 '남성'이라는 성역할에 속박되어 있다. 남성은 가족을 부양하기 위해 일을 해야 하고, 경우에 따라 가족과 공동체를 지키기 위해 전쟁도 불사해야 한다. 이런 막중한 책임감에 억눌려 항상 불안하다. 한마디로 3W(Work·War·Worry)가 항상 남성의 삶을 짓누르고 있다.

무엇보다 남성은 평생 동안 어머니 콤플렉스(mother complex)에 시달린다. 어머니 콤플렉스란, 남성 내면에 형성된 보살핌과 안전함에 대한 복합적 갈망이다. 남성은 인격 형성기의 대부분을 어머니의 품속에서 보낸 탓에, 그의 내면에는 어머니의 존재가 너무 강력하게 자리 잡고 있다. 이로 인해 남성은 여성을 만족시키며 동시에 지배하려고 한다. 또한 여성에게 '어머니와 같아야 한다'고 강요하면서도, 동시에 여성의 칭찬과 인정을 갈망한다.

반면 다른 남성들을 경쟁 상대로만 여기고 그들을 두려워하며 적대시한다. 그래서 남성의 삶은 공포와 두려움의 지배를 받는다. 이러한 공포가 자신을 과시하고 타인을 괴롭히는 등 과잉보상 형태로, 또는 삶의 진정한 소명이나 과제를 회피하는 형태로 왜곡되어 표출된다. 아울러 섹슈얼리티를 과대평가하거나 아예 두려워하고, 동성에 대한 사랑을 혐오한다. 이로 인해 남성은 애정 관계조차 권력 관계로 왜곡하며, 새턴의 그림자 속에서 허우적거린다.

이런 환경 속에서 남성은 자신의 내면을 솔직하게 드러내지 못한다. 만약 연약한 모습을 보이거나 약점을 노출하면 그 대가는 혹독하다. 다른 남성들에게 망신을 당하는 것은 물론 심지어 여성들까지 여기에 동참한다. 스스로도 참지 못한다. 따라서 남성은 침묵하거나, 반대로 허세를 부리며 마초처럼 군다. 마초 같은 남성일수록 내면은 더욱 고독하다. 이는 여성들이 서로 상처나 두려움을 솔직히 털어놓으며 위로를 주고받는 것과는 대조적이다.

남성은 성장함에 따라 어머니 콤플렉스를 극복하고 전혀 다른 세계, 즉 어른의 세계로 나아가야 한다. 그러기 위해서는 적어도 어머니 콤플렉스를 상쇄시킬 만한 어떤 힘이 필요하다. 여기에는 반드시 상당한 고통이나 상처가 필요하다. 실제로 전통사회의 통과의례에서는 남성의 몸에 혹독한 상처를 입히기도 한다. 또한 아버지나 족장이 남성의 강력한 모델이다.

반면 오늘날에는 남성에게 그런 각성을 주는 의례나 과정이 부재하다. 또한 자신을 새로운 세계로 이끌어주는 모델도 부재하다. 아동기와 성인기 사이의 거대한 간극을 오로지 학업, 일, 섹스, 알코올, 약물 등이 메워줄 뿐이다. 남성은 자신이 뿌리가 없고 버림받았다는 공포에 시달린다. 그래서 무의식 중에 아버지나 종족 선조를 갈망하게 된다. 심지어 영화 '대부'와 같이 카리스마 있는 보스가 나오는 폭력 드라마에 열광하기도 한다.

이처럼 오늘날 남성은 어른이 되라는 요구는 받지만, 마땅한 통과의례나 모델이 없는 가운데 아무 준비 없이 죽고 죽이는 게임에 내몰린다.

거기서 서로의 내면과 영혼에 끊임없이 상처를 주고받는다. 그래서 남성의 삶은 본질적으로 폭력적일 수밖에 없다. 심지어 승리할 때조차도 그 대가로 자신의 영혼을 피폐하게 만들고 만다. 그런 가운데 분노는 자꾸 쌓이고 폭력, 알코올, 약물에 빠져들고, 고립과 공포는 점점 더 깊어지는 것이 남성의 삶이다.

이제 남성이 치유되려면, 외부에서 충족시킬 수 없는 무언가를 내면에서 스스로 깨워야 한다. 달리 말해, 어떠한 의례나 모델에 의지하기보다 스스로 치유하는 방법을 찾아야 한다. 하지만 그것이 전투적인 사회운동의 형태를 띠면 거기에 자칫 남성성의 문제가 너무 쉽게 재연될 우려가 있다. 따라서 저자는 각자 내면적 성찰을 통한 치유를 제안한다. 즉 남성에게도 해방운동이 필요하지만, 사회적 방식보다 내면적 성찰이 우선돼야 한다는 것이다.

무엇보다 저자는 아버지의 상처를 더듬어 보라고 권한다. 자신이 성인이 된 유리한 위치에서 아버지를 좀 더 깊이 이해하게 된다면, 자신이 아버지가 되어 자식과 가족을 더 잘 돌보게 된다. 또한 침묵에 결탁하거나 마초처럼 행동해서 보상받으려는 허세를 버려야 한다. 자신의 내면을 있는 그대로 인정하고, 그것에 따라 살며 그것을 자연스럽게 드러내야 한다.

오늘날 더 이상 통과의례나 모델은 없다. 대안은 서로가 내면을 진솔하게 털어놓으며 서로에게 멘토가 되어주는 관계를 추구하는 것이다. 바로 그런 솔직한 관계에 기반하여 문제를 해결하는 심리 상담이 하나의 좋은 예다. 또한 애정과 섹슈얼리티를 동일시하는 것이 과도한 편견이라는 점을 깨달아야 한다. 이를 통해 동성애의 공포를 버리고, 다른 남성에게 친밀하게 다가가야 한다. 남성끼리도 여성들처럼 스스럼없이 나약함을 나눠야 한다.

특히 어머니 콤플렉스로 인해 남성은 돌봄을 받고 싶어 하는 자신의 욕구를 여성이나 다른 남성이 풀어주기를 기대한다. 이로 인해 여러 문제가 야기된다. 하지만 그런 욕구를 있는 그대로 인정하되, 그것을 돌보고 챙기는 일이 자신의 책임이라는 점을 자각할 필요가 있다. 그래야 타인에 대한 욕구나 두려움도 올바른 관점에서 바라보게 된다. 이처럼 성인이 되어서도 노력을 통해 얼마든지 자신을 변화시킬 수 있다는 것이 융이 프로이트와 다른 점이다.

이제 남성은 더 이상 자신을 기만하지 말고, 자신의 허약한 내면을 솔직히 직시해야 한다. 나아가 그것에 대해 스스로 책임지려고 노력할 때 왜곡된 내면의 질곡에서 풀려난다. 해방이 필요한 것은 여성뿐만이 아니다. 남성도 마찬가지다.

55 고잉 솔로
Going Solo
에릭 클라이넨버그

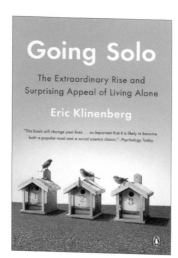

**혼자 사는 것이
새로운
표준이다**

북유럽 국가들은 전체 가구의 절반 내외가
1인 가구다. 가족주의의 전통이 강한
한국이나 일본도 3분의1이 1인 가구다.
미국도 비슷한 수준이다.
이렇듯 오늘날 인류는 '홀로 살기'라는
역사상 초유의 실험에 직면해 있다.

우리나라 1인 가구는 전체 가구의 33.4%다. 2000년에 15.5%였다가 20여 년 만에 갑절 이상으로 늘어났다. 이런 추세는 앞으로 가속될 전망이다. 바야흐로 홀로 살기가 대세인 시대다. 그럼에도 1인 가구 하면 여전히 외로움, 고립, 심지어 고독사 등을 떠올리는 우리의 인식은 구태의연하다. 과연 1인 가구의 물결을 어떻게 바라보고, 어떻게 대처할 것인가.

이런 심각한 물음을 푸는 데 상당한 실마리가 될 만한 탐사보고서가 있다. 바로 에릭 클라이넨버그의 '고잉 솔로'(Going Solo · 2012)다. 'go solo'란 적극적으로 홀로 서기를 한다는 뜻이다. 그 말이 시사하듯이 최근에 많은 사람들이 기꺼이 홀로 살기를 선택하여, 그 장점을 향유하고 있다는 것이 저자의 주장이다. 그래서 부제도 '홀로 살기의 급격한 증가와 놀라운 매력'이다. 이런 취지를 살려 우리말 제목도 원어 그대로 '고잉 솔로'(2013)다.

유사 이래 인간은 무리를 지어 공동 생활을 하며 문명을 일궈 왔다. 반면 적극적으로 홀로 살기를 추구한 것은 최근 수십 년에 불과하다. 북유럽 국가들은 전체 가구의 절반 내외가 1인 가구다. 가족주의의 전통이 강한 한국이나 일본도 3분의1이 1인 가구다. 미국도 비슷한 수준이다. 이렇듯 오늘날 인류는 '홀로 살기'라는 역사상 초유의 실험에 직면해 있다.

20세기 후반에 여성의 지위 상승, 통신 혁명, 대도시의 형성, 혁명적 수명 연장이라는 네 가지 거대한 사회적 변동이 일어났다. 이것들이 개인주의를 예찬하며, 개인이 활약하기 좋은 여건을 창출했다. 이를 배경으로 미국에서 홀로 사는 사람의 수는 1970년대 이후 계속 늘어났다. 1980년대와 1990년대에는 서서히 증가하다가, 2000년대에 들어서는 급상승했다.

우리는 오랫동안 함께 사는 것에 익숙한 나머지, 홀로 사는 것을 비정상으로 여기는 경향이 있다. 그래서 1인 가구를 흔히 동정이나 보호의 대상으로 바라본다. 하지만 오늘날 젊은 세대는 어려서부터 독방을 쓰며, 스마트폰 등 개인 통신기기를 사용한다. 그런 사람들이 10대 후반이나 20대 초반에 홀로 살기를 선택하는 것은 조금도 놀라운 일이 아니다.

실제로 젊은 독신자들의 홀로 살기가 사회적 실패가 아닌 성공의 표지이며, 개성의 발현이라는 쪽으로 시각이 바뀌고 있다. 그들은 홀로 고립되기보다 왕성한 사교 활동을 하고 디지털 미디어를 활발하게 이용한다. 요즘은 도시마다 혼자 사는 사람들을 위한 공동주택이 부쩍 늘어나고 있다. 특히 독신 여성의 부동산 구입이 급증하고 있다. 이것은 여성의 경제적 성공뿐만 아니라, 혼자 산다는 것에 대한 사회적 심리의 극적 변화를 보여준다.

평생 동안 홀로 살거나 평생 동안 함께 사는 사람은 거의 없다. 홀로 살기와 함께 살기가 뒤섞인다. 홀로 사는 이유 중 대표적인 것이 이혼이나 결별, 배우자의 사망 등이다. 우리는 혼자 살면 외롭다는 선입견을 가지고 있다. 그러나 실증적 조사결과를 보면, 이혼이든 미혼이든 35세 이상 독신 여성은 동년배의 결혼한 여성보다 좀 더 빈번하고 다양한 사교 활동을 벌인다. 즉 외로움이나 고립은 1인 가구냐 다인 가구냐와는 별개의 문제인 것이다.

물론 형편이 어려운 사람들이 어쩔 수 없이 혼자 사는 경우도 적지 않다. 그들은 스스로 고립·단절 등을 자초하면서 자신의 안전한 집을 무덤으로 만들어 버릴 수도 있다. 주변의 도움을 받지 못하며, 사회적 네트워크에서 배제된다. 그래서 소외의 고통을 느끼며, 건강까지 악화시키기도 한다. 주로 이런 이유로 홀로 살기에 대한 부정적 선입견이 생성·강화되었다.

반면 적극적으로 홀로 살기를 추구하는 사람들도 점점 늘어나고 있다. 특히 중산층 전문직 독신자들을 중심으로 혼자이면서도 공동체 생활에 적극적으로 참여하며, 독립적으로 살아가는 사람들이 늘고 있다. 그들은 건강보험·주택·사회보장에 대한 독신자의 권리 향상, 공정한 조세 제도, 직장에서 차별 철폐 등을 희망한다. 이런 관심은 자연스럽게 정치·사회 운동으로도 이어지고 있다. 혼자 살다가 편안함을 느끼지 못하면 결혼이나 동거를 택할 수도 있다.

또한 혁명적 수명 연장도 1인 가구가 폭증하는 원인 중 하나다. 오늘날에는 배우자가 없는 노인들도 자율성·독립성·존엄성을 존중하는 사회적 풍조에 따라 가족 동거나 양로원 입소보다 혼자 살기를 원한다. 가족과 가까운 곳에 살되, 지나치게 가까운 곳은 피한다. 또한 데이트는 즐기되, 결혼은 꺼린다. 한마디로 '따로 살면서 함께하는' 관계를 선호한다. 물론 가난한 노인의 홀로 살기는 다양한 어려움을 유발한다. 끝내는 고독사에 이르기도 한다.

인류가 집단생활을 해온 지는 20만년에 달한다. 반면 수많은 사람들이 혼자 살기에 도전한 것은 불과 수십 년에 불과하다. 이런 새로운 물결에 대해 우리는 제대로 대응하지 못하고 있다. 기껏해야 결혼장려 캠페인이나 이혼예방 캠페인이 전부다. 하지만 이런 도덕적 설득은 결코 성공할 수 없다. 세계 각지의 수많은 사람들이 혼자 사는 것이 낫다고 확신하고 있는 지금, "당신이 틀렸다"고 그들을 설득하는 것은 아예 불가능한 노릇이다.

이제는 무조건 가정적 결합을 권고하는 정책이나 캠페인은 더 이상 효과적이지 않다. 오히려 이미 혼자 사는 사람들이 더 건강하고 더 행복하고, 사교활동도 더 활발하게 하도록 돕는 데 우리의 에너지를 집중해야 한다. 무엇보다 주택 정책을 좀 더 1인 가구 중심으로 전환할 필요가 있다. 개인 공간은 작아도 공용 공간은 넓어야 한다. 자율성을 보장하면서도 사람들과 접촉할 통로가 보장되고, 각종 서비스와 편의시설에 접근이 용이해야 한다.

스웨덴은 전체 가구의 절반 이상(2018년 56.6%)이 1인 가구다. 스톡홀름은 그 비율이 훨씬 더 높다. 그들은 대개 고등학교를 졸업하면서 독립한다. 이미 1930년대에 여성용 공동주택이 생겨났다. 오늘날에는 도시에 독신자 공동주택이 상당히 보편화되어 있다. 공동 식당 등 공용 공간이 잘 갖춰져 있다. 각 가구로 음식을 배달하는 리프트 설비까지 있다.

스웨덴의 1인 가구 비율은 전 세계에서 가장 높지만, 고립 지수는 오히려 낮다. 그만큼 친밀한 접촉이나 교류가 가정 밖에서도 얼마든지 이루어지고 있다. 독신 생활이 오히려 다양한 사교를 촉진하고 있다. 한편 가족이 외로움을 전부 해결해 주지도 않는다. 결론적으로 외로움이나 고립은 1인 가구냐 다인 가구냐와는 무관하다. 그런 점에서 1인 가구의 급증을 고독의 증대, 시민사회의 붕괴, 공공선의 종말과 연결 짓는 대중적 담론은 비과학적이다.

이 책은 미국 중심의 현장보고서다. 하지만 우리에게도 시사점이 적지 않다. 1인 가구의 사연은 다양하다. 그것은 다인 가구도 마찬가지다. 이런 와중에 오늘날 많은 사람들이 자율을 추구하며 기꺼이 홀로 살기를 택하고 있다. 이미 1인 가구는 가장 일반적인 가구 형태가 되었다. 그것은 더 이상 비정상이 아니라, 점차 21세기의 새로운 표준이 되고 있다.

그럼에도 1인 가구를 바라보는 우리의 태도는 구태의연하다. 심지어 수도권의 어느 광역자치단체는 공공연하게 '1인 가구 자살예방 캠페인'을 벌이고 있다. 그것은 낙인찍기요, 차별이다. 그런 시대착오적 고정관념으로는 이 거대한 문명사적 물결에 제대로 대처할 수 없다.

56 외로운 세기
The Lonely Century

노리나 허츠

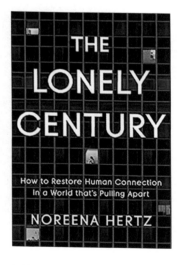

외로움은
개인의 불행이자
사회적 질병이다

오래 고립되면 정서적·사회적으로
서로 신뢰하지 못하고 단절감을 느끼게 된다.
나아가 국가가 자신을 보살피지 않으며,
자신이 주변화되고 버림받았다고 느낀다.
이로 인해 사회는 분열되고 양극화되며,
사람들은 정치에 대해 신뢰를 잃게 된다.

여전히 마스크를 벗지 않는 사람들이 적지 않다. 그만큼 코로나19는 모든 면에서 비접촉과 격리를 일상으로 만들어 놓았다. 문제는 사람들이 접촉을 피하면서 점점 더 외로워진다는 점이다. 실제로 최근 통계청 조사에 따르면 우리나라 국민은 10명 중 2명이 외로움을 느낀다.

그런데 우리는 누가 외롭다고 하면 "외롭지 않은 사람이 어디 있느냐"라고 쏘아붙이기 일쑤다. 사실 우리는 누구나 어느 정도는 외롭다. 그러니 차라리 "외로움을 즐기라"는 실용적 조언이 흔하다. 심지어 외로움으로 마음을 닦으라는 심오한(?) 충고도 있다. 이처럼 우리는 외로움을 개인이 얼마든지 관리할 수 있는 심리 상태쯤으로 대수롭지 않게 여기는 경향이 있다.

그러나 외로움은 개인적 불행을 넘어 사회적 질병이라는 점을 일깨우는 문제작이 있다. 바로 노리나 허츠의 '외로운 세기'(The Lonely Century·2020)이다. 말 그대로 21세기는 역사상 외로움이 가장 만연한 시대다. 그것이 코로나19로 가속화되었다. 오늘날 외로움은 개인뿐만 아니라 사회·경제·정치와 두루 관련되어 있다. 따라서 이 문제를 개인에게만 맡겨두지 말고 사회 전체가 나서야 한다는 것이 저자의 주장이다. 우리말 제목은 '고립의 시대'(2021)이다.

외로움은 단순히 남과 가까워지고 싶은 소망 이상이다. 그것은 누군가 내 말을 들어주고 나에게 관심을 가져주기를 바라는 욕구, 힘을 갖고 싶은 욕구, 공정하고 다정하게 인격적으로 대우받고 싶은 욕구의 표현이다. 그런 점에서 외로움이란 가족·이웃·직장·사회·정치로부터 홀로 떨어져 있다는 고립감이다. 한마디로 외로움은 내면적 상태이자 동시에 실존적 상태다.

오늘날 외로움이 만연한 것은 1980년대부터 득세한 신자유주의의 영향이 크다. 신자유주의는 각자도생을 부추긴 나머지 전통적으로 일과 공동체를 단단히 묶어주던 연결을 약화시키고 사회안전망을 뒤흔들었다. 이런 가운데 사람들은 뿔뿔이 원자화되어 고립감을 느끼게 되었다. 마침 등장한 스마트폰과 소셜미디어는 거기에 기름을 부었다. 코로나19는 아예 비접촉과 격리를 새로운 표준으로 만들었다. 이로 인해 21세기는 역사상 가장 외로운 세기가 되었다.

실험에 따르면, 일정 기간 고립시켰던 쥐 우리에 새로운 쥐를 넣으면 고립되었던 쥐는 새로운 쥐에게 난폭한 공격성을 보인다. 사람들도 마찬가지다. 오래 고립되면 정서적·사회적으로 서로 신뢰하지 못하고 단절감을 느끼게 된다. 나아가 국가가 자신을 보살피지 않으며, 자신이 주변화되고 버림받았다고 느긴다. 이로 인해 사회는 분열되고 양극화되며, 사람들은 정치에 대해 신뢰를 잃게 된다. 이것이 나치즘의 토양이 되었고, 여전히 포퓰리즘의 토양이 되고 있다.

오늘날 대부분의 사람들이 사는 도시는 외로운 장소다. 서로에게 무례하고 무뚝뚝하고 차갑다. 각자 스마트폰만 들여다본다. 이사가 빈번하고 독거 생활이 늘어난다. 한국에서 시작한 '먹방'은 전 세계로 확산하고 있다. 도시 시설물은 이용자를 제한하여, 사람들이 모여들지 못하게 한다. 이처럼 도시는 사람들이 진지하게 만나고 접촉할 기회를 원천적으로 빼앗고 있다.

소셜미디어는 고립된 디지털 고치 속으로 우리를 몰아넣는다. 그것은 사람들 사이의 직접적 접촉을 차단할 뿐만 아니라, 세계를 더 적대적으로, 덜 공감적으로 느껴지게 만든다. 자신의 진짜 모습은 감추고, 연출된 모습만 보여준다. 앞다퉈 맛난 음식 자랑을 하는 바람에 푸드 포르노(food porno)라는 말까지 나온다. 한마디로 사람들은 자아를 잃고 아바타로 살아간다.

일하는 방식도 우리를 외롭게 만든다. 최근에 칸막이형 사무실은 개방형 사무실로 바뀌었다. 거기서 일하는 사람은 프라이버시를 빼앗기고 정서적으로 기진맥진한다. 또한 모든 업무가 디지털로 이루어지다 보니 대면 접촉이 아예 사라지고 있다. 이제 잡담, 웃음, 담소, 포옹 등은 거의 자취를 감췄다. 최근 늘어나는 재택 근무도 고립감과 외로움을 악화시킨다.

더구나 디지털 기술을 활용한 감시 체제는 점점 더 정교화되고 있다. 실제로 오늘날 노동자들은 일터에서 일거수일투족을 상시적으로 감시받는다. 거기서 사람들은 동료와 마음을 터놓고 대화하지 못한다. 사람들은 자신이 불신받는다고 느낄수록 주변을 더욱 경계하고, 자신을 검열하고, 심리적으로 움츠러들고, 진정한 자아를 숨긴다. 결과적으로 사람들은 외로워질 뿐만 아니라 자신의 고용주, 자신의 일, 자신의 주변 사람들과 단절된 느낌을 받게 된다.

최근에는 외로움을 상업적으로 해소시켜 주는 서비스가 속속 등장하고 있다. 이른바 '외로움 경제(Loneliness Economy)'다. 시간당 얼마씩 요금을 매겨 친구를 빌려주는 서비스가 있는가 하면, 포옹(친밀감을 느끼지만 성적이지 않은 포옹)을 제공하는 서비스도 있다. 가상 비서, 소셜 로봇(사용자와 대화·교감하는 로봇), 섹스 로봇(리얼돌)도 외로움 경제의 산물이다. 이용자들은 처음에 그 기능을 선호하지만, 차츰 그것들을 아예 동반자로 여기게 된다.

상업적인 공유 주거 공간이나 공유 업무 공간도 유행이다. 거기서는 다양한 공동 공간과 친교 프로그램이 제공된다. 그러나 이런 상업적 공동체가 성공할 가능성은 높지 않다. 무엇보다 공동체가 제대로 작동하려면 상당한 헌신이 필요하다. 진입이나 이탈이 빈번한 회원들에게 그런 수준의 헌신을 요구하는 것은 무리다. 따라서 외로움 경제나 공유 경제는 외로움을 부분적으로 해소해 줄 뿐, 근본적인 해결에 이르기는 어렵다.

지난 40여년 동안 신자유주의적 자본주의는 우리의 관계를 거래로 변질시키고, 시민을 소비자로 격하시키고, 소득과 부의 격차를 심화시켰다. 이런 와중에 돌봄·연대·공동체·더불어 살기·친절 등의 가치는 경시되거나 말살되었다. 그래서 오늘날 많은 사람들이 가족·친구는 물론, 이웃·직장동료·고용주·정치지도자로부터 단절·소외되었다고 느끼고 있다. 이런 흐름은 이미 코로나19 이전부터 가속화되고 있었다. 코로나19는 촉매제 역할을 했다.

거듭컨대 외로움은 주관적 마음의 상태만을 가리키지 않는다. 집단적 존재의 상태인 외로움은 개인과 사회 전체에 타격을 준다. 흔히 우파는 외로움을 개인 탓으로 돌린다. 반면 좌파는 국가 탓으로 돌리며 개인을 피해자로 본다. 그러나 외로움은 단일한 힘이 아니다. 그것은 개인·기업·국가의 행동방식에 두루 뿌리를 둔다. 또한 21세기 기술 발전 양상과도 관련된다. 따라서 개인·기업·국가가 함께 나서서 포용·공동체·돌봄 등의 가치를 복원·강화해야 한다.

특히 정치 측면에서 외로움을 주목한 것이 바로 한나 아렌트다. 그녀는 '전체주의의 기원'에서 "전체주의는 외로움을 기반으로 삼는다"고 단언한다. 사회에서 자기 자리가 없다고 느끼는 사람들은 이데올로기에 개인적 자아를 투항함으로써 목적 의식과 자긍심을 되찾으려고 한다. 이것이 오늘날 좌우를 막론하고 고개를 드는 포퓰리즘이나 팬덤 정치가 우려스러운 이유다.

그동안 우리의 감각적 관심이 온통 코로나19에 매달려 있는 바람에, 수많은 근본 과제들이 은폐되고 방치되었다. 그중의 하나가 바로 외로움이다. 특히 오늘날 외로움은 질적·양적으로 과거와는 전혀 다른 현상이다. 이제 우리도 외로움을 절실한 공적 담론으로 삼아야 할 때다.

57 동물윤리 대논쟁

최훈

**애완동물은
윤리적으로
옳은가?**

애완동물은 장난감도 아니고
피보호자도 아니고 반려도 아니다.
그것은 평생 의존성과 취약성을
그 본질로 가지고 있다. 그런 존재를
새로 태어나게 하는 것은 재고되어야 한다.

요즘은 어디서나 애완동물과 마주한다. 설사 기르지 않아도 마찬가지다. 무엇보다 애완동물은 보호자의 귀여움을 독차지하며 안락한 보호를 받는다. 그래서 육식이나 동물실험 등을 둘러싸고는 종종 윤리 논쟁이 벌어져도 애완동물에 대한 윤리적 시비는 거의 없다. 아예 그런 논란 자체가 거북하게 느껴진다.

그러나 이 '거북한' 주제에 대해 서슴없이 예리한 윤리의 칼을 들이댄 도발적 철학서가 있다. 바로 강원대 최훈 교수의 '동물윤리 대논쟁'(2019)이다. 이 책은 육식, 동물실험, 이종(異種) 이식, 동물원 동물, 애완동물 등 다양한 분야에 걸쳐 동물윤리를 두루 다루고 있다. 그중에서도 우리의 호기심을 가장 강하게 자극하는 것은 역시 애완동물의 윤리 문제다.

동물윤리를 본격적으로 다루기 위해 동물의 도덕적 지위에 대한 검토가 필요하다. 만약 동물이 도덕적 지위를 갖지 않는다면, 그것에 관한 윤리를 논할 가치도 없기 때문이다. 전통적으로 동물의 도덕적 지위에 대해서는 대충 두 가지 견해가 있다. 동물에게는 간접적인 도덕적 지위밖에 없다는 입장이 있는가 하면, 직접적인 도덕적 지위가 있다는 입장이 있다.

우선 간접적 지위 담론은 동물이 고유의 도덕적 지위를 갖는 것이 아니라, 사람을 통해 '간접적으로' 지위가 부여될 뿐이라는 입장이다. 대표적인 것이 동물을 해치면 그 주인의 권리를 해친다는 주장이다. 하지만 세상에는 주인 없는 동물이 더 많다. 또한 동물을 해치는 사람은 타인을 해치기 쉽다는 주장도 있다.

하지만 이 주장은 확증되기 어렵고, 더구나 타인과 교류하지 않는 사람도 있다. 어느 경우든 간접적인 도덕적 지위 담론은 불완전하다.

반면 직접적 지위 담론은 동물이 고유의 도덕적 지위를 갖는다는 입장이다. 대표적인 것이 인간보다 수준이 낮을지언정 '본래적 가치'라는 특별한 권리를 갖는다는 주장이다. 즉 동물도 가급적 고통을 피하고 어미와 떨어져 지내지 않고, 동료와 무리를 이루며 지내는 등 기본적인 욕구를 충분히 보장받아야 마땅하다는 것이다.

단적으로 말해, 인간이든 동물이든 고통을 느낄 수 있는 능력은 고유의 도덕적 지위를 갖기 위한 필요충분한 조건이다. 비록 인간보다 지능이 월등히 낮더라도 동물 역시 고통을 받으면 괴롭다는 사실은 분명하다. 이것만으로도 동물이 직접적인 도덕적 지위를 갖는다고 충분히 유추할 수 있다. 바로 이런 결론이 동물윤리를 다루는 대전제가 되어야 한다.

농장 동물은 터무니없이 좁고 불결한 공장식 축사에서 길러지다가 인간의 먹이로 제공된다. 실험 동물은 각종 병균에 노출되어 비참한 고통에 시달리다가 죽는다. 동물원 동물이나 서커스 동물도 좁은 우리에 감금되거나 행동을 강요당한다. 이런 관행들이 윤리적으로 비난받는 것은 당연하다. 다만 우리의 일상적인 생활공간에서 비교적 멀리 떨어져 있을 뿐이다.

반면 동물을 애완동물로 이용하는 것은 동물에게 피해를 입히는 것이 전혀 없어 보인다. 오히려 과도한 보살핌을 주는 것이 아닌가 싶을 정도다. 물론 학대, 인위적 교배, 방치, 유기, 중성화 수술, 안락사 등에 관한 논란이 있다. 하지만 이런 논란은 애완동물의 구체적인 탄생 또는 존재 양상을 둘러싼 실천적인 윤리 논쟁이다. 실제로는 이보다 더 근본적인 물음이 있다. "동물을 애완동물로 이용하는 것 자체가 윤리적으로 옳은가."

애완동물을 대하는 우리의 태도에는 대충 세 가지가 있다. 첫째로, 장난감 모형이다. 애완동물이라는 말 자체가 여기로부터 유래한 것이다. 이에 따르면 애완동물은 주인이 희롱하는 한낱 소유물일 뿐이다. 이 모형은 동물의 직접적인 도덕적 지위를 부인하는 바, 윤리적으로 타당한 견해라고 보기 어렵다. 실제로도 오늘날 이런 태도를 가진 사람은 드물다.

둘째로, 피보호자 모형이다. 이는 애완동물을 소유물이나 재산으로 취급하지 않고 돌봄의 대상으로 여기는 태도다. 부모-자식 관계가 이 모형의 전형이다. 인간은 어려서 부모에게 의존하지 않을 수 없다. 그런데 인간이 낳지도 않은 애완동물이 왜 인간에게 의존하는 존재가 되었을까. 그 연원을 따져 보면 이 모형의 성패가 드러날 것이다.

애완동물은 인간의 목적과 이익에 따라 선택적 교배, 도태 등을 통해 신체와 성격이 변형된다. 특히 어릴 때의 신체적·행동적 특성을 그대로 간직하도록 길러진다. 이런 특성을 유형성숙(幼形成熟·neoteny)이라고 한다. 인간은 귀엽고 작은 존재를 향해 타고난 호감을 갖고 있다. 유형성숙이야말로 애완동물의 대표 격인 애완견이 인간의 마음을 빼앗는 무기다.

그런데 작고 귀여운 개를 만들기 위해 동종번식이 반복된다. 이를 통해 원하는 형질이 고착되지만, 동시에 숨겨진 결함도 고착된다. 예를 들어

불도그나 시추 따위의 단두종(短頭種)에게는 기도가 막히는 증세가 흔히 나타난다. 실제로 상당수 애완견들은 심장, 관절, 피부, 신경계 등에 잠재적 결함이나 질환을 가지고 태어난다. 이처럼 애완동물은 태생적으로 '취약한' 존재다. 또한 보호자의 귀여움을 받지만 집에 갇혀 지내야 한다. 이로 인해 그 생사가 오롯이 보호자의 손에 내맡겨진다. 즉 태생적으로 '의존적' 존재이기도 하다.

위에서 지적한 대로, 피보호자 모형은 부모-자식 관계를 반영한다. 그러나 자식은 성장하면 보호를 벗어난다. 반면 애완동물은 평생 의존성과 취약성을 벗어나지 못한다. 이런 사실을 알면서도, 더구나 그런 속성을 선호하여 애완동물을 태어나게 하는 것은 윤리적으로 옳지 않다. 결국 피보호자 모형도 타당하다고 보기 어렵다.

그래서 제기되는 것이 세 번째 태도인 반려 모형이다. 이 모형은 애완동물이 한낱 소유물이나 피보호 대상이 아니라, 평생을 함께하는 가족의 구성원이라고 상정한다. 하지만 태생적으로 의존적이고 취약한 줄 알면서도 태어나게 하는 존재가 반려일 수 없다. 또한 돈을 주고 거래하기도 하고, 많은 사람이 애완동물이 죽을 때까지 함께하지도 않는다. 심지어 학대나 유기도 종종 일어난다. 그것은 인간끼리의 진정한 반려와는 거리가 멀다.

이처럼 애완동물은 장난감도 아니고 피보호자도 아니고 반려도 아니다. 그것은 평생 의존성과 취약성을 그 본질로 가지고 있다. 그런 존재를 새로 태어나게 하는 것은 재고되어야 한다. 그런 특징이 강한 애완동물일수록 더욱 그렇다. 대표적인 것이 소형견이다.

그래서 개보다 결함적 특징이 상대적으로 덜한 고양이를 선호하는 사람도 있다. 심지어 희귀동물 매니아도 있다. 그렇더라도 취약성과 의존성이 근본적으로 해소되는 것은 아니다. 따라서 윤리적 측면에서 볼 때 어느 경우든 애완동물을 새로 생겨나게 하지 않되, 이미 존재하는 애완동물은 그 본성과 역량을 충분히 존중해 주어야 마땅하다.

　　그러나 다양한 방면에서 애완동물 예찬론도 무성하다. 따라서 윤리라는 잣대만으로 '동물을 애완동물로 이용하는 것'을 무조건 비난(?)하기는 곤란하다. 다만 "동물이 본래의 습성과 신체의 원형을 유지하면서 정상적으로 살 수 있도록 할 것"이라는 선언(동물보호법 제3조)은 곱씹어 볼 만하다. 애완동물도 결코 예외가 아니다.

58 개들의 숨겨진 삶

The Hidden Life of Dogs

엘리자베스 마셜 토머스

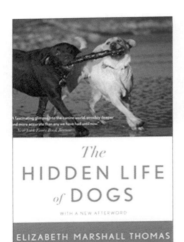

개들이
원하는
삶은
어떤 것일까

개에게 좋은 먹이와 보금자리를
제공하는 것은 중요하다.
하지만 그보다 더 중요한 것은
본성을 이해하고 존중해주는 일이다.

요즘은 개가 없는 집이 이상할 정도다. 그래서 그런지 중년 남성들이 모여서도 개 이야기를 스스럼없이 꺼낸다. 정치인들이 이런 세태를 놓칠 리 없다. 최근에 주요 대선주자들은 앞다퉈 반려견 시설을 찾아가거나, 개와 함께 찍은 사진을 소셜미디어에 올리고 있다. 이미 '애완견'은 '개념 없는' 말이 된 지 오래다. 겉만 보면 영락없이 반려견 전성시대다.

그러나 속은 부실하기 짝이 없다. 무엇보다 우리는 여전히 개를 사람 중심으로 대한다. 심지어 '내 마음에 안 들면' 버리기까지 한다. 특히 휴가 철에 그런 일이 많다. 반대로, 개의 미용과 건강을 '내 마음에 들도록' 과 하게 챙기기도 한다. 하지만 개를 말 그대로 반려로 받아들이려면 먼저 이렇게 물어보아야 할 것이다. 개들이 진정으로 원하는 삶은 무엇일까.

그 답을 찾기 위해 무려 30여년 동안 10여마리의 개와 함께 살며 그들의 습성을 살펴본 관찰 기록이 있다. 바로 엘리자베스 마셜 토머스의 '개들의 숨겨진 삶'(The Hidden Life of Dogs·초판 1993·증보판 2010) 이다. 흔히 우리는 주인과 평온하게 어울려 지내는 개가 행복하다고 생각 한다. 하지만 저자는 개들만의 '숨겨진' 삶을 내밀하게 관찰한 끝에, 개들 은 무리에 속해 개들끼리 어울려 지낼 때가 가장 편안하고 행복하다는 결 론을 내린다.

우리말로는 초판이 '인간들이 모르는 개들의 삶'(2003)으로 소개되었다가, 이번에 증보판이 '개와 함께한 10만시간'(2021)으로 이름을 바꿔 나왔다. 저자는 개 1마리와 1시간을 보내면 1시간, 2마리와 1시간을 보내면 2시간… 이런 식으로 계산하여 이 책은 줄잡아 10만시간 이상의 관찰 기록이라고 말한다. 여기에서 증보판의 우리말 제목이 유래한 것이다.

인류학자이자 작가인 저자는 우연히 지인의 시베리안허스키 수컷을 잠시 돌봐주기로 했다. 마침 저자는 암컷을 기르고 있었다. 암수는 만나자마자 사랑에 빠져 수컷은 주인이 가는 줄도 몰랐다. 특히 수컷은 밤마다 집을 나갔다가 돌아오곤 했다. 그때 저자는 불현듯 개들은 아무 방해도 받지 않고 혼자 있을 때 무엇을 하는지 궁금해졌다. 도보나 자전거로 개를 쫓아 나서자, 개도 굳이 저자를 따돌리지 않았다. 이렇게 저자의 관찰은 시작되었다.

허스키 암수는 자연스럽게 교미를 했다. 한참 후 수컷은 친구 집으로 돌아가서도 꽤 먼 거리를 더듬어 저자의 집을 찾아왔다. 그 사이 암컷이 새끼 네 마리를 낳았다. 암컷이 잔뜩 웅크리고 새끼를 감추고 있는데도 수컷은 곧바로 암컷의 출산을 알아채고 음식을 토했다. 그것은 늑대가 새끼에게 음식을 토해 주는 바로 그 습성이다. 그리고는 거의 매일 두 집을 오갔다.

저자의 집에는 그전부터 기르던 소형견 두 마리가 있었다. 여기에 시베리안허스키 암수와 그 새끼들이 불어났고 이런저런 기회에 잡종견 3마리가 생겨, 모두 11마리가 되었다. 저자는 시차를 두고 대가 바뀌는 10여 마리의 개가 모두 죽거나 사라질 때까지 무려 30여년 동안 그들의 습성을 관찰했다. 그 사이사이에 태어난 새끼들은 주변에 입양되었다.

친구가 사정상 시베리안허스키 수컷을 더 이상 기르기 곤란하게 되었다. 저자가 맡아 기르려고 했으나, 그 개의 외출 습성을 알고 있던 이웃들이 강하게 반대했다. 어쩔 수 없이 수컷은 먼 시골로 보내졌다. 더 이상 수컷을 만날 수 없게 된 암컷은 무리의 우두머리 노릇을 하면서도 활력과 생기를 잃었다. 암컷은 죽을 때까지 끝내 그 상실감에서 벗어나지 못했다.

개의 세계에 이런 낭만적 사랑만 있는 것이 아니다. 단지 수정만 바라는 지극히 사업적 성격의 성적 만남도 있다. 한 번은 무단으로 침입한 미지의 수컷이 미처 말릴 틈도 없이 어린 암컷과 강제로 교미만 하고 달아났다. 이로 인해 그 암컷은 불행하게도 서열이 높은 암컷과 동시에 출산을 했다. 그런 강제가 아니었다면 그 암컷은 교미 자체를 포기했을 것이다.

늑대나 개 무리에서는 대개 서열이 높은 암컷만 출산을 한다. 이는 척박한 환경에서 무리가 살아남기 위한 자구책이다. 어느 날 저자가 나갔다 돌아오니 서열이 높은 출산견이 서열이 낮은 암컷의 새끼 다섯 중 넷을 이미 물어 죽였다. 그 개는 매우 온화한 성격이었지만, 본능에 따라 그런 '끔찍한' 일을 저질렀다. 물론 개의 기준으로 보면 '자연스러운' 일이었다.

서열이 낮은 암컷은 겨우 살아남은 새끼조차 키우기 어렵다. 이때 좀 더 서열이 높은 암컷이 그 새끼를 받아들였다. 그 암컷은 결코 충분한 양은 아니지만 약간의 젖이 분비되기까지 했다. 그것은 진심으로 그 새끼를 자신의 자식처럼 여겼다는 증거다. 더구나 놀라운 것은 서열이 낮은 암컷의 새끼를 물어 죽였던 개도 나중에 다른 개의 새끼를 입양했다는 사실이다.

저자는 한적한 전원으로 옮겨갔다. 개들은 집과 숲속을 자유롭게 오가며 지냈다. 심지어 어떤 개는 야생 코요테와 교미를 하기도 했다. 거기서 개들은 평화롭게 무리를 이루었다. 새로 태어나는 새끼들은 무리 속에서 살아가는 법을 시나브로 체득했다. 중성화수술을 통한 부분적 출산조절은 불가피했으나, 그밖에는 어떠한 개입이나 훈련도 불필요했다.

무엇보다 개들은 무리에 속하기를 원한다. 한 쌍과 그 새끼들로 이뤄진 무리야말로 가장 안정적일 것이다. 하지만 외부로부터 일부가 합류하더라도 차츰 서로의 위치를 정해 안정적인 균형을 이룬다. 이를 통해 자신의 위치에 만족하게 되는 순간부터, 사회적 질서는 그들에게 든든한 의지가 된다. 함께 굴을 파기도 하고, 동료의 죽음을 애도하기도 한다. 이처럼 개들의 세계가 탄탄해지면 주인에게 무미건조한 친밀감만 보일 뿐 더이상 순종적이지 않다.

"나는 그들이 있는 곳으로 그들의 조건에 맞추어 찾아가는 것 말고는 다른 선택의 여지가 없었다.… 마침내 개들이 인간들 사이에서 사는 법을 배웠듯이 나 또한 그들 사이에서 산다는 것이 무엇인지 깨닫게 되었다.… 늦은 오후 우리는 햇살을 받으며 드문드문 떨어져 앉거나 배를 깔고 누운 채로 아무 걱정 없이 서로에게 만족을 느끼며 가만히 평온하게 있었다."

안타깝게도 개들은 노령 등으로 하나하나 죽어갔다. 중병을 앓는 개도 인간의 보살핌을 받기보다는 무리에 머물기를 더 원했다. 별도로 마련해 준 안락한 자리를 버리고 아픈 몸을 이끌고 무리 속으로 향했다. 당뇨병을 앓던 마지막 개는 어느 날 평소처럼 숲속으로 갔다가 다시는 돌아오지 않았다. 현상금까지 걸고 몇 년 동안 흔적을 찾았으나 결국 아무것도 발견하지 못했다. 이로써 저자의 30여년의 관찰 여정이 막을 내렸다.

저자는 사회적 동물인 개는 개들끼리 어울려 살 때 가장 행복하다고 역설한다. 그렇다고 모든 개가 무조건 무리에서 지내야 한다고 강변하는 것은 결코 아니다. 무리 없이 주인과 같이 지내는 개도 충분히 행복하다. 그 개는 주인이나 그 가족과 또 다른 무리를 이루며 사는 것이다. 이럴 때도 "개가 진정으로 원하는 삶은 무엇일까"라는 물음은 여전히 유효하다.

개에게 좋은 먹이와 보금자리를 제공하는 것은 중요하다. 하지만 그보다 더 중요한 것은 본성을 이해하고 존중해주는 일이다. 이를 위해 저자는 기꺼이 무리의 일원이 되어 보기까지 했다. 마침 우리 법무부도 '동물은 물건(즉 동산)이 아니다'라는 조항을 담은 민법 개정안을 내놓을 예정이라고 한다. 이제는 반려문화도 법적으로 보장받게 되는 것이다.

59 동물 너머

전의령

왜
동물 사랑이
인간 사랑으로
이어지지 않을까

그 '너머'로 시선을 넓히면 동물을
둘러싸고 얽히고설킨 사회 · 경제 · 정치 · 역사적
진실들을 만난다. 이런 사회적 맥락에 대한 이해가
반려동물, 나아가 동물 전반에 관한
우리의 이해를 더욱 깊게 해 줄 것이다.

흔히 동물을 기르면 생명을 더욱 사랑하게 된다고 한다. 실제로 반려 문화의 확산에 따라 동물권이나 동물복지에 대한 사회적 관심이 부쩍 높아지고 있다. 당연히 이런 생명 존중의 궁극적 대상은 인간이어야 한다. 그런 점에서 조금은 불편한 의문도 없지 않다. 우리의 동물 사랑은 인간 사랑으로 이어지고 있는가. 반려 문화는 단지 순수한 사랑의 발로인가.

바로 이런 물음에 상당한 실마리를 제공하는 독특한 동물 담론이 인류학자 전의령의 '동물 너머'(2022)이다. 저자는 우리의 시선을 '동물'에만 고정하지 말고, 그 '너머'의 사회·경제·정치적 문맥에까지 넓혀보자고 제안한다. 이를 통해 우리는 동물이 보호나 돌봄의 대상이자, 동시에 복잡한 관계를 반영하는 사회적 존재임을 깨닫게 된다. 사실 오늘날 반려 문화는 반려 시장과 어지럽게 얽혀 있다. 심지어 동물 사랑이 때로는 인간 혐오를 불러오기도 한다.

요즘 '아이 대신 반려동물'이라는 말이 유행이다. 반려동물은 '사람 아이'보다 금전이 덜 요구되며 양육이 쉽고, 그러면서도 제법 감정적 보상도 제공해 준다. 하지만 이처럼 '유연한 존재'나 '감성적 소비재'가 되는 바로 그 지점에서 반려동물이 쉽게 '탈가족화'된다. 즉 버려진다. 이로 인해 오늘날 반려동물과 유기동물이 동시에 증가하고 있다.

'애완에서 반려로' '아이 대신 반려동물'이라는 새로운 추세는 동물과의 관계에서 이전에는 존재하지 않았던 새로운 책임을 만든다. 동시에 이 책임은 관련 시장이 새롭게 형성되는 것과 밀접히 맞물려 있다. 즉 반려동물을 어떻게 사랑하고 어떻게 돌볼 것인가는 윤리적 문제인 동시에, 경제적인 문제다. 이것이 최근에 반려 시장이 급팽창하는 이유다.

특히 유기 동물의 증가는 반려인의 자격과 반려 환경을 검증할 사회적 필요성을 낳았다. 방송 프로그램에서는 입양 가정을 공공연하게 심사한다. 나아가 반려인의 일상 자체가 각종 미디어나 시장에 의해 복잡하게 매개된다. 그 속에서 반려인의 자격과 조건에 대한 사회적 기대는 점점 높아진다. '반려' 자체가 복잡한 사회·문화·경제적 담론이자 실천이 되고 있다.

각종 미디어를 통해 구성되는 반려 담론에서 반려인의 자세·마음가짐·관심도·애정·돌봄 방식 등은 매순간 논의되고 평가된다. 거기서 반려인은 고도로 의료화·정보화·과학화된 반려 시장의 소비자로서 호출된다. 더구나 반려 시장에서 상품화되고 거래되는 것은 단지 반려용품이라기보다 반려인의 애정·돌봄·관심·소망·불안 등의 감정이다. 그래서 급성장한 반려 문화와 급성장한 반려 산업은 상호의존적이자 상호구성적으로 공존하며 점점 더 확대된다.

이런 추세 속에서 길고양이도 돌봄의 대상으로 바뀌었다. 다만 길고양이나 유기견을 어떻게 돌봐야 하느냐는 방법론은 분분하다. 체계적으로 관리하려면 안락사 등 인위적 개입이 불가피하다. 특히 안락사는 늘 논쟁거리다. 비록 해외의 사례이긴 해도 유기견 안락사를 담당하던 수의사가 자살한 경우도 있다. 이렇듯 동물의 고통은 사람의 고통과 이어져 있다.

축산 현장에서 고통은 개별 동물들을 감정을 가진 존재인 동시에, 결국에는 몇 킬로그램의 고기로 접근해야 하는 모순된 상황으로부터 기인한다. 특히 도살 행위를 통해 동물들에게 고통을 가함으로써 느끼는 정서적 고통은 노동자들을 짓누른다. 이런 고통은 동물복지 정책으로도 온전히 제거할 수 없다. 어떤 고통은 제거되지만, 어떤 고통은 은닉될 뿐이다.

동물은 때때로 정치적·문화적 함의를 갖기도 한다. 한국 등 동아시아에서 구조된 '식용견'이 북미 중산층 가정으로 입양되어 행복하게(?) 사는 모습이 종종 공개된다. 이를 통해 사람들은 인도주의적 감정을 넘어 선과 악, 깨끗함과 더러움, 정상과 비정상 등 복잡한 감정을 경험한다. 이는 불가피하게 오리엔탈리즘적·인종주의적·식민주의적 잔상을 자극한다.

말레이시아의 오랑우탄 자활센터는 서구인들에게 돈을 받고 단기간 봉사활동을 하게 한다. 이른바 상업적 자원봉사 활동이다. 반면 현지 고용원들은 박봉을 받으며 온갖 허드렛일을 한다. 심지어 서구 자원봉사자들 뒤치다꺼리까지 한다. 똑같이 동물을 보호하는 일을 한다고 해도 그들 사이에는 심각한 사회경제적 불평등이 존재한다. 이처럼 인간-동물 관계는 동시에 인간-인간 관계이기도 하고, 나아가 국가-국가(서구-비서구) 관계가 되기도 한다.

전 세계적으로 투계, 투견 등 유혈 스포츠가 여전히 성행한다. 거기에 열광하는 것은 주로 소외집단의 하층 남성들이다. 그들은 그 안에서 남성성을 발산하며 자신들의 정체성을 확인하고 힘을 뽐낸다. 이렇듯 유혈 스포츠는 젠더·계급·권력의 문제를 반영하고 있다. 그것은 시대에 뒤떨어진 유희 같지만, 실제로는 '지금, 여기'의 불안과 불만을 담고 있다. 우리나라 소싸움도 오래된 민속놀이이긴 해도 그 이면에는 소외된 지방의 '현재'가 녹아 있다.

18세기 파리에서 '고양이 대학살'이 벌어졌다. 알고 보니 열악한 처우를 받던 인쇄공들이 주인집 마님의 애완묘를 죽이고, 길고양이들까지 무차별 살해한 것이다. 그것은 그들에게 자신들의 '인간됨'을 주장하는 퍼포먼스였다. 한편 나치는 유대인의 가축 도살 방식을 문제삼아, 유대인 혐오의 명분으로 악용했다. 우리의 개고기 식습관도 종종 국제적 논란의 도마에 오른다. 이처럼 동물은 계급적·인종적·정치적 혐오와 배제의 소재가 되기도 한다.

자본주의는 각각 용도가 상이한 축산동물·반려동물·실험동물·전시동물 등을 대량생산한다. 즉 자본주의 속에서 동물은 그 자체로 자본주의적 생산물로 존재한다. 여기서 동물의 고통과 죽음은 '불가피한 것'과 '불필요한 것'으로 나뉜다. 전자는 용인되고 후자는 비난받는다. 이로 인해 엄청난 수의 동물들이 받는 엄청난 고통은 외면당한다. 반면 아픈 길고양이 한 마리가 구조되어 치료받는 모습은 수많은 사람들의 탄식과 눈물을 자아낸다.

이스라엘·팔레스타인 사이의 살벌한 장벽에는 야생동물의 생태통로가 설치되어 있다. 이스라엘의 생태학자들이 강력히 주장한 결과다. 하지만 그 장벽은 정작 인간의 이동을 막고 가족을 찢어 놓고 있다. 아픈 길고양이나 길이 막힌 야생동물과 같은 순수한 희생양에 대한 우리의 집착은 현실의 복잡성과 불평등의 구조를 비가시화하고 고통과 희생을 차등화한다.

몇 해 전에 '돼지망치살해' 영상이 충격을 주었다. 지방의 한 농장에서 새끼돼지 수십 마리가 망치로 살해되는 광경이다. 거기서 망치질하는 남성은 극혐이었다. 하지만 상품성 낮은 동물의 도태 작업은 대규모 농장에서 흔한 일이다. 그 남성은 특별히 잔인한 사람이 아니다. 그저 맡겨진 험한 작업을 수행한 하층 노동자일 뿐이다. 그 역시 커다란 고통에 시달렸을 것이다. 이처럼 동물의 고통은 종종 인간 사회의 불평등이나 위계와 불가분의 관계다.

'동물 너머'는 우리의 시선을 말 그대로 동물 '너머'로 이끈다. 우리의 시선을 동물 자체에만 고정하면 우리의 생각은 단지 동물권·동물복지에 머문다. 반면 그 '너머'로 시선을 넓히면 동물을 둘러싸고 얽히고설킨 사회·경제·정치·역사적 진실들을 만난다. 이런 사회적 맥락에 대한 이해가 반려동물, 나아가 동물 전반에 관한 우리의 이해를 더욱 깊게 해줄 것이다.

60 0.6의 공포, 사라지는 한국

정재훈

**저출산 대책은
궁극적으로
국가 개조
프로젝트다**

결론적으로 비용 문제 해결과 성평등 및
삶의 다양성 제고가 동시에 필요하다.
이런 투 트랙 전략이 진전을 보일 때
출산율이 비로소 반등할 것으로 기대된다.
이는 서구 사회에서 이미 입증된 일이다.

치열했던 선거도 끝났다. 선거 결과에 따라 각 정파들은 극명한 승패를 만끽했다. 하지만 선거를 통해 시민들이 얻고자 하는 것은 승패가 아니라 희망이다. 과연 새로 뽑힌 선량들이 사욕과 정쟁을 내려놓고 난마처럼 얽힌 국가 과제들을 해결하는 데 얼마나 헌신해 줄까.

그중에서도 가장 심각한 문제는 누가 뭐래도 저출산이다. 이것이야말로 22대 국회의 최대 현안이라고 해도 과언이 아니다. 그런 점에서 당선자라면 누구나 반드시 읽어보아야 할 정책 지침서가 있다. 바로 정재훈의 '0.6의 공포, 사라지는 한국'(2024)이다. 저자는 이대로 가면 합계출산율이 0.6으로 떨어져, 대한민국이 예측보다도 더 빨리 소멸해 버릴지 모른다고 경고한다. 아울러 그런 파국을 막기 위해 무엇을 어떻게 해야 할지를 진지하게 점검해 본다.

우리나라 합계출산율이 급기야 0.7이 되었다. 어쩌다 아이를 둘 이상 낳는 여성도 있다. 그러니 지금은 여성의 거의 절반이 아예 아이를 낳지 않는 셈이다. 이대로라면 0.6이 되는 것도 시간문제다. 이미 젊은 여성의 절대 수효가 줄어든 탓에 출생아 숫자는 더욱 줄어들고 있다. 연간 신생아가 곧 20만명을 밑돌 전망이다. 대학생이든 군인이든 반 이상 줄여야 할 판이다.

우리나라 노인의 상대적 빈곤율(전체 노인 중 소득이 소득 중위값의

50% 이하인 노인의 비율)은 OECD(경제협력개발기구) 최고다. 반면 아동 빈곤율은 세계 최저다. 이처럼 아동이 부유한 것은 외국보다 한부모 비중이 낮은 이유도 있다. 그러나 가장 큰 원인은 여유 있는 사람이 아이를 낳는 경향이 강하다는 점이다. 요즘 전체 신생아를 100명이라고 하면, 저소득층·중산층·고소득층 가구 신생아가 각각 10명, 40명, 50명 정도다. 이러한 격차는 점점 더 벌어지는 추세다.

전반적으로 모두가 아이를 낳지 않지만, 고소득층(연 가처분소득 6300만원 이상)은 그래도 아이를 낳는 편이다. 중산층(2400~6300만원)은 아이 낳기를 주저한다. 반면 저소득층은 거의 출산을 포기하는 실정이다. 이런 씁쓸한 이유로 우리나라 아이들은 상당히 부유한 환경에서 생을 시작한다. 하지만 치열한 경쟁 등으로 성장 과정은 결코 순탄하지 못하다.

부자 아이와 가난한 노인의 대비가 뚜렷할 정도로 아이와 노인이 갈라진다. 아이를 낳는 부모와 낳지 못하는 부모가 갈라진다. 또한 부유한 아이와 가난한 아이가 갈라진다. 이런 환경에서 결혼과 출산은 더 이상 생애 주기의 자연스러운 일부가 아니다. 그것은 머리를 쥐어짜는 치열한 기획이 되었다. 아예 포기하는 쪽으로 결론을 내리는 경우도 적지 않다.

앞서 지적했듯이 고소득층 가구는 비교적 아이를 낳는 편이다. 그렇다면 출산과 육아에 대한 비용 지원이 가장 효과적인 대책일 것이라고 추측된다. 하지만 그간 다양한 지원이 이루어져도 출산율은 거꾸로 가고 있다. 이를 통해 비용 문제가 만병통치약이 아니라는 점을 알 수 있다. 설사 비용 문제가 해결되더라도 삶의 질에 만족하지 못하면 출산을 기피할 수밖에 없다. 즉 저출산의 또다른 문제는 낮은 삶의 질이다. 그 핵심은 바로 성 불평등이다.

서구 국가들도 한때 비용 지원을 늘리고 여성의 경제참여율을 높였는데도 출산율이 도리어 감소한 적이 있다. 그 감소 폭이 워낙 커서 '출산 파업'이라는 신조어까지 생겼다. 이에 대응해 그들이 선택한 길은 사회적 돌봄체계 구축, 성이 평등한 노동시장, 민주적 가족관계로의 변화 등이었다.

이를 통해 비용 해소와 성평등이 어우러져야 비로소 출산률이 반등된다는 점을 알 수 있다. 달리 말해 비용은 필요조건이고, 성 평등은 충분조건인 셈이다. 서구 국가들은 수십 년에 걸쳐 이 두 단계를 차례로 밟았다. 하지만 지금 우리는 이 두 가지를 "동시에 그리고 신속하게" 추진하지 않으면 안될 처지에 몰려 있다.

우리 사회에는 엄격하게 '결혼식-혼인신고-출산'이라는 정답이 존재한다. 반면 '연애-동거-출산-결혼'은 여전히 창피한 일이다. 오로지 부계 혈통주의에 입각해 혼인 관계가 해체되지 않은 가족만이 정상이다. 반면 한부모 가족, 동거 가족, 비혼 출산 가족, 이혼 가족은 여전히 비정상으로 매도된다. 더구나 국가의 지원도 주로 정상 가족을 중심으로 이루어지고 있다.

이런 차별적 제도는 시대착오적이다. 정상 가족에서 태어나든 비정상(?) 가족에서 태어나든, 아이가 차별받아서는 안된다. 한편 결혼해서 애만 낳으면 국가가 책임지겠다는 감언이설(?)도 시대착오적이다. 결혼은 더 이상 반드시 해야할 일이 아니다. 그것은 개인의 선택이다. 여기서 중요한 것은 가족 중심이 아니라, 아이 중심의 지원 체제를 구축하는 일이다.

우리는 아직도 노동시간이 너무 길고, 육아로 인한 여성의 경력 단절이 심각하다. 남성도 출산휴가를 쓰라는 법 조항이 있어도 현실적으로는 여전히 미흡하다. 흔히 여성의 연령별 취업률 그래프는 출산으로 인해 30대 초반이 가장 낮은 M자형이다. 최근에 M자의 깊이가 다소 완화되었는데, 그 이유가 기가 막히다. 여성들이 아예 결혼이나 출산을 기피한 탓이다.

개인적 선택으로서 출산 기피가 아니라, 사회적 현상으로 저출산이 지속되고 있다. 전통적으로 복지국가는 노령·질병·실업·장애·사고 등 사회적 위험에 대응해 왔다. 여기에 더하여 임신·출산·돌봄 공백이라는 사회적 위험이 새롭게 등장하고 있다. 출산과 양육이 개인적 위험이 아니라, 국가와 사회가 나서서 지원하는 사회적 위험이라는 인식이 절실한 실정이다.

앞서 지적했듯이 해법은 투 트랙이다. 하나는 비용 부담 해소다. 우선적으로 보편적 사회보장제도 구축과 가족복지 확대를 통해 물질적 생활 조건을 개선하고 비용 문제를 해결해야 한다. 궁극적으로 모든 연령층의 구성원들이 최소한 살 만하다는 느낌을 갖는 사회가 되어야 한다. 가난하고 비참한 노인들을 바라보며 아이를 낳고 싶은 젊은 층이 어디 있겠는가.

다른 하나는 삶의 만족도 향상이다. 일·가정의 양립이 가능하고, 성평등이 구현되고, 다양한 삶의 형태가 용인되는 제도와 풍토를 만들어야 한다. 결론적으로 비용 문제 해결과 성평등 및 삶의 다양성 제고가 동시에 필요하다. 이런 투 트랙 전략이 진전을 보일 때 출산율이 비로소 반등할 것으로 기대된다. 이는 서구 사회에서 이미 입증된 일이다.

그동안 저출산 대책은 실패했다는 비판이 적지 않다. 하지만 사실은 그렇지 않다. 실제로는 좋은 제도들이 도입되었다. 다만 그것들이 투 트랙 중심으로 체계화되지 않았을 뿐이다. 이제는 체계화를 서두르며, 미흡한 부분을 추가로 채워나가야 한다. 또한 저출산 대책에 "돈을 낭비했다"는 비판도 끊이지 않는다. 이것 역시 사실이 아니다. 직접적인 비용 부분은 아직도 OECD 최하위 수준이다. 따라서 저출산 예산을 재정의하고 효율성을 따져 보아야 한다.

'0.6의 공포'는 더 이상 공포가 아니라 현실이다. 올해 합계출산율은 0.6대로 추락할 전망이다.(서울은 이미 0.55다.) 그 대책은 단순히 하나의 정책을 넘어, 궁극적으로 국가 개조 프로젝트다. 이것이 이번 선거의 당선자들이 저출산 문제에 공통적으로 심혈을 기울여야 하는 이유다. 이런 절박한 과제를 외면하고 정쟁에나 골몰한다면 그것은 망국적 직무유기다.

지금 이 책 60
다이제스트로 읽는 세상

발행 2024년 6월 7일

지은이 박종선
발행인 이동한
발행처 (주)조선뉴스프레스
디자인 한재연
주소 서울시 마포구 상암산로 34 DMC 디지털큐브빌딩 13층
문의 02-724-6875